U0523624

本书入选"长沙市文艺创作扶持项目"

图书在版编目（CIP）数据

清风在上 / 谢永华著. — 太原：北岳文艺出版社，2023.9
（悦书坊 / 向继东主编）
ISBN 978-7-5378-6775-7

Ⅰ.①清… Ⅱ.①谢… Ⅲ.①散文集－中国－当代 Ⅳ.①I267

中国国家版本馆 CIP 数据核字（2023）第 156553 号

清风在上

谢永华 著

//

出品人 郭文礼	出版发行：山西出版传媒集团·北岳文艺出版社 地址：山西省太原市并州南路 57 号　邮编：030012 电话：0351-5628696（发行部）　0351-5628688（总编室）
选题策划 连军	传真：0351-5628680 经销商：新华书店
责任编辑 谢放	印刷装订：山西人民印刷有限责任公司 开本：787mm×1092mm　1/32
装帧设计 张永文	字数：216 千字　印张：8.375 版次：2023 年 9 月第 1 版 印次：2023 年 9 月山西第 1 次印刷
印装监制 郭勇	书号：ISBN 978-7-5378-6775-7 定价：68.00 元

本书版权为本社独家所有，未经本社同意不得转载、摘编或复制

悦书坊
—— 向继东 主编

清风在上

谢永华 著

山西出版传媒集团 北岳文艺出版社
·太原·

总序

二十年前，身居南国的林贤治兄赐我一册《2003：文学中国》，希望我为此写点文字。林兄是诗人兼学者，著述颇丰，又是眼光独到的编辑家。他选当年公开发表的作品，结集这样一本书，无论体裁和篇幅，也不论名家或凡夫俗子，只要能入法眼者即收。后来我写了篇《作家不能"生活在别处"》，载于《文汇读书周报》。令我意外的是，十多年来一直有人转载此文，使我惭愧而惶恐。检讨自己，这些年来我虽没有改变自己，却变得麻木而无奈了。

何为好作品，也许见仁见智吧。但有一点是共通的：作家必须直面真实，感受痛点与苦难。任何漠视底层的写作，要出好作品是不可能的。余华的现代经典《活着》，把底层人物的希望、痛苦、挣扎、哀伤、无奈、坚韧状写出来，令人震撼，作为长篇，短短十几万字，其人物形象之丰满，堪称典范。

中国有多少作家？至少数以十万或百万计吧。历代的文人墨客，我们能记住多少？对人类自身有关怀和悲悯的作家太少了！李白和杜甫都是伟大的诗人；但我更喜欢杜甫，更喜欢白居易。杜甫的"三吏""三别"，白居易的《卖炭翁》等篇什，每读一次，都能让人扼腕猛醒。那唐王朝的繁华，其实只是"皇亲国戚们"的。"兴，百姓苦；亡，百姓苦。"这才是历史的真实……

当下，几乎众口一词叹曰："出书买书都很难啊！"是的，读书的人少了。无论在哪里，也无论老少，满眼大都看手机；偶见捧读者，也许多为摆拍。但我想，只要良知未泯，是真诚的，其作品就不怕没有读者。

"悦书坊"重名家不唯名家，只是希望作品更有特点和个性，更好读，庄重而不一定崇高，活泼而不浅陋。题材风格不限，或关怀人生与社会，或发自内心的反省与拷问，不拘一格，挥洒自如。

是为序。

向继东

2023年6月14日

序一

谢永华"原生态"散文面面观

陈善君

近因友人推荐,得读谢永华散文,从而进一步得知谢永华的散文写作并非起自科班,也非今日始。她多年以来一直在经商卖服装,近些年来才转而"从文",学习散文,不经意间已经写作了上百篇,在各家文艺报刊上公开发表的也不在少数,还有部分作品获得了各级奖项,在散文的园地里硬生生地开垦出了一片"自留地"。她的散文很有特色,不同于一般的乡土散文,也不同于纯粹的游记、打工散文,我愿意称之为"原生态"散文——因其突出的本色、本味、本真和本我意味。

一、原生态取材。正如原生态音乐一样,生活里怎么唱,舞台上便怎么演;生活里有什么,谢永华的散文里便有什么。身边人、身边事、身边景、身边物,心中情、心中念……丰盈在谢永华的散文里,构成她的散文世界。从湖南邵东到四川理塘,再到湖南长沙,还有她偶尔经过,或只作过短暂停留,甚至她梦想去过的地方,都会在她的散文世界里留有或大或小或方或圆的"一席之地"。《石山记》《卖艾草的女孩》《月光下的阅读》等,录下作者懵懂青葱的邵东岁月;《我和卓玛》《金花的帐篷》《高原颤栗:挖虫草》《旺吉一家人》《高原之夜》等,记下作者酸甜苦辣的理塘生活;《海边的艺术家》等,说出作者的生活信条;《贝加尔湖》等,写出作者的心灵之旅。散文虽说是文学的"百宝箱",什么都可以装,但装下什么,却的确是可以从中看出作者的兴趣、爱好、秉性,以及生活、知识、文化积累;特别是对题材的选择、取舍、偏好——这就像农夫拾掇他的稻禾一样,谢永华拣取的,无非是她身之所历、目之所及、耳之所闻、心之所思的东西。她所有的,她散文里全有。没有节外生枝的、空中取物的,没有移花接木的,更没有凭空捏造的,她用的都是实料,有着造化赋予的自然态。是谓原生态取材,取的是原生态的材。

二、原生性提炼。原生性提炼是指作者使用粗加工或者使用简单的物理加工的方法,而没有使用高加工或深加工的方法,让散文的主题、意蕴或宗旨自然而然地流出的创作手法。《金花的帐篷》写到两个男青年,在多日里免费地喝够了酥油茶,吃够了牦牛肉,睡足了小帐篷,最终席卷了一张牦牛皮而去。得知这一消息后,阿爸"不断地叹息,说,唉,吃了我的牦牛肉,倒是没有什么,为什么还要拿走我的牦牛皮呢"?文章最后以"我们无语。阳光无语。青草无语。帐篷无语。牦牛和奶牛也无语"而结束。这里看起来好像没有任何提炼和升华,五句话纯粹地白描了一下人物、景物、动物的状态,然而却让我们读者感受到草原上天地万物,对那两个男青年无穷无尽的、铺天盖地的谴责和抱怨。这就是典型的原生性提炼——不用特意去拔高和升华,或者去抒情、说理,而是顺着前文写,自然而然地做到"言在此而意在彼",达到剧本"台词"的效果。弃圣绝智,而与道存。谢永华可能无意,但这样的写法却用得很多,很普遍,信手拈来却又水到渠成。不法之法,最是高明。

三、原样貌呈现。谢永华散文叙事总是那么直来直去,按照事情发展顺序一路到底,然而她的观察和心思是细腻的,她的视界和视线总是停留在她目光该到的地方,随地赋形、随物赋形,所行于当行,所止于不可不止。《高原颤栗:挖虫草》就围绕几个湖南老乡在高原上挖虫草的一次经历,基本上把虫草是怎么回事讲清楚了。她的语言总是粗线条的,很少修饰,然而往往那么"大刀阔斧"几下,就把人物轮廓、事件经纬、背景场景、心理心态"抖落"出来了。还是这篇《高原颤栗：挖虫草》，其中写到"瘦猴子"有个特点"人瘦臀圆"，当他聚精会神跟别人抢挖虫草的时候，只见他两只滚圆的屁股扭来扭去向前滚动，从后面看，分不清是人还是牦牛。寥寥数语就把人物样态、举止、遭遇、心情呈现无遗。又写到几个人在高原待了几天，不仅虫草没有挖到几根，而且早就没得水喝了。高原上的寒风狂吹，令人实在干渴难忍，而要走出高原大山，绝对不是一时半会儿的事。于是，牦牛走过后的蹄印里留下的"脚脚水"，便成为他们的救命水。每看到有一处"脚脚水"，大家便舍命狂奔过去抢着喝。这些细节写得非常实在又非常形象。再有，她的散文几乎从不说理，要说的话总是借助人物来说，作者自己从不在文中发表"高见"。她的散文是抒情的，总是以第一人称的口吻写，所以显得特别地道和真诚。对于谢永华来说，生活就是散文，散文就是生活。她的散文是生活的原样呈现。

四、原味道特点。初看谢永华的散文定会觉得它不高端，因其好像没有什么文化含量，作者也不像文化散文作者那样学富五车、见多识广。然而她的散文满是烟火气、泥土香、人情味、世态相，满满的生活质地，读之让人有一种跟朋友畅聊的感觉，亲切舒服。也许有人觉得不高级，好像这样的散文谁都能写，然而实则未必。绚烂之后方归于平淡，谢永华的生活经历是丰富的，文学修炼是多年的，对文学，特别是散文写作是曾花费过太多苦力的，最终才得以沉淀下来，写出了一些得意之作。"平平淡淡才是真"，说起来容易做起来难。想当年，有许多所谓"生活型"作者，但真正能够留下来的、拿得出手的、经得起考验的作品毕竟不多。而谢永华的作品不仅是实写实录、为实而实，而且是实后有虚、实中生虚。这就像是吃外婆菜，必硬吃死撑后，方才留下永生难忘的"外婆味道"。从某种意义上来说，她的这种"实"其实就是厚重。也许有人觉得她的散文不时尚，没有"新散文"的那种空灵，那种才气，那种语言的神采飞扬,其实谢永华的散文,恰恰是救那种主张"语言的狂欢"的新散文之弊的。有的新散文不分段不分行不分句,更有甚者,一篇散文就是一句话,初看好似才华横溢、气势磅礴,细看则要么是装腔作势,要么是忸怩作态。总之,是空洞无物、浪费感情、面目可憎,能够成为精品留下来的很少。新散文终究成为了散文风,吹一阵就过去了,实验的意味远大于文学的成就。谢永华的散文讲究和追求的不是语言的新颖和奇崛,而是散文内在的品质,是散文之所以成为散文的那种东西——那种隽永的神韵。她的散文看似叙引车卖浆,实则述世间真谛。人世百态、诸多滋味尽在其中矣。

总之,谢永华的散文在一定程度上是对改革开放前的主流散文和之后的个体散文的一个有机接续,是乡土散文和游记散文的一个有机融合,是生活散文和感悟散文的一个有机统一,是当下散文园地里的一间别具特色的"农家乐",散发着原生态的气息和芬芳。如果不嫌"土"的话,吃吃还是蛮有味道的。

谢永华和她的散文写作在路上,期待、希望和光芒也在路上。文如其人,"成文亦成人"。付出总是有回报的,相信在她的散文写作中必定或者已经有了回报。

(作者系湖南省文联主席团委员,
湖南省文艺评论家协会主席、秘书长)

序二

清泉在流淌

谢宗玉

永华说有本散文集出版,想请我写个序。我们虽然认识多年,平常也很少联系,后来陆陆续续见过几面,也只是点头之交,并没有过多的交流。但是,她充满灵气的大眼睛,以及真诚的笑容,却给我留下了较深的印象。我经常在报刊上看到她的作品,很为她感到高兴;又同为谢家人,便答应了她。

这本叫《清风在上》的散文集既有写童年的,也有写亲人的,还有写异乡人事的。总之,内容十分丰富,而且精短好读。

读她的散文,就像一股清泉在流淌,是那么自然,自然得让你想一口气看完,心里才会踏实。其中《卖艾草的女孩》,写的就是她童年时卖艾草的经历。因为她害羞,不敢拿艾草到街上去卖,是父亲的话打消了她的顾虑。父亲说:"自家的东西,又不是偷来的抢来的,三姐弟中,你是老大,应该给弟弟妹妹做个好榜样。这样吧,这些卖艾草的钱,你和弟弟妹妹买糖吃吧。"她一下子被父亲说服了,何况辣椒糖还是挺吸引人的。该文层次分明、语言流畅、感情真挚、人物形象饱满,有很强的可读性,是一篇不可多得的好文。

还有篇《月光下的阅读》也很不错,写的是她和好友良妹子,晚上借着月光在草垛里读书的场景。这个取材很特别,一般人会写在草垛里打闹,或者躲猫猫之类的事情。她和好友居然躺在草垛里借着月光读书,这便有点意思了。明白人都晓得,她们"读"的是人生的大文章;没有条件,便借自然之光读书。读罢此文,让人像回到了自己的童年。

《贝加尔湖》则完全是她凭自己的想象写出来的,对那种孤独和痛感的刻画,说明她的感受力和想象力比一般人要强。文章表达了她对大自然的热爱,对美好生活的向往,即使身处逆境,也要心存希望,坚持下去,总是会看到曙光的。现摘录一段以飨读者:

> 我一路狂奔,希望看见人烟。让我失望的是,走了很远,还是没有丝毫人迹。除了我自己,就只有我的影子了。我这才明白,唯一的朋友就是不离不弃的孤独。……飞鸟优美的身影划过天际,欢快地叫着,飞向远方火红的云层。我似乎被它感染了,于是,我振作起来继续走。
>
> 这时,远方突然出现一丝光亮。

其实,孤独是人的常态,它时刻伴随着我们,一直到生命的尽头。但是,一般人很少能体会到那种极致的孤独,更不用说怎样面对了。永华通过梦境,把现实世界和精神世界巧妙地结合在一起,通过内心的绝望与挣扎,将孤独演绎得淋漓尽致。

还有《石山记》,写她童年在石山上和小伙伴们玩耍的事情。最后一段学习动物叫声的描写,是比较特别的。

> 我们通常是三五成群爬上石山,站在山顶上,双手拢成喇叭状,学鸡叫,学牛叫,学猪叫,学麻蝈叫。叫得很像时,山下便立即有了某种动物的回应。至于那些叫得不像的,便要挨别人给的屁股板子,或者被罚在石板上学某种动物爬行。

永华始终拥有一颗童心,纯粹、美好,同时又带给人快乐。其实,我们很多人一直想回到童年,因为它简单、单纯、快乐。当我们不得不面对长大后的烦恼，面对喧嚣的世界，以及生活带给我们的无奈时，我们便需要文字来安抚，需要心灵释放的空间。看罢永华的散文，它会让你在心情愉悦的同时，瞬间回到幸福的童年时光。

总而言之，永华的散文给我的印象是，清新、自然，感情丰富、细腻，富含哲理，平凡中见质朴，调皮中又有几分可爱：既有感性的描述，又有理性的思考；既有散文的真情实感，又有小说的幽默风趣，它们完美地结合在一起，令人回味再三。由此可见，这本散文集，永华是下了一番功夫的。

由于篇幅有限，我就不一一列举了。总之，集子里收录的很多文章，都反响不错，这对于在短短的时间里才学习写作的她，是极为难得的。其中有被转载的，有被列为中学试题的，还有获奖的，可谓一路繁花相送。在这本书里，像《海边的艺术家》《大山深处》《故乡的水井》《龙水的舞厅》《诱惑与逃离》《从码头到桥头》等等，诸君如有兴趣，都可以看看。

从这些散文中，你们可以看到一个非常真实的永华，她的善良、她的喜怒哀乐、她的生活轨迹、她对生活的热爱以及对写作的执着，也许会让你们的内心有所触动有所收获的。她的散文是小桥流水式的，也许并没有达到很高的境界，但每篇都是她真情实感的流露，是她内心流出来的蜜。我相信她只要继续努力，会达到一个高度的。听说她还有一本散文集也即将出版，那是她在高原生活的记录，想必会与这本书相得益彰吧。

写作是一个人的战斗，它是孤独的，也是残酷的，它不但需要心灵的安静，还要禁得起各种诱惑，长此以往，才可能有所收获。尤其在当下这个智能时代，由于信息的发达，人们的选择更多，碎片化阅读已成为常态，所以纯文学要想有所收获，就得付出比常人更多的心血和汗水。

最后希望永华在写作之路上越走越远，脚下的路越走越宽，踏实地走好每一步，永葆青春，华章绚丽。

是为序。

（作者系湖南省作协副主席）

目录

贝加尔湖	001
石山记	004
晒谷坪四季	008
故乡的水井	016
微型菜园	021
湘江夜色	024
恋上樱花	027
和融亭	029
东风桥	032
公园观鱼	037
那个下雪的季节	040
天桥	043
清晨之见	046
我的奶奶叫春香	049
忆父亲	052
父亲和母亲	053
挖红薯	055
最后的时光	057
母亲的变化	060
二叔	063
江风吹来的桃姑娘	066

妹妹相亲记	070
印度来的表叔	077
我和堂弟	079
海边的艺术家	087
二爷的军大衣	090
头顶一片云	093
幽默、开心的老太太	097
九妹	100
楼下小王	103
音乐委员	107
沉默的邻居	110
香西二娘	112
亭子里的女人	117
打鼓的外婆	121
春哥	124
家政女工	127
酒店服务员小刘	130
垂钓者	133
卖艾草的女孩	136
月光下的阅读	139
看牛记	143
照泥鳅	146
土屋记	150
龙水的舞厅	168
诱惑与逃离	172
阁楼上的诱惑	175
帮姨妈摘黄花	180

清风在上	183
那抹绿	186
冬日里的读书声	189
从码头到桥头	192
味道	195
飞翔	204
公交车上的玫瑰花	207
火车轨道旁的租房	210
闹市中的睡莲	213
一杯咖啡	215
书香	217
一尾自由自在的鱼	220
电梯里的味道	223
夜色如水	226
隔壁的声音	229
古灵精怪的小蜜蜂	232
晚风吹拂	235
大山深处	238
密印寺的足迹	241
瑞来长沙	244

贝加尔湖

春日的某晚,我在梦中和贝加尔湖有过一次漫长的约会。

当我从梦中醒来,贝加尔湖却从梦中跌落在我心里。可怜我的小心脏,怎能承载如此重负?

我独自一人穿行在冰封的贝加尔湖面上。每走一步,脚下就发出咯吱咯吱的声音。这种声音,让我想到了幼时吃冰糖的感觉。那丝丝沁人心脾的甜,在唇齿间欢快地游走。想到这里,我就走得更快一些了——似乎走得越快,那种甜的感觉就越持久。

有时候,我像一个小孩,在无边无际的冰面上奔跑,把银铃般的笑声和歌声撒在这静静的蓝天之下。蓝天不语,却变得更加羞涩,于是,派出几朵洁白的云充当观众,它们像兔子,像馒头。累了,我干脆坐在湖面上,口中喷出的气体,直直地指向天空,似乎在抗议它的冷漠无情。五彩云霞掠过头顶,像一顶彩虹帽子。我一刻不停地追逐着它,当我快要触摸到它时,它却像个捣蛋鬼,倏地在我身后出现。

此刻,我的心静得像湖面上的冰,我能清晰地听到咚咚的心脏跳动的声音。我甚至还能感觉到冰封的湖面之下,那些鱼们的呼吸。它们呼吸的声音从最初的弱小,渐渐变得强大,最后几乎接近疯狂,像要冲破这厚厚的冰层,在蓝天下自由呼吸。

这让我想起了童年时,不小心掉落在被藤蔓缠绕的刺窝里,生出的那种无奈和恐惧。我像一只蜘蛛,在摇晃的藤网上飘荡,小脸蛋吓得像熟透了的鸡蛋枣。当时的我,渴望自己快点长大,或者有绝世武功,以便尽快地摆脱困境。幸运的是,当阳光肆无忌惮地亲吻树叶时,路过的好心人把我救了出来。

我的思绪仍在不断地翻飞,双手也变得不再老实。于是,我在湖面上堆了一个小雪人,它和我一样高。当我凝神看着它的时候,时间仿佛静止了;片刻后,整个世界又动了起来。我和小雪人拥抱,亲吻,我脸上沾满了雪粒。小雪人感受到了我的温情,僵硬的身体渐渐地软了下去,感动得掉下了晶莹的泪珠。

当最初的新奇和刺激消失后,我又变得孤单和绝望。此时的我,好像一下子成熟起来。原来如此渴望长大的我,竟然后悔长大。那深不见底的湖水,那痛彻心扉的寒冷,还有漫无边际的荒凉,都让我泪奔。这时,哪怕有一声动物的吼叫声也好,那么,我也能感到片刻的温暖。当雪花洒落在另一堆雪上,我心里的防线彻底地崩溃了。我放声大哭起来,所有那些隐藏在内心里的敌人,此刻,全部化作滴滴泪水,瞬间又凝成了带着咸味的冰粒。寒风呼啸着,横扫它们,把它们带向了远处,此生它们休想再奢望回到我温暖的怀抱。

阳光照在冰面上,我仿佛听到雪块融化的声音,它们竟然背着我,悄悄地改变自己。我睁开眼睛,是洁白的雪;闭上眼,还是洁白的雪。在这里,我成了一个入侵者。我误入了冰雪和湖水以及蓝天和飞鸟的世界。我来得容易,想要离开此地,却是如此艰难。

在这里,冰雪只会把洁白的外衣和寒冷带给我。幽清而深不见底的湖水,躲在我看不见的地方;最可恨的是,它们把身体里的宝贝也一并隐藏。我只能想象着那些五颜六色的鱼们,它们有多么可爱。辽阔的蓝天则像个哑巴,不论你怎样大声叫喊,回答你的只有自己的回声。更不用说那些飞鸟了,它们像被猎人追赶一样,根本无暇顾及别的什么,它们尖叫几声,剧烈地抖动着翅膀,瞬间就从一个大黑点变成一个小逗号了。

看到这些，我内心满是沮丧。整个人都提不起精神来，仿佛病了一般。我告诉自己不能这样萎靡不振，如果再这样下去，我真的会生病。于是，我强迫自己改变之前的想法，这样我的心情立刻变得好多了。譬如，洁白的冰雪能使人心静，能考验人的意志；那片高远的蓝天，它从不发声，却默默地包容着世间的一切。

这片天空，除了蓝天和冰雪，只剩下我这个另类了。我把自己交给了西伯利亚那双神奇的蓝眼睛。这极致而真诚的美，深深地感染了我，因此，我毫无顾忌。

此刻，我眼前出现了炊烟，它们舞动着婀娜多姿的身姿，把天空当成舞台。我似乎还闻到了菜饭的香味，看到了亲人们温暖的笑脸，听到了他们亲切的话语。而所有的这些，都让我觉得弥足珍贵。

我一路狂奔，希望看见人烟。让我失望的是，走了很远，还是没有丝毫人迹。除了我自己，就只有我的影子了。我这才明白，唯一的朋友就是不离不弃的孤独。让人头痛的是，我身体里的热气刚冒出来，就被冰雪抢走了。因此，我的脚变得红肿，手不再光滑，头发也被冻住了。就连一个平常再简单不过的动作，我也无法做到——我想甩一甩自己的头发也不可以。这可恶的鬼天气！你干脆把我冻在这片雪地里算了。你以为我很怕你吗？其实，我内心里很矛盾，既想在这美好而安静的地方长久待下去，又想快点离开这个没有人烟的地方。

飞鸟优美的身影划过天际，欢快地叫着，飞向远方火红的云层。我似乎被它感染了，于是，我振作起来继续走。

这时，远方突然出现一丝光亮。

石山记

石山仍然没老,它还是原来的模样,脸上刻满了我们小时候的欢乐。

石山就在我家的屋后面,我家的屋就坐落在它那宽阔如大海般的胸膛里。我小时候,石山是年轻的,我和小街上的几个伢子妹子,经常到石山上玩耍。

春天,石缝中的野花野草,散发着淡淡清香。随着微风吹拂,香味时浓时淡,惹得我们伸着鼻子吸来吸去,像饿死鬼闻到了肉香。偶尔探出头的小笋子,在石板边的缝隙中,洋洋得意地站立着,不一阵,便被我们几个玩伴摧残得面目全非。还有那石板上和草皮上的雷公屎(地衣),呈现出点点深绿色,散发出透亮的光芒,既像某种薄薄的糖果,又像某种切片的粑粑,极大地刺激着我们的眼球和胃口。于是,一个个便拱起小屁股,把雷公屎揭下来,放进衣袋和裤袋里。其实,这样子放雷公屎是极不科学的,很容易让它们破烂败相,应该把它们放进竹篮里,而我们哪里又能考虑得那么周详呢?深绿色的雷公屎却很霸道,像牛皮糖一样,紧贴着我们的口袋,于是,我们身上的热气一下子就被它们抢走了。

哎,天上掉下来的东西果然不一样。华妹子抬起脑壳,望了望天空,微笑着说。

雷公屎是一道好菜,天然而无污染,且有着青草的清香。直到现在,它还是我最喜欢吃的菜。但在我的印象中,清洗它们是很费时间的,需要拣出草屑和细碎的泥土。我记得有一次,害怕因洗不干净而被姆妈骂的我一回到家里,便把温热的雷公屎从口袋中掏出来,像掏垃圾般,丢进脸盆里;然后,对着灶屋喊道,姆妈,快来看,我捡了好多雷公屎。话音刚落,我便躲到阁楼上看小人书去了。没过多久,只听见姆妈大声骂道,鬼妹子,雷公屎都被你揉烂了嘞,还怎么洗?

那时的天空很蓝,我们常常在石板上躺着,数着偶尔飘过的云朵。有时候,数着数着,仿佛自己也跟着云朵游弋在天空上了。暖暖的阳光照在身上,像盖了一床巨大的空调被。突然,一阵轻微的鼾声传来,月妹子仿佛被催眠了,口水顺着嘴角,滴到青黑色的石板上,像溪水短暂停留。我们这几个人,数华妹子长得最乖态。白嫩的肌肤,犹如天上的白云,禁不得风吹;乌黑油亮的头发,像抹了猪油;小嘴巴一嘟,便散发出无穷的魅力来——我们都忍不住想亲她一口。所以,每次数云朵时,我总喜欢跟华妹子挨着。也幸亏我不是伢子,不然,一场青梅竹马的恋爱,想必就会拉开序幕。也许,那会羁绊我向往精彩世界的脚步。

那时的我们,没有其他娱乐,石山便是我们的游乐园。我们除了躺在石板上数团团云朵外,还在石洞里躲猫猫。我们还对着乌黑发凉的洞口大喊大叫,然后便凝神细听回音。回音是大自然的馈赠,它像无形的乐音扑面而来,于是,我们蠢蠢地欢呼雀跃。我们甚至还把对父母、老师严厉管教的不满,用尖利的石头刻在石壁上,发泄出少年叛逆的情绪。刻完后,我们把石块扔向洞里的最深处。我们相信石山,它知道我们所有的秘密,却永远也不会说出去,它是一个忠实的保密者。正因为如此,我们才把石山当成值得信任的朋友。我们所有的喜怒哀乐,都毫无保留地向它倾诉。

时间是个魔法师,它可以把人类变老变没;但是,对于石山,它却毫无办法。石山还是那样年轻,依然耸立在我的屋后,像一尊巨大的菩萨。前年我回去的时候,听说昔日的玩伴月妹子,因为疾病突然离世，我心里很难过，脑海里不断浮现出她躺在石板上流口水的样子。在家里的那几天，我每晚都是从睡梦中惊醒。我无法相信，一条鲜活的生命，说没就没了。在此之前，我从来没有考虑过人居然会死去的问题。

　　夏天的石山，比春天显得更为热烈。石板被太阳晒得滚烫，等到太阳下山时，我们才躺在石板上歇凉。我们纵然爬到这么高的石山上，那些可恶的蚊子，仍不放过我们。它们老是在我们耳边或身上舔来舔去。也许，它们把我们当成蜜糖了吧！青草温热的气息，从石缝中吹过来，吹动了我们的发丝，却吹不开围绕在身边的蚊子。此时的蚊子，似乎很久没有遇到我们了，故而如此地舍不得离开我们。

　　即便如此，我们这些懒洋洋的家伙，也不会快速离开。一直要等到星星铺满天际，炊烟四起的时候，我们才会想着回家。即便回家，我们也是慢悠悠地边走边打闹，完全忘记了还要吃夜饭。此时，村人家里昏黄的灯光，从小小的窗口映射出来，照在我们邋遢的小脸上。而大人们焦急的眼神，早已把回家的小路炙烤出一片火花来。我明白，等待我的将是一场不同寻常的雷声和雨声。

　　姆妈不悦地说，牛都晓得进栏了，你难道还不晓得回来么？

　　父亲则说，你肯定是跟华妹子他们去石山上了吧。昨天，华妹子的娘还跟我说过，你们小妹子在石山上玩耍是很危险的，万一摔倒了怎么办？受伤了又怎么得了？

　　奶奶跑了出来，焦急地说，崽呀，我找了你好久呢，你跑哪里去了？

　　我栽着脑壳不说话，父母更加生气，姆妈竟然抄起小木棍要打我，却被父亲拦住了。

　　其实，我们这些家伙是根本打不怕的。

　　秋天到了，天气渐渐转凉，我们去石山的次数明显减少了。我们通常是三五成群爬上石山,站在山顶上,双手拢成喇叭状,学鸡叫,学牛叫,学猪叫,学麻蝈叫。叫得很像时,山下便立即有了某种动物的回应。至于那些叫得不像的,便要挨别人给的屁股板子,或者被罚在石板上学某种动物爬行。因此,石山上经常响起我们欢乐的笑声。这些笑声传得很远,一直传到天边。笑累了,我们便趴在石板上,看山下金黄的稻田和绿油油的菜园。稻田像分割成块的黄金,发出耀眼的光芒。绿油油的菜园,则恰是一块美丽的锦缎,将黄金般的稻田揽在怀中,风一吹,它又好像随时准备出逃似的。

冬天到了,我们便不去石山上玩了。山上风大,去石山要走一条长满茅草的小路,又窄又陡,这对于我们来说,是一个很大的难题。于是,我们便盼望冬天快点过去。其实,我们也很想知道,石山没有我们的打扰,是否觉得清净了呢?还是觉得孤单了呢?

那座石山,就像是尘封的胶卷,一旦展开,那些童年的笑语,便像小溪叮叮咚咚地向我而来。

晒谷坪四季

人有时候真不知道是怎么回事，在渴望长大的心愿得到满足后，却又是如此怀念童年的那些人事。

记忆中的晒谷坪，像个魔术师，不断地变化出四季绚烂的色彩。它不但极大限度地抓住了我们的心，而且把四季的色彩，牢牢地印在我们这些伢子妹子心里。

春天，晒谷坪像个婀娜多姿的少女，浑身散发着油菜花和泥土的清香。它把娇嫩的身躯，隐藏在青草和鲜花的海洋中，在春意盎然的季节里，肆意地做着美梦。春天的晒谷坪，是大人们无暇顾及的地方，因为他们要忙着春耕生产，要在水田里显示他们收获前的功夫。所以，春天的晒谷坪，是属于我们的。它就像一个大卖场，卖的都是一些不起眼的土特产，像新鲜的散发着淡淡清香味的刺根啦，长长短短像剑一样的春笋啦，还有一些不知名的五颜六色的花朵啦，甚至还有绿得滴油的青草，它们一堆堆、一排排，躺在晒谷坪上，展示着青春的身躯。而它们的主人，匆忙地把它们摆放到地上后，便聚集在一起打闹、游戏去了。

不一会，我们的尖叫声和笑声，便在晒谷坪上空不断地盘旋、飘散。我们打闹的声音，惊醒了鱼塘中沉睡的鱼们，它们也许寂寞得太久了，便迅速地回应我们——顿时，平静的水面上，便像运动员在举行跳水比赛，那清亮的水花在阳光中，闪出五彩斑斓的颜色。这些颜色就像阳光下肥皂水吹的泡沫的颜色，极大地诱惑着我们。于是，我们又像一群野兔子，快速地奔向水塘。我们想了很多办法，把石板边的小鱼搞到手，然后，用青草把它们串起来，提在手里晃啊晃的，那种感觉好极了，像三年没吃到肉的人突然得到了极大的满足。这样，我们的大卖场又多了一样物品。

直到这时候，我们才会想起卖场中的战利品。当然，还是先介绍一下它们的主人吧。刺根和笋子是我采来的，那些鲜花是秀妹子和她堂妹摘来的，青草则是狗伢子两兄弟扯来的。本来，这些东西都是好好地摆放在一起的，哪个是哪个的，分得特别清楚，没有任何争议。哪承想，狗伢子两兄弟很不讲规矩，把青草放在脑壳上当头发不算，还把秀妹子的鲜花插在脑壳上，嘴巴里还嚼着我摘来的刺根，手里还剥着我扯来的笋子，他们甚至还宣布，笋子要拿回去让他娘老子炒蛋吃。

哎，狗伢子，你为什么拿我的花插在狗脑壳上？你真以为自己是狗宝宝吗？秀妹子气愤地问道。狗伢子不作声，伸了个懒腰，把脑壳朝塘边偏了偏。秀妹子见状，便跑到我身边来，用央求的眼光看着我，我明白她的意思。于是，我拉着她走到狗伢子身边，我用脚踢了踢狗伢子的脚，大声说，快点把花还给秀妹子，你们怎么像土匪一样呢？哪个像土匪？哪个是土匪？狗伢子一翻身便坐了起来，像吃了火药般。不就是几朵烂花么？说罢，站起来用脚把掉在地上的花踩得稀烂。秀妹子见状，大声哭喊起来，挥舞着拳头扑向狗伢子。于是，他们便厮打在一起了。我本来是去扯架的，扯着扯着，想起我的刺根和笋子，便来了气，也成为这次激战中的一员了。

我们奋力地厮打起来，就是为了那一点可怜的尊严。结果呢，秀妹子的脸被抓出了血，衣服也被扯开了线。我的头发竟然被扯脱了好几根，背上还挨了几脚。可以说，我跟秀妹子算得上是惨败。是的，我们怎么能够打得赢狗伢子呢？他比我们大三岁，又是伢子，自然比我们力气大。太阳斜斜地晒在我们身上，晒在那些跟它们的主人一样可怜的物品上。此时的太阳，似乎还有嘲弄我们的意思，把我们受伤的地方照得清清楚楚。

我们带着这副惨象，哪敢回家，生怕大人知道——那样又会掀起一场腥风血雨。

万万没想到的是，最后竟是哭声出卖了我们，再加上我们都没有回去吃晌饭，大人们居然都寻到晒谷坪来了。他们明白，那是我们的快乐世界，而在这个世界里，同样会有打架与哭泣。我的姆妈以及秀妹子的父亲，看到我们那副可怜兮兮的样子，一边将骂声充斥我们的耳朵，一边用拳头击打我们嫩弱的身体。他们的骂声跟击打声，在晒谷坪上空激烈地交织着。吃饭屙痢都不晓得回来吗？还有力气打架？他们准是以为我跟秀妹子打架了。当他们明白，狗伢子那个家伙是祸兜兜时，他们便像战败者一样，快速地把我们拖回家。后来，听说因为这件事情，秀妹子的父亲跟狗伢子的姆妈拉开了一场争论大战，其胜败如何不得而知，只晓得两家人很久都不来往了。

不知不觉到了夏天。这个时候的晒谷坪，便像血气方刚的伢子，浑身洋溢着无限的激情与活力。新鲜的带着禾毛的稻谷，躺在长方形篾席怀里，舒服地享受着猛烈的阳光。它们和它们的主人不一样，主人把豆大的汗珠滴到它们身上，它们则花费很长时间来驱逐汗珠。所以，关于这点，它们是跟主人对着干的。此时的晒谷坪，散发着稻谷醉人的清香，这些清香不但吸引着无聊的狗们，还招来了一群黄的、麻的、花的鸡们。顿时，晒谷坪上铺陈得如块块金砖的稻谷，因为这些"土匪"的袭击、践踏而变得惨不忍睹，倒像是一张张破烂的黄色地图。他奶奶的，吃些谷子也就算了，践踏也罢，竟然还把屎尿屙在稻谷里。大人们都要忙着双抢，忙着插下绿色的禾苗，抢回金黄的稻谷，便无暇顾及这些讨厌的"土匪"了。于是，这个光荣的任务，就交给我们这些细把戏了。

于是，鸡们惊慌失措的叫声，以及尖锐的狗吠声，再加上我们稚嫩的吆喝的童声，在晒谷坪上空骤然响起，像一部杂乱无章的交响乐。这些繁杂的声音，被阳光晒得很脆，被勤快的风带向了远处。我常常看到被太阳晒红的大人们的脸和四肢，他们和金黄的稻谷融在一起，看起来是那么和谐。也许，是丰收的喜悦，冲淡了这些不和谐的因素吧？傍晚时分，稻谷也要回仓了，大人们将篾垫一扬，金黄的稻谷便滚在了一起，像分别了很久的恋人。仔细一看，那些卷起的篾垫，极像一个个巨大的蛋饺，上面还散发着稻谷的香味。在一箩箩稻谷跟随他们的主人回家后，晒谷坪能暂时清静一会儿，但不久便又开始热闹起来。

大人们经过一天的劳累后，会再来晒谷坪进行短暂的休整。男人们抽着粗质的纸烟，烟雾在夜色中像蛇一样时隐时现。晒谷坪上，还暂存着白天阳光留下的余温，它们也和稻谷以及人们一样，留恋这水泥铺成的大圆坪。再看晒谷坪那边，二奶奶摇着的烂蒲扇，好像被人撕了一半去，活像电视里济公的那把破扇。这二奶奶啊，说话还有点口吃，一双线眼瞪着你，大有不听她说完，就不放你走的架势。这也就算了，相处久了的街坊邻居都知道她的德性，也就习以为常了。最让人不可接受的是，她家里一炒菜，家家户户都得关门关窗，然后，以手掩鼻。这是为什么呢？原来，这二奶奶也不知道是什么怪物，鸡鱼肉都要放臭了才炒着吃，还说，只有这样才吃得舒服，是人间美味。她倒是舒服了，只是苦了这些和她相邻的人们。她不但有这个怪癖，穿衣服也跟别人不一样。

夏天，一般女人都要穿胸衣，外面再穿衣服或者裙子；而二奶奶呢，穿件洗得都好似"镂空"的白褂子，居然还是"真空上阵"。她可能不知道，那喂养了九个子女的乳房，早已失去了往日的风采，像个干瘪的水袋掉在胸前。这个水袋随着蒲扇的摇动，一晃一晃的，随时都会脱落似的。因此，总是惹得那些调皮的伢子，拿棍子从那"镂空"的眼洞里去戳，似乎要把这个特别的水袋戳下来。因此，晒谷坪上，经常响起二奶奶那独特的骂声，鬼崽崽，鬼崽崽，没家教的东西，看我不打死你。二奶奶的声音还在晒谷坪的上空回响，而那些鬼崽崽早已跑得无影无踪了。顿时，一阵笑声打破了闷热的空气，像一股清泉从山间咚咚而来。

这边，爷爷眯着眼睛跟他的老伙计在说着什么，声音时大时小。爷爷吧着旱烟，浓烈的烟雾，遮住了他历经沧桑的脸庞。他的老伙计叫谢松，是一名地质勘探队员，在外跋山涉水的日子多，一回来便和爷爷黏在一起。谢松的脸比爷爷的脸显得更加苍老，这也难怪，长期在野外工作，不显老才怪呢。

他跟爷爷小声地说，老伙计啊，你不晓得吧，我家里的那个小伢子，是我在山里抱回来的呢，他太可怜了，也不晓得是谁丢在山里的，幸好碰到了我。爷爷答，知道了，你曾经告诉过我。谢松说，我把他抱回来，要我家廖英带着呢。哎，要说也真为难我家老婆子了，她不但没找我吵闹，还把那个伢子当成自己亲生崽一样，养得白白胖胖的。哎，我这一世啊，最成功的就是讨了个好婆娘。谢松说罢，脸上露出得意的笑容，浑浊的眼睛盯住爷爷，那个样子，好像考试得了好成绩的细把戏，在等待着大人的赞扬。

哈哈，你做了件好事。爷爷边说边把燃到嘴巴边的旱烟，丢到旁边的草丛中，猛然发现我蹲在那里，便大声喊道，永宝，你在那里做什么？我本来是在捡小石子玩，并不是有意偷听他们说话的。哪想爷爷的声音很大，吓得我赶紧跑到姆妈身边去了，就连头上的红绳子什么时候掉的都不知道。

姆妈和婶娘她们无非就是说些田间地头的事情，再不就是说些男人和崽女的事情。总之，说些七娘八老子的事情，对此，我没有多大兴趣。但她们的声音像是催眠曲，不久我便伏在姆妈的腿上，悄悄地进入了梦乡。

晒谷坪是充实的，又是幸福的，因为它从来不会感到空虚和寂寞。

转眼间秋天到了，晒谷坪竟像成熟的少妇，变得更加丰腴和忙碌起来。它又像一块魔毯，不断地变幻着色彩。它由夏天以稻谷为主的金黄色，逐步演变成五颜六色——黄色以及黑色的大豆、白色的玉米、翠色的绿豆，还有麻灰色的花生，诸如此类，简直就像一幅丰收的画卷，让人目不暇接。这些被收割的农作物，各自展示着自己的姿色，朴实得像它们的主人一样，露出真实的面容，散发着大地的味道。

有些妇人害怕自己晾晒的农作物被人偷食，便抱着小孩坐在坪边守着。椅背上挂着小孩尿湿的用旧秋裤做的尿布。尿布随着微风不断地飘动着，似要摆脱某种束缚，飞向远方。妇人们逗着小孩玩耍，却丝毫未曾发觉尿布想要逃脱的企图。坪里的豆子，时不时"嘣"的响一下，不知道是在对阳光抗议，还是在欢乐地呼叫。

我家晒的是大豆。无聊时，我便把豆子放到晒谷坪上溜来溜去，或者用拇指和食指弹飞它们，看它们互相撞击或擦肩而过。要是感觉饿了，便顺手抬几粒豆子，放到嘴巴里津津有味地嚼起来，顿时，鲜甜的味道便溢满口腔。

坐在晒谷坪里，望着逐渐泛黄的树叶，望着稻田里干枯的禾兜，望着路旁被风吹起的散落的稻草，我的心一下子变得伤感起来。此时的我，想到了父母脸上的皱纹，以及慢慢爬上他们额头的白发。在我看来，这些摆放在晒谷坪上的农作物，像极了快要老去的人们——虽然它们百般地不情愿，却也无法改变既定的事实。

有飞鸟无声地划过上空，将影子投射在晒谷坪里。我便起身朝家的方向走去，两手举着，似乎想抓住这流逝的岁月。

　　冬天的晒谷坪，则像一位历经沧桑的老人，变得格外沉静和孤单。也许，生活的烟火早已把它的外表变得无比坚硬了，至于它内心的柔软，则是常人无法企及的神秘海滩。我不知道此时的晒谷坪，是否会想起以前欢乐而热闹的日子。那时的它，即使被弄得脏乱无比，即使伤痕累累，它也毫无怨言。其实，我真的很佩服晒谷坪，它不但要承受人们对它的肉体进行摧残，还要包容人们对它的"精神虐待"。比如，细把戏在晒谷坪摔跤了，大人便会边跺着晒谷坪边骂，似乎一切都是它的过错。再比如，街上的二聋子讨不到婆娘，便提着酒瓶对着晒谷坪骂朝天娘；骂完后，一屁股坐在晒谷坪里放声大哭，哭他的命不好，没有投个好人家。还有中街上三顺的婆娘，老是深更半夜跑到晒谷坪上，一坐便是几个钟头。她不哭也不闹，只是对着天空默默地流泪。

　　那时的我们，也是奇怪，居然因为凛冽的寒风而不去晒谷坪玩耍，却又那般渴望下大雪。当白茫茫的雪花覆盖在晒谷坪上时，我们蠢蠢欲动的心，又开始迫不及待地躁动起来。白雪像一床巨大的被子，把晒谷坪盖得严严实实。我们这群调皮的细把戏，竟然顾不得脱下衣服和鞋袜，便争先恐后地扑向这洁白而神圣的大床。飞溅的雪花和我们的欢笑声，在晒谷坪上空激扬，而后，又随着寒风飘进千家万户。

　　现在，晒谷坪早已不复存在了，取而代之的是一个农贸市场。市场里，蔬菜、肉类应有尽有，让人眼花缭乱。所以，我在伤感的同时，又感到些许欣慰——也许，晒谷坪只是换了一种方式存在而已。在我心里，甚至在很多人心里，它也会一直存在着。

　　晒谷坪就像这世上的许多人，是为了存在而不得不改变自己。

晒谷坪是季节的风向标。在晒谷坪,既有五谷丰登,又有五味杂陈。

故乡的水井

水井出现的时候,我还没有出世,所以我无法得知它的年龄;但我非常清楚地知道,它一定喜欢这里,不然,它也不会年复一年、日复一日,为我们提供清澈甘甜的井水了。

确切地说,水井位于那条老街的顶头,它就那样大方地、自然地躺在水田和蒿笋潭的中间。它像个慈祥的长者,即使井水溢满水泥池,即使历经风吹日晒,在漫漫长夜中孤独守候,也不曾听到它抱怨半句。因此,不管是十二岁的我,还是老街其他的小伙伴,都喜欢来这里嗨。

那时的我,尽管只有十二岁,却需要去离家三里地的石山上摘黄花。摘过黄花的人都知道,那是件很苦的差事,需要迎着晌午热情的阳光,不怕高温和暴晒,才能很好地完成任务。晌午的太阳是非常卖力的,路边的狗尾巴草都被它晒得没有气势了,垂着脑壳,可怜兮兮地站在土坎上,但它丝毫没有罢休的意思。青草和不知名的花朵,散发着阵阵清香。在我看来,它们已被热烈的阳光晒出了老汗。再看那边忙碌的大黑蚂蚁,在土洞中爬来爬去,背上驮着一些东西,像是食物和被子。难道蚂蚁们是趁着好天气,出来晒被子的吗?我自己就不用说了,细嫩的小脸蛋,被晒得通红,鼻孔里是丝丝热气。不过,用手抚摸脸,竟然有种凉丝丝的感觉。哦,有个秘密要跟大家分享下——我是晒不黑的,在三姐弟中只有我遗传了父亲晒不黑的好皮肤。

经过两三个小时的暴晒,我的花背篓里已经堆满金灿灿的黄花，它们的清香气味中带点甜，饱满圆润的身体像吸满了墨水的钢笔肚。它们安静地睡在我的背篓里，却时时刻刻让清香围着小主人转，也算是对我被暴晒的一种安慰吧。当我把黄花背回家，背篓一放，那就是母亲的事了。

我会在凉床上躺上十几分钟，随后喊上几个小伙伴，用手提着凉鞋，顾不了被太阳晒热的石板，踩上去，开心地向井边跑去。清幽的井水，漫过白嫩的小手，那是一种别样的享受。蓝天和白云看了，恐怕也只有羡慕的分。也许，井水也很乐意亲吻我手上余留的黄花清香吧；这样，它让我感到舒适，我让它享受清香，也算一种公平交易吧。听老人说，我们这个井里的水，是从石山下面的阴河里流下来的，不但水质纯净、清甜，还终年不会枯竭。就算是再干旱的天，田里裂开了大口子，井水照样汩汩地冒出来。

井口四周有丝草和小鱼虾，我们不来的时候，这里就是鱼虾的天地，它们自由自在地游着，俨然一副主人的样子。游游也就算了，它们竟然把便便拉在水里；拉在水里也就算了，还要扭动灵活的小身躯，目中无人地跳起舞来。当我们的脚板声一响起，它们就飞快地钻进丝草中，躲藏起来。我们又岂会放过可爱的它们！就算手够不着，我们也会拿着小棍子直捣它们的老巢。通常在这样的情况下，它们会不情愿地游出来，甚至还会对着我们狂吐鱼语。反正鱼语我们又听不懂，管它呢，继续拿棍子戳，拍打着水面，直到它们游到我们身边为止。这下好了，我们只要伸出手板没在水里，小鱼虾就逃不出我们的五指山了。

它们滑溜的身体，蹭着手板，像是在给手板做按摩，水中的倒影彻底地出卖了我的表情。有微风拂过，丝草摇动，像是鱼们躲在里面荡秋千。被鱼们搅浑的水，随着排水口流向蒿笋潭，新的水不断地从井口处冒上来，一切是那样自然。

说来我们也真有玩的，争着把小手往井里放也就算了，竟然还合伙欺负小虾米——就着清甜的井水，我们来一场舌尖上的盛宴。我们不需要烟火和筷子，只要张开嘴巴即可。正当我们玩得起劲的时候，来了个四十多岁的中年男人。他个子有点高，身材清瘦，往井背上一靠，望着远方发呆。他不言语，我们细伢子也不敢跟他搭话。

　　直到后来，偶然听隔壁的肖一奶说起这个男人的故事，我们这才明白一二。原来，这个男人早年谈了个女朋友，两人经常在水井边约会，眼看着就要结婚了，女友却突然消失了，怎么都联系不上。

　　那时我们还小，很不懂事，自然也不会过多地关心大人的事。但是，当我每天都能在井边见到那个清瘦的男人后，我就感觉事情并没有那么简单。他始终都是一个样子，呆呆地望着远方，以至于我们都认为他是哑巴——要不，怎么一个多月来，我们怎么和他打招呼，他都没有反应呢？有个小伙伴玉子，胆子很大，拿棍子轻轻地戳了清瘦男人的后背，他像僵了般没有任何反应。见他没有反应，玉子便唱起歌来——

　　　　井边有个哑巴，背上沾满泥巴。
　　　　喊又喊不应，戳也戳不动。
　　　　哦嚯，婆娘走了，鸭子飞了。
　　　　哑巴掉猫狸尿里了。

　　玉子本来是乱唱的，可其他小伙伴竟拍着手板伴唱，一时间，井边便热闹起来。再看清瘦的男人，还是没有反应，仿佛我们唱的和他毫无关系。他依然看向远方，看向那条若隐若现的马路。我后来才明白，感情这个东西是把双刃剑，用得好，它能让你开心，充满活力，变得年轻；不然，它将会让你坠入深渊，让你永无出头之日。也许,这个清瘦的男人遇到的是后者。

井边除了我们,还有街上来担水的人们。他们会在清晨或黄昏,挑着铁桶或胶桶,来到井边将桶中装满清澈的井水,然后屁股一摇一摇,溅出的水花随着主人的脚印,消失在石板路的尽头。不得不说,那时的铁桶还兼具闹钟功能,清早六七点,准会传来铁桶铛铛的声音,催促我们这些懒虫起床读书。街上还有几个伢子,经常结伴来挑水,他们吹着口哨,嬉戏打闹,无非就是为了引起隔壁三婶家四妹子的注意。四妹子长得很乖致,一头乌黑的头发,像帘子一样垂在脑后面,白里透红的皮肤嫩得可以掐出水来;尤其是那双眼睛,仿佛能洞悉你所有的心事。四妹子十八九岁,正是青春好年华。听到口哨声,她会害羞地从窗口向外张望。每当这时,这几个伢子就争着往窗口挤来,挤得铁桶哇哇大叫。与其说这些伢子是来担水,不如说他们是想借着担水来看四妹子。

有时候,我们还会看到几个老人,一前一后地在石板路上走着,黄昏把他们的影子拉得好长,一直拉到井边。我们反正没有事,便悄悄地跟在他们身后。到井边,他们稀稀拉拉地坐下,有一搭没一搭地说着话。棉爹说,我崽到国外定居了,一年到头也难看到人,有崽和没崽又有什么区别呢。刘奶奶回,你崽有用呢,能在国外站稳脚跟,那可不是一般人。我的崽连县城都待不下,到处打零工,一年到头还剩不了几个钱,遇到一点难事,就要向我这把老骨头和亲戚借钱。要知道,我又哪里有钱呢?我也这么大年纪了,还不是要靠后人把点零用钱。棉爹说,好歹他还带着一家子在你身边晃悠。我呢,自从老伴过世后,一个人守着那三间红砖房,心里空虚得很。我崽说要我去国外跟他们一起生活,我又不懂英语,每天待在家里,就像笼子里关着的鸟,只能在屋里叫几声。你说,我能待得下去吗?再说了,我那个洋儿媳妇喜欢吃西餐,拿着刀子割呀割,还把手指翘起,假模假样的,我看不惯。你那是身在福中不知福，我这一世想去国内旅游都是奢望。刘奶奶回道。

哎，都是离天远离地近了的人，想得太多也没有用，每天光起眼睛能看到早晨的太阳，吃得下二两米，自己能照顾自己就要得了。棉爹说罢，叹口气。随后指着田里的油菜说，油菜籽老了还可以榨油，我们只能从后辈那里刮油啰。

时间总是在不知不觉间，让人长大和老去，直至离开这个美丽的世界。我前不久回家，得知在井边对话的两位老人都已过世。其实，我很想知道，刘奶奶实现了自己的愿望没有。

晚上，我独自坐在井边，井水还是那样清幽，只是没有人再来挑井水了。现在家家户户都装了自来水，非常方便，谁还会来井里挑水呢？！也很少看到细伢子到井边来嗨了，他们的父母多半在外面打拼，把老娘老爷都接到城里一起生活了；所以，细伢子们也变得和城里的小朋友一样了。以前的田边、土边，像美容师修饰过一样，清清爽爽、利利索索；现在的田里土里长满了茅草和刺蓬，莫说从哪里下脚，就连这是谁的田土都不晓得了。老实说，晓得不晓得也没有什么关系了，因为他们的主人暂时也顾不上它们了。

月光静静地落在井水里，我能够清晰地看到丝草和鱼虾，它们似乎还没有变老，仍然充满活力，仍然活泼乱跳；但是，那张童年的笑脸却变得模糊了，也变得陌生起来。远处的山峰若隐若现，像一幅水墨画。在那高高耸立的银钱山埋葬着我的亲人——我的爷爷奶奶和父亲。因此每次路过这里，我都要看上几眼，默默说上几句心里话。在我离开家乡的日子里，不知道他们是否来过井边，是否让井水倒映出他们苍老的脸——因为这里曾经是他们牵挂的地方。

微型菜园

说到菜园，我就会想起小时候，提着菜篮子摘菜的情景。那时，清晨的阳光特别鲜嫩，和菜园里未成熟的菜一样，而露珠也打着哈欠，似乎才醒过来。

后来到省城工作，我租住在一个大院子里。院子里住着几户人家，给我印象最深的，是个姓刘的大姐，她的小孩在城里读书，她是专门过来陪读的。

刘姐很热情，每次碰见，她总是主动跟我打招呼。她那平常的一句问候，都会让我的心情变得快乐起来。其实，一个人待久了，有时竟有种错觉：自己到底是否生活在这个城市？直到看到刘姐的微型菜园，我才真正确定自己生活在这里。

为什么叫微型菜园呢？因为它很小。所谓的菜园，也只有十几株盆栽的辣椒树，几盆小葱和大蒜，再就是那些种在路旁的冬瓜和南瓜。刘姐很细心，她把瓜藤平行地绕在铁丝网上面，这样，小冬瓜和小南瓜就被吊起来了，风一吹，它们便轻轻地晃悠，像是在跟你打招呼。辣椒也不示弱，结得满满当当的，仿佛要把辣椒树累趴下，以此抗议盆子对它们的约束。

我说，刘姐，你种这么多菜吃得完吗？

刘姐笑着说，哪里吃得完哟，多半是送给别人了。我又不上班，不打牌，别的爱好也没有，种菜只是打发时间的一种方式而已。

我想，她或许种的是一种心情吧。

刘姐见我出神,大声说道,我这里的菜,你看上什么就摘吧,不要有什么顾虑。

其实,每次路过这里,我都有采摘的冲动,我想起了小时候摘菜的情景。不过,我最终还是理智战胜了冲动,没有伸出手来。即使刘姐说过我可以摘菜,但是,她没在场,我总觉得有偷菜的嫌疑。又想到,人家辛辛苦苦种出来的蔬菜,你随意去摘,不觉得羞耻吗?所以,自始至终,我连一个辣椒都没有摘过。

刘姐有两个孩子,男孩十二三岁,女孩十三四岁。他们都很瘦,就像两棵辣椒树。由于院里的房子都是单间,没有独立的卫生间,所以每天清晨,我总能看到两个孩子蹲在菜园旁的空地上刷牙。望久了,我便觉得这两个孩子渐渐变成南瓜藤和冬瓜藤了——在主人精心地呵护下,尽情地舒展着身子,朝着自己的目标前行。

不过,菜园里的蔬菜依然诱惑着我,每次看到刘姐在菜园忙碌,我便觉得生活充满了希望。或许,我们都曾经是菜园里的蔬菜,被人施肥、浇水以及除虫,直到结出壮实的果实来。刘姐很瘦,皮肤也很黑,像一棵大辣椒树。汗水从她的单眼皮上滑过,又流到布满雀斑的脸上。饱满的汗水和她黑瘦的脸庞,形成了鲜明的对比。我甚至觉得,她不应该马上用手揩掉汗水——它虽然不是清泉,好歹也能短暂地滋润她那过于黑瘦的脸庞。这样的脸庞,我太熟悉了,而且我一直认为,这样的脸庞虽然不好看,但的确是值得尊敬的。刘姐太瘦了,衣服在她身上显得很宽大,我希望她能够稍微胖起来些。

总之,刘姐把她的微型菜园打理得很好,那些散发着清香的辣椒,那些迎风飘舞的香葱,看着它们,就让人食欲大开。当然,有时也能看到刘姐提着鱼、肉在水龙头旁清洗。她说,崽女是长身体的时候,加上学业繁重,我得保证他们的营养。

每天清晨,当我打开房门的时候,菜园里的菜香就钻了进来。

它们像一群蛮不讲理的人,不管你愿不愿意,不管你是否高兴,它们竟敢在你的私人领地横冲直撞。虽然它们是不请自来,但是,我丝毫没有责怪它们的意思。相反,我还要感谢它们,是它们激活了我麻木的神经,让生活平添了一份活力。同时,我也希望每个人的内心,都拥有一座这样的微型菜园,因为这能够让人时时感受到平凡而真实的美。

微型菜园,你有吗?

湘江夜色

当我带着夏日最后的燥热奔向湘江时,我的心情是激动的。说真的,我虽然来省城很久了,却还是第一次这么近距离和湘江接触,零距离品味它的宁静和独特的美。

江边堤岸上长满的嫩绿的野草,在夜色中舒展着苗条的身躯,五颜六色的灯光将画家手中才有的色彩,肆意地涂抹在它们弱小而柔软的身体上。

堤岸的人行道上,摆满了地摊,有卖小饰品的,有给手机贴膜的,有卖玩具的,甚至还有一元钱按摩的,简直让人眼花缭乱。给我印象最深刻的是,两个十几岁的小妹子摆的地摊上仅仅只有两箱矿泉水。她们渴望且求索的眼神,在过往的行人身上扫来扫去,似乎想快速地找出那个潜在的购买者。

迎面跑来几个年轻的伢子妹子,他们穿着清一色的黑色运动套装,布满细密汗珠的脸上带着微笑。他们青春的面孔,极具吸引力,连旁边的柳条似乎都想伸出手来抚摸他们。我望着他们渐渐模糊的身影,陷入了沉思——我想起了年少的我,想起了那些已经回不去的岁月——以至于他们消失在人行道的拐角处后,我的目光还久久地停留在那里,似乎想把逝去的青春再拉回来。

那些擦肩而过的游人,快速地消失在某个岔道口,却把各种味道留在了我周围。它们中有江水的味道、青春的味道,还有脂粉的味道。这些味道在湘江的夜色中,不断地沉浮着,似如游移不定的人生。

逐级而下，便到了江边。此时的江面，犹如一块巨大的幕布，幕布周边是斑斓的灯光；幕布中央有星月的影子，有耐心教儿子游泳的父亲；当然，幕布下还有兴奋的水草和鱼们。

夜色渐深，那些没有经过排练的"演员们"，便迫不及待地表演起来。

星月在粼粼的水面上轻盈地舞动着身子，时而把娇羞的脸庞躲藏在水波里，像调皮的细伢子；时而又像霸主，庄严肃穆地望着夜色里的一切，似乎在说，普天之下，谁能与我们媲美？就连平常惯看世事的灯光，此刻也不敢言语，变得胆怯起来，安分地守着自己的那份明亮。

水性很好的父亲，裸露着上身，像条青鱼，时而仰泳，时而蝶泳，在水中愉快地表演；表演完毕，便噗噗地吐出几口水，用手摸摸眼睛，然后，一遍又一遍地耐心地教着儿子游泳的诀窍。小孩穿着醒目的救生衣，瘦小的胳膊在水中抓来抓去，像在抓潜伏在江水中的鱼，又似乎在释放着自己久久学不会游泳的不满。

岸上，有位中年妇女，拿着手机，对着水中的父子拍摄。她那一身圆滚滚的肉，随着手机镜头的移动而颤动不已，有那么一瞬间，我担心她会像停不住的足球般溜进湘江。

中年妇女的旁边是个垂钓的年轻男人，脸庞清瘦，高高的鼻梁上架着金边眼镜，一动不动地望着江水中的浮标。浮标随着水波微微浮动，显示着不同的颜色，那艳丽的颜色，却不会使他分心；因为，他脸上没有任何表情，似乎已进入另一个空间。我本想请教他几个关于钓鱼方面的问题，见此情景，也只得打消念头。

走得累了，我便想找个地方坐下来休息。哪想，经过太阳一天辛勤的照顾，地面都是热的。没办法，我只好蹲在岸边，看着江水一次又一次地撞击裸露的江岸，江岸发出低沉的呜咽声，似在向我求救。

湘江宁静的时候，竟然像个少女，那偶尔荡起的水波，便像是少女羞涩的笑，这种笑在夜色中很迷人；所以，不但在江边，就连桥上都挤满了人，只为争先目睹这令人心醉的笑容。人们似乎很贪心，即使看到了湘江迷人的笑，还要拿出手机或相机，咔嚓咔嚓，对着江面一阵狂拍，似要把湘江这绝世容颜永远地保留下来。

　　湘江是寂寞的，当人们渐渐散去，它也开始进入睡乡，水中的鱼们吐出了泡泡，那便是湘江在打鼾了。湘江又是热闹的，那亮着的灯光，便是它最好的伙伴，即使它已经入梦，灯光仍然一如既往地守在它身边，把人类的秘密轻轻地向它诉说。

　　夜色中的湘江，就像艺术家精心描绘出来的画，看一眼，你便能喜欢上它；再看一眼，它便会霸道地闯进你心里，不论你欢喜时或忧愁时，你便都会想着它了。而当你想着它的时候，你的脚便不会听从你的安排了。

恋上樱花

走进湖南省植物园的大门，阵阵花香便扑面而来。春风和煦，张张笑脸，让我在倍感亲切的同时，心情也变得好了起来。

满园的花儿毫不吝啬，它们就像天使，把淡淡的香味，免费让游客们享用。没用多久，游客们便像是一个个移动的香囊，空气中充满了香味，醉人的笑声回荡在植物园的每个角落。

笑声像清晨晶莹的露珠，洒落在红色的郁金香上，于是，郁金香变得更加婀娜多姿。就连那柔软嫩绿的小草，似乎也感受到了这种莫大的快乐，齐齐伸着脑袋，随着微风扭动着轻盈的身子。

随石阶而上，一排排樱花树围湖而生，白色的樱花像高原上的雪花，显得格外纯净，高傲地在枝头上绽放。此时的她们，又像是身着洁白婚纱的新娘，在举行集体婚礼，那娇羞的模样，毫无保留地展现在游客们的眼前。

湖水荡漾，这一棵棵樱花树，犹如仙女下凡，在清凌凌的水中嬉戏。她们羞涩的面容，若隐若现，吊着游客们的胃口。有的游客迫不及待地站在湖边的石头上，把深情的目光投向湖水，投向湖水映着的樱花树。

我想，樱花树大概做梦都没有想到吧，它们竟是这么受欢迎；否则它们或许可以提前做好准备，以便它像明星般被游客们团团包围时，不会显得那么局促不安。有些游客太过热情，仔细观看还不过瘾，还得拍照留念，以便随时欣赏与回味。一些小姐姐们甚至还撑着油纸伞，拿着扇子，身着汉服，脚穿绣花鞋，在镜头前尽力地展示自己的美——樱花下的那份淡然与恬静，让人仿佛梦回古代某个庄园。

如果说樱花像天使降落凡尘，浑身充满了仙气的话，那么，园中的各色小吃所散发出的诱人的香味，便是人间烟火了。试想，游客们伫立在樱花树下，边游玩边品尝着美味，那该是多么的惬意。

其实，在我心中，樱花树还像是菩萨，大度地将人间的悲喜忧乐容纳，没有丝毫怨言。你来了，我在这里；你走了，我仍在这里。尽管知道人间的很多秘密，却不言说；只在微风拂过时，它才会对人稍作提醒。此时的她，还像慈祥的长者——路过的众生都是她的孩子，她告诫他们前路漫漫，唯有自悟。

有人喜欢养狗养猫，其实，这和我喜欢樱花是一样的——都是在养心，只是方式不同罢了。

诸君若想领略樱花独特的美，想知道她的前世今生，那就亲自去趟湖南省植物园吧，在那里，你能得偿所愿。

樱花，如一阵清风，可吹走烦恼，治愈心灵，在令灵魂得到安宁的同时，亦能让人感受到世间的温暖与善良。

樱花，盛开在我们的灵魂深处。但愿每个见过樱花的人，心中都会生出希望，铭记美好。

和融亭

和风哥爬上一个小坡，几棵挂着牌子的古树便映入眼帘。由于它们实在太过于高大，再加上下着小雨，我想拥抱它们的冲动也只得按捺下去。

雨滴落在蓝色伞上，发出嘀嘀的欢快声音，似乎在催促我们快点往前走，前面有美景等着我们。几声鸟鸣声自竹林中响起，悠扬婉转的声音在竹叶间弹跳，像早晨晶莹的露珠令人惊喜。

我们拾阶而上，黄色或褐色的落叶铺满了石阶，像是一层厚厚的地毯，有着艺术家笔下画作的风格，踩在上面有种松软的感觉。落叶经过雨水的洗涤变得干净了，以至于它们上面细小的虫眼，都能很清晰地被看到。石阶层层向上，一直延伸到和融亭。

石阶两旁还长满了各种不知名的小花和杂草，它们就像是些久违的老朋友，很是好客，在微风细雨下，不断地伸出双手热情地拉住我的风衣。这种原始的野性的美吸引了我，我久久地望着这些熟悉而陌生的朋友，陷入了沉思。记得小时候，我外出扯猪草时曾经见过它们。但是随着时间的流逝，我已经记不住它们的名字了。

亭子的左边，是个石头堆成的假山，三四米高；下面是一个干涸的小池子，里面除了各种大小不一的石头，还有废弃的电线头。风哥说，这一片都是原来老温泉的地盘，你看下面那一排精致的楼房，就是我们昨晚泡泡的地方。

泡泡就是泡温泉，风哥说道。

老实说，我还真不知道这么个新名词。风哥说，灰汤这个地方他来得可多了。自从建了新的温泉池和楼房,他就更想来了。只是这里的生意太好,有时提前都订不到房子,但每年来两三次还是有的。

在这里泡温泉很舒服,这里的水质清澈,硫黄含量少,我每次都要泡两个多小时。昨晚上我就把每个池子都泡到了。这里有玫瑰池、牛奶池、中草药池等等,顾客可根据自己的喜好随意选择。一楼泡澡区环境优美,二楼淋浴室及更衣室干净整洁,三楼有精致的小吃、水果以及悠扬的轻音乐,都是令顾客很满意的。据说,有次一个顾客竟然在三楼睡着了,甜甜的鼾声随着音乐的起伏而飘荡,让人不忍心打搅,直到他的家人找到他。

风哥说完,温和地笑了起来。

你还好意思笑?你昨晚消失的两个半小时,我们脑壳都是蒙的。大半夜了,我们觉都没睡,便直奔温泉找你。我大声说道,你在浴池里享受,我们几个人急得不得了,尤其是毛哥和飞哥,要我打了十几个电话给你,竟然都是提示关机。你微信也不回,你视频也不接,又这么晚了,你说急不急人?毛哥还说,要是你去约会了倒好,只怕是摔倒或出现其他意外,那就不好办了。后来他们打总台电话,要服务员开门。哪想打开门一看,鬼影子都没有见一个。

我没有带手机去,而且我的手机信号不好。风哥急忙解释,要怪,只能怪这灰汤的温泉泡得太舒服了。

对了,当时飞哥像个土匪,拿起桌上的手机,一声令下,走!我和毛哥便乖乖地跟随他去温泉服务中心找你。我边说边学着飞哥的动作,风哥看我一眼,只是抿着嘴巴笑,不作声。

亭子里的水磨石条凳是银白色的,上面隐约有鸟粪的痕迹。我正想坐下,风哥立马拿出手机说,你看这里有樟树、桂花树,还有耸立的竹林,如果不拍几张美照,真是愧对了美景。说罢,也不管我摆没摆好姿势,便自顾拍起来。

我说，我都还没准备好，你就拍完了，拍出来的效果肯定不好。

好着呢，料子好，拍出来好看——不信，你看看。以前有个朋友说，照相说三二一，其实说三的时候拍，效果最好，因为比较自然。风哥很自信地说道。

雨越下越大，整个温泉山庄都被笼在雨雾中，这为山庄增添了几分神秘感。在青山的环抱中，山庄又安静得像婴儿熟睡在摇篮里。我想，它也一定希望四面八方的宾客，来这里洗去烦恼和疲惫，享受婴儿般的睡眠吧。

远处，有个清洁工穿着雨衣，栽着脑壳在清扫马路，如丝的雨雾斜扫在他肩上。

风哥看看时间不早了，说，我们还是去跟大部队汇合吧，等下就该吃晌饭了。

好吧，我不舍地应道。我又说，风哥，吃饭的中餐厅叫和味，西餐厅叫和畅，这里的亭子叫和融。这三和不正是天时地利人和吗？难怪生意这么好，温泉、美景，再加上美食，估计没有几个人能抵挡这个诱惑。

风哥说，是啊，要是再晚点来，房子都订不到了。

走在干净整洁的道路上，几株木棉花映入眼帘，艳丽的花朵在雨中格外引人注目。我本想细细地观察一下，突然一阵诱人的香味飘了过来，我和风哥便加快了脚步，朝着餐厅飞奔而去。

东风桥

东风桥兴建于何时，为何人所建，我一概不知。

我只知道它离我家不远，一眼望去，两边的水泥护栏，像两根巨大的扁担。桥身的石柱上，镌刻着各种花纹，有飞鸟，有走兽，还有花草。这些花纹经过岁月的淘洗，已变得不太清晰了，如不仔细看，已看不出来了——也许是经历过太多的风雨，它们也学会如何保护自己了吧！

那时候，我家有丘大田位于桥那头，每到农忙时节，父母就会带着我去田间劳作。因此，东风桥上，不仅留下了我小小的脚印，还留下了我稚嫩的哭笑声。其实，年少的我，并不能体会父母劳作的艰辛，总是想方设法在桥上多停留一下。所以，每次走到桥边，我就会跟父母撒娇，说我走累了，要在桥上歇一下。父母每次都微笑着说，我家永宝就是名堂多，好吧，那你就乖乖地坐着吧，千万不要东走西走。我点点头，父母便安心地做事去了。大田离东风桥很近，近得好像伸手就能摸到——能够摸到我父母沾满泥巴的双手，能够摸到绿色的禾苗或金黄的稻谷，能够摸到那丘田的希望和收获。在田里劳作的父母，不时地伸起腰来，抬头朝我望望，生怕我掉进了河里，或跑得不见了踪影。

我怎么会掉进河里呢？又怎么会跑掉呢？

只要我获得了玩耍的机会，我便独坐在桥上赏花看草，看着清幽幽的河水，在桥下川流不息。两岸的野花在阳光的照耀下，显得更加生动起来，它们似乎要排着队，花枝招展地走上桥面与我玩耍。有风吹过,我似乎还闻到了它们散发出的淡淡清香,这种清香,轻轻地抚摸着我嫩小的脸,让我神清气爽。其实,我更想走近河岸,零距离地接触那丛丛花草。这对于我这个九岁的小妹子来说,更具有诱惑力。于是,我便跑到河岸边,摘几朵野花,放在鼻子边不断地嗅着,似乎想要把所有的花香吸进体内,似乎希望往后自己的身体里也会散发出淡淡的花香来。

没有想到的是,我还没有把花香吸个饱,却差点被河水卷走。当时,我由于激动,脚跟没有站稳,趔趄一下,眼看就要掉进河里。幸好只是虚惊一场,身边的一棵柳树坚定地挡住了我。本来,我是很注意的,每到水边,父母告诫的话语就会在耳边响起。父母说过,千万莫到水边嗨(玩耍)嘞,浸死了都没有哪个晓得。你还记得不,早几年,对门院子有两个小妹子,在桥边玩水,不小心掉到了河里,还是你二叔冒着生命危险,才把她们救上来的。你说,如果你二叔没有偶然出现在那里,那就不晓得还有没有人了。

所以,我还必须要说说我的二叔。我二叔救了别人的性命,却因为病痛的折磨,又不愿意拖累家人,在某天深夜,从东风桥上一跃而下。二叔决然的离去,留给了亲人们无尽的伤痛。

我赶紧跑到桥上,把野花放到袋子里,细密的汗珠在额上冒出来。这时,桥上的路人渐渐地多了起来。他们有捐起犁耙去水田劳作的,也有挽着篮子去走亲戚的,还有挑着箩筐去赶场的。他们的脸上,泛出兴奋的神色,似乎有醇香的米酒在等待着他们。当然,偶尔也有一两部汽车老态龙钟地缓缓驶过,拖出淡黄色的灰尘尾巴。那个赶脚猪的人也走了过来——刘大爷跟着他的黄金搭档,此刻,那只脚猪扭动着肥胖的身体,骄傲地走在刘大爷前边。刘大爷清瘦而矮小的身体,紧紧地跟在脚猪后面。他手中的竹条,偶尔在脚猪身上抽打一下,但脚猪竟然没有任何反应,仍然骄傲地迈着步伐。这个场景,似乎不像刘大爷在赶脚猪,分明就是某个大人牵着小孩在散步。

刘大爷是老单身公,家里七兄弟,他为老四,两头两尾都讨了婆娘,唯独他单身。终日陪伴他的,只有那头肥胖的脚猪。别人笑他,你也有婆娘嘞,况且,还长得这么白胖,每天还乖乖地跟着你到处韵味。别人刚说完,刘大爷就涨着颈筋,大声吼道,娘卖肠子的!那我拿我这个婆娘和你的换,你愿意吗?

很长一段时间,刘大爷每天清早八早,就和他的"婆娘"悠悠地从我家门前走过。晚霞满天之时,刘大爷便和"婆娘"疲惫地往回走。东风桥是他们的免费驿站。刘大爷每次路过东风桥,都要在桥上歇息,默默地望着西边的彩霞,拿出旱烟抽,那是一种满足或希望的样态。蓝色的烟雾似乎飞到了天边,要融入斑斓的晚霞里。刘大爷的人生,就是这样,风里雨里地赶来赶去。终于有一天,他把自己也赶没了。听说,刘大爷在某天夜晚赶脚猪的途中,不小心摔倒,竟然再也没有起来了。

在东风桥上,我还认识了王奶奶,她给我的印象也极深刻。听说,王奶奶的男人去了台湾,一直没有回来。王奶奶每日以泪洗面,一只眼睛就被泪水浸坏了。她男人去台湾时,她还不到三十岁,几十年间,有很多的热心人劝她改嫁,她却痴情不改,说一定要等到男人回来。街坊们得知她的情况,便纷纷伸出援手,给予她生活上的帮助。她自己呢,种点小菜,喂点鸡鸭,然后拿到场上去卖。可能是年纪大了的缘故吧,每次走到东风桥上,王奶奶总要坐在桥上歇肩。她一只眼睛望着远方,似乎在盼望男人快点归来。有时候,王奶奶也会伸出干枯的手,在布满皱纹的脸上抹几下。我想,王奶奶脸上的泪水和灰尘,可以轻易地抹去,却永远也抹不去心中那些思恋的纹路。

每到初一、十五,就有很多大人带着细伢子来拜东风桥为亲娘。这些细伢子要么是体弱多病的,要么是根基不稳的,需要认个桥亲娘才能健康成长。他们在地上供着三牲，放了水果，线香一点，纸钱一烧，鞭炮一放，还很像那么一回事，大人和小孩都很虔诚。至于灵不灵，那我就不知道了。可能这些来拜桥亲娘的人心里也不是很清楚，应该说，只是为求个心安吧！

这其中有个叫姜满娘的，长得干瘪，似乎用磨子也压不出半斤水来。但是，她开口说话，声音却是水灵灵的，动听得很。比如，一鞠躬下去，她的声音便像玉落珠盘般清凌凌地响了出来，像唱歌似的：我好心的桥亲娘啊，狗伢子不听话嘞，每晚吵得很嘞，你老人家要打个招呼嘞，我会拿好酒好菜招待你嘞。二鞠躬下去，姜满娘又换了话题：狗伢子长得乌漆八黑的，是他爷老子的原因嘞，怪不得我嘞，每次我夫妻在床上时，那个剁脑壳的，都要把灯吹熄嘞，你说生出来的狗伢子，皮肤哪有不黑的呢？三鞠躬刚完，姜满娘又说：既然我崽认了你做亲娘，我们就是亲家了，都说亲家亲家，关门一家，你千万不要记恨我家里那个剁脑壳的，虽说他千般不好，不过屋里少了他，我和狗伢子都会饿死的嘞。

姜满娘说完，有人就捂着嘴巴笑，笑得姜满娘干瘪得像纸片的身体在烟雾中不断地抖动。

每到月色如水的晚上，东风桥就分明变成了情人桥。伢子妹子们就会在桥上三三两两地坐下来。他们不时地抬起脑壳，望着夜空中的明月和星星；然后，在恋人耳边说着悄悄话。有时，他们又栽下脑壳，看着桥下的河水发呆，看着被水波打乱的明月，找寻着在水中嬉戏的鱼虾。他们兴奋的声音在夜色中，随着水波流向远处。如果兴致来了，他们甚至还把东风桥当成了舞台，捡起条形石头当作话筒，在桥面上尽情地释放青春的激情。他们唱歌的唱歌，伴舞的伴舞，一场别开生面的音乐盛会，便在虫鸣的伴奏下拉开了序幕。

其实，东风桥终归是寂寞的、孤独的。每到深夜，它便孤零零地待在那里，连个伴也没有。人们似乎都被夜色吸走了，已无暇顾及它了。而它却是时间的见证者，它看着一些人长大，又看着一些人消失；但它却要遥遥无期地守在河面上，默默地守住曾经的闹热和孤独。

多少年来，我还记得东风桥，忘不了东风桥，忘不了它的热闹与寂寞；还因为东风桥上有我小小的脚印，这些稚嫩的脚印，随着年龄的增长而慢慢变大，却永远也不会消失。

公园观鱼

我这个人有点怪，别人大都是去公园里跳舞、打拳、跑步或者散步什么的，于此我却统统不喜欢，我呢，只喜欢去公园看鱼。

三月的阳光温暖而舒适。本来，我在房子里看书看得好好的，阳光却像热恋中的情人，老是在窗口诱惑我，竟然把我的魂都勾走了。

我来到一墙之隔的公园。公园里整洁干净，绿草如茵，各色鲜花竞相争艳。时不时飘来淡淡的花香味，让我的鼻子很是惬意。游人三三两两踏歌而来，有的戴着太阳帽，有的背着双肩包，还有的推着婴儿车。他们中，有举止亲密的情侣或夫妻，有青春靓丽的少女，还有带着小孩的爷爷奶奶以及年轻的父母们。我跟在他们后面，像个掉队的士兵。那是因为，我的眼睛老是被一汪幽清的湖水所吸引。湖面上，有许多不知名的水草，绿油油的叶片上，探出淡粉色的小花朵。风吹过时，花朵时隐时现，像含羞的少女，探头探脑偷窥梦中情人。

看到湖面上泛起的水花，我便想起活泼乱跳的鱼们。于是，我加快脚步，穿过端庄大气的风雨桥，来到了最佳的观鱼地点。那是靠近山边的一处长廊，离水很近，清澈的水面上倒映着树木和花草。鱼们一来，这些倒影马上就消失了；也许，倒影知道这是鱼们的地盘，不便久留吧。

我伏在栏杆上，时而有人从我身后走过，他们发出咚咚的声音，手臂和屁股偶尔碰到我。但是，我的眼睛却始终盯着湖面，看那些不知天高地厚的鱼们游来游去。阳光投进水里,似乎它们也在羡慕这些鱼们,想要跟它们一起玩耍。突然,有两条红色的鱼在睡莲下面嬉戏,它们并不大,重约一两,有着细长的身体和尖尖的嘴巴。看着它们欢快而甜蜜的样子,我猜想,它们是情侣吧。此时的我,多么想变成一条鱼,无拘无束地畅游水中,那该是怎样的幸福啊!它们一下子撞到睡莲,睡莲不语,微微地战栗。我不知道,睡莲是在提出抗议,还是在害怕发抖——想起我初到省城时,一切都是陌生而新奇的,每到夜深人静之时,我便会感到害怕。其实,到底害怕什么,自己也不完全清楚。

两条红色的鱼一下子又潜入水底,好像在进行游泳比赛。水底的淤泥已被搅动,像沸腾了似的,一下子喷了上来。短暂的浑浊后,又是一片清澈,那浑浊像轻烟般散去,水底还有石头、玻璃和瓷片,我便明白,这片水底不只属于鱼们。

妈妈,妈妈,快看,这鱼好漂亮啊!我们喂点东西给它们吃吧。一个清脆的童音响起。紧接着,一片面包便在水面上漂浮,马上就膨胀起来,然后,像溺水的人般往下坠去。不能乱喂东西给鱼吃。小孩的妈妈穿着绿色的薄毛衣,在我身后喊道。

站得久了,我感觉有点累,于是,我换了一个地方。这里有垂柳,还有木质的黑黄色长条凳;最重要的是,这凳子紧挨着湖边,凳子下面是镂空的木板,睡在上面,照样能看到游动的鱼们。我为自己找到这个好地方而庆幸——竟然差点唱起歌来。杨柳像绿色的带子,随着风无声地摇摆,好像在跟我打招呼。温热的阳光,暖烘烘的,我感觉整个人都被它照酥软了,渐渐地便睡了过去。我不知道,鱼们看到我有何感受——难道只准你看我们,不准我们鱼类看你吗?如果真是这样,那就太没道理了。哎,看就看吧。公园里的人,不也是你看看我,我看看你吗?何况,被鱼们看着也是一种幸福,因为它们不会说你半句坏话。

远处高楼上不知什么时候亮起的灯光，也有着强烈的表现欲，纷纷在湖面上秀出自己闪亮的容颜。那两条红鱼呢，它们一定依偎在水中的某处，偷偷地观察着我，只是我看不到罢了。也许，它们在讨论所看到的人类，那些憔悴或者光鲜的外表下面，是否隐藏有一颗孤独而痛苦的心——不然，他们为何要观赏我们呢？我们鱼类虽然生活在水中，阳光却一直照耀着我们；当我们来了兴趣，便可以冲破重重黑暗和阻力，还能够看到五彩斑斓的夜色，还能够做美梦。想到这里，我便勇气大增，即使遇到再大的风雨，也能挺过去。再说，我们的泪水难道有湖水那么多吗？

　　我要走了，鱼们也该休息了吧？

那个下雪的季节

小时候我总盼望着下雪。因为对于当时的我来说,下雪意味着马上就要过年了,过年就能穿上漂亮的新衣服,吃到喜欢的东西;最重要的是,还有姆妈给我的两块压岁钱。

那时候的雪,落在田间地头的多,落在瓦片上的就更多了,放眼望去,就像一个个巨大的白馒头随意地摆放着。不得不说,这对于我来说,是一种极致的诱惑,我会忍不住跑到那些"馒头"上打滚,把脑壳埋进雪里,体会雪花的温度和味道。老实说,它更像是一种特别的玩具,总是会给我带来不一样的快乐。

有次,我突发奇想,竟然和弟弟妹妹跑到后面的菜园里去抢救白菜和萝卜——看着它们翠绿的叶片在雪中若隐若现,仿佛在向我们求救,我们就感到很心痛。于是,我们拿出自己的看家本领,用棍子敲打积雪,企图使它们干净利落地从白菜和萝卜上掉下来。我发誓,我们姐弟的出发点是好的;但是,白菜和萝卜却被我们折磨得面目全非,这可不是我们愿意看到的。

记得后来姆妈来到菜园,把凌乱的碎叶子捡回去喂猪喂鸡,并且对我们说,菜叶子你们就莫想吃了,等着吃猪肉和鸡肉算了,你们就慢慢等吧。按照姆妈的一贯作风,我们定会吃上笋子炒肉(指用竹片打屁股),也许,是姆妈那天的心情好吧,我们才躲过一劫。当姆妈说完这句话时,我们如释重负,相互做了个鬼脸,打起飞脚跑开了。

在我的印象中,姆妈对下雪不会有所期待,她甚至有点怕下雪,最主要的原因是,看到下雪,她就会想到那些被我们损坏的白菜、萝卜。一直到现在,她还清楚地记得。再就是那年生我坐月子的时候,由于家里贫困,整个月子里,姆妈吃的都是像雪一样白的大萝卜。姆妈无数次说,萝卜我一世不吃都要得,看到它我就流青口水,心里慌得不得了,有时甚至还想呕吐,就像当初怀你一样。听到这里,我心里很难受,但是,每当别人夸赞我的皮肤白嫩时,我的心里又很高兴;因为那时的我总以为,皮肤乌黑的姆妈能生下白嫩的我,萝卜功不可没。

说来也怪,姆妈要为我们置办过年的新衣服,要去街上买年货时,她竟然一点也不怕雪了。大清早,她就去场上,早饭也顾不得吃,匆匆出门,然后,大包小包地拎回家。我们问她为何去那么早,她大声地说,当家人呢,你怕跟你们细伢子一样!还有很多事要做呢!等下还要冲糍粑、打豆腐,到下午杀猪的屠夫也要来,不安排好时间事情哪里做得完?姆妈的话像豆子一样,一下子爆了出来,爆得我们哑口无言。

我们没话说,只好去和雪花对话,找寻属于我们的快乐。

过年的新衣服到手后,我们最多只是试下大小,就把它们叠好放在枕头边,等待新年那天开穿:一来是怕把衣服弄脏,二来是为显示过年的隆重。其实,我们的要求也不是很高;不过,就算想高,也高不起来。

晚上,阁楼的灯光比较昏暗,暗到跟妹妹一起睡觉的我竟然看不清她稚嫩的脸蛋。这时,窗外的雪透过斑驳的小木窗,大胆地映照到麻纱帐子和老旧的木柜上来。这白光竟然让我有丝丝惊喜和温暖之感,我们一点也不觉得寒冷,没多久便甜甜地进入梦乡。我想,在这样清冷的夜晚,也只有亮瓦上的雪花,能够看到我们睡觉的模样吧。

现在看到雪,我依然会生出童年时的惊喜和兴奋的感觉,雪就像一个慈祥的长者,让我感觉亲切。现在的我,多么期待有一天,作为大姐的我一声令下,弟弟妹妹就跑到我身边,我们手拉着手,随着欢快的歌声,在雪地上飞奔。

天桥

  天气太热，很久没有出去逛街了。
  于是，我准备了一瓶水、一本书，用黑色的小背包装起来，往肩上一撂，像读书时那样，再把乌黑发亮的长发拨到胸前，让它随着我轻盈的步伐有节奏地摆动。
  整个城市在夜色中散发出五颜六色的光芒，闪烁的霓虹灯构成城市缀满珠宝的外衣，让人惊艳。我漫无目的地走着，眼神迷离，四处张望。
  不时有车子从我身旁呼啸而过，把汽油味留给发呆的我。夜幕中的行人穿梭在街道上，就像蚂蚁攀爬在大树上，他们或许都在努力找寻属于自己的家，又或许是急于想卸去满身的疲惫，以致他们没有多余的话语。是的，我始终都没有听到他们爽朗的笑声，他们难道也和我一样感觉很累吗？
  为了安全起见，我随着人群走上天桥。那些老的和年轻的身体从我身边走过。于是，我嗅到了不同的味道，有刺鼻的脂粉味，有熟悉的花露水那淡淡的香味，还有老年人身上的味道，它们直往我鼻孔里钻——不管我是否愿意，不管我是否高兴。
  抬头便看见高楼大厦的灯光，也许是因为楼层高，那些灯光射出了像阳光照射在破碎的玻璃上面而发出的虽细小却耀眼的光芒。天桥上的行人渐渐少了，一阵风吹过。望着桥下川流不息的行人和汽车，一种强烈的孤独感突然向我袭来。此时的我像外星来客，独自游走在人间。我望着拖起行李箱、抱着小孩的年轻父母若有所思。在经过短暂的拥挤后，马路上的人群和汽车消失得无影无踪。他们和它们怎么可以这么快速地离我而去呢？似乎快得让我来不及看清这人间的本来面目。此时的我，再也无法继续待在天桥上，我担心一不小心，掉落的泪水会砸伤过往的行人。这就是我生活的城市啊！我怎么忍心让泪水打破这夜的宁静呢？

　　这种想法在脑海中一闪而过，除了在天桥上停留，我还能去哪里呢？不得不说，此时的天桥是最为安全的地方。至少不用担心飞驰而过的汽车。在天桥的转弯处，有好几个摆地摊的老人，其中一个头发银白——在忽明忽暗的灯光里，竟映出五颜六色的光来。夜色中，我看不清她的脸，只看到一张很大的尼龙纸铺在地上，纸上整整齐齐地摆放着袜子、毛巾等日常用品。路过的人多，购买的人却极少，这让我不由得生出一些怜惜来。但不知道我出于什么心理，最终也没有买她的东西，没有为她减轻一点负担；其实，我完全可以买她的东西。

　　那一对对热恋中的男女，是没有闲心蹲下来看这些廉价物品的。他们把青春的脸庞放在恋人的怀抱里，把呢喃的情话拥在夜色的大衣中，以至于我不曾听到他们说了些什么。我也实在没有必要听他们说些什么；毕竟，谁都曾经年轻过，或多或少都曾经尝到过恋爱的味道。

　　在我出神的时候，天桥下方走上来一个六七岁的小女孩。她一手拿着玩具，一手拿着一瓶牛奶慢慢地喝着，脸上露出灿烂的笑容。她高兴地扑在年轻妈妈的怀里，手中的牛奶瓶却掉落下去，发出咚咚的响声。牛奶瓶在天桥上打了几个滚，滚在了栏杆边，想是在默默流泪。我正在考虑是否去帮她捡起来时，小女孩像一阵风似的跑到我的面前，拾起地上的牛奶瓶子，说道，我妈妈说了，不能乱扔垃圾。有那么一瞬间，我想静静地待在天桥上，不惧风雨，不怕黑夜，看是否有人也把我捡了去。

小女孩头上的兔子发夹很漂亮，此时的她，也像活泼可爱的小兔子，蹦蹦跳跳地找妈妈去了。望着她娇小的背影，我的眼睛突然潮湿起来。

天桥在岁月的洗礼中，以及人类的踩踏中变得光亮。我想，它应该感到很充实吧？——如潮水般的人类，每天在它的躯体上踩过，它的价值得到了充分彰显，它应该露出满足的笑容才是。

站在天桥上，就像站在人生的路口，那四通八达的天桥，每天都有人上来或下去——有人离去，但还会再来，有人就从此消失在世界的某个角落。

或许，每个人一生中，都要走过很多桥。不管这桥有多长，对面有什么不可预知的危险或希望，我们都需用心且大胆地走过去，只有走了过去，我们才能找到真正的自己。

清晨之见

早上六点，平常热闹的街道显得异常安静，街道两旁的铺面大多数都没有开门；当然啦，早餐店除外。

街道被清洁工打扫得干干净净，只有零星几个脚印，孤独地诉说着主人的离去。由于起得太早，胃口还不是太好，我就随便在包子铺买了个花卷，这就算是早餐了。走到路口，平常守候在这里的几辆摩的此时还不见踪影，我突然感觉有点不太习惯。最初，他们一看到我路过，那种渴望的眼神，简直让我无处遁逃，且实在令人难忘。有时，我还没有走到摩托车旁，他们的身子就动了起来，做着车子发动前的准备，好像我这单生意非他们莫属。老实说，我一次也没有坐过他们的摩托车，这不是我狠心，谁叫公交车这么方便呢？——不但价格实惠，而且更有安全感。因此，这样的次数多了，等我再路过时，他们便不再有任何反应了。也许，他们已经知道，就算他们再期盼，也是毫无希望的。

每每我运气好时，还能碰到那辆装饰着鲜花和兰草的公交车。兰草在塑料瓶子里伸着长长的脖子，把绿意和清新带给每一位乘客；而它自己则像个目空一切的狂妄之徒，高傲地抖动着纤细的身子。再仔细看，装着兰草的瓶子都被带子牢牢地扎在扶手上，就算是车辆再颠簸，瓶子里的兰草和泥土也不会掉出来。由此可见，司机是个有心人。

至于那些不知名的花，散发着淡淡的清香，和车厢里的脂粉味、外卖味、汗味以及其他一些味道瞬间就融合在一起了。幸运的是，花香盖过一切味道，它们像夏日飞舞的精灵，在车厢里自由自在地飞来舞去，或是悬浮。我舍不得打开车窗，担心香味溜了出去，于是，便把脑壳靠在玻璃上，闭上眼睛养神，或者看几页书，也算是一种别样的享受吧。

当公交车穿过隧道时，车厢里顿时变得暗了起来，隧道里的白色灯光，在车速的助力下迅速刺穿车窗，在乘客的脑壳上一闪而过，抑或像水波冲击了一下坚硬的礁石便立即退去。车子穿过隧道，再过几站就离江边不远了。一眼望去，便能看到几个小伙子气喘吁吁地朝前跑着，脸上像打了胭脂，看那副架势，仿佛是要跟我们的公交车比赛。他们那扎在腰间的衣服的袖子，像把剪刀，不断地去剪身旁的树木和花草。清幽幽的江水、高大的樟树，还有奔跑的行人，像一幅动静相宜的画作，非常养眼，令人忍不住回望。

当车路过广场时，一个满头银发、精神矍铄的老大爷，牵着一只小白狗，悠闲地在草地上散步。老大爷清瘦，功夫装却很宽大——像牛栏里关着小猫——衣服随着微风荡来荡去。我有种感觉，要是风再大点，这件衣服随时会抛弃它的主人。突然，小白狗大叫一声，便往马路上跑去，老大爷反应极其敏捷，紧紧地拽住狗绳，只几秒钟，就让小白狗老实起来。

时间快到七点钟，路上的行人和车辆渐渐多了起来。车声、人声、鸟叫声以及机械工作时所发出的声音，各种声音混合在一起，像是在举行一场盛大的音乐会。车子拐了个弯，地铁口赫然坐着一个中年男人，他不断地朝路人张开嘴巴微笑，像见到了久违的老朋友。再仔细看，他竟然没有双腿，圆圆的屁股坐在木板上面，木板之下估计是有四个轮子。只见他从油腻的背包里，掏出一块塑料牌子挂在颈项上。牌子上写着密密麻麻的文字，由于隔得远，不知道到底写了些什么，我猜，一定是他乞讨的理由。然后，他不断地用手去撑地面，身体随之灵巧地转动起来——像他的微笑一样自然。

我不知道他经历了怎样的不幸，但是，我还是希望有好心人能够伸出温暖的双手帮帮他。

　　我快要到站的时候，车厢里除了司机，就只剩下我和后排的一位老大爷。此刻，老大爷正拿着手机和他的女儿通电话，他声音很大，大得整个车厢都听得到。从他断断续续的通话中，我得知他的女儿远嫁外地，由于各种原因，已有五六年没有回家了；而他的老伴早已去世，他独自守着单位分的老房子。渐渐的，老大爷的声音小了起来，而且越来越小，小得像蚊子叫，渐渐没了声息。

　　当我下车的那一刻，于无意中，我看到老大爷正用衣袖拂去眼角的泪水。

我的奶奶叫春香

奶奶的名字叫春香,我常常在想,奶奶是不是出生在春天,身上带着淡淡的花香?

奶奶有好多兄弟姐妹,我也记不清具体数字了,大概有十几个吧。那时,老婆婆做完事回来,就到处捡人,猪栏旁、柴角落、草垛里……每次都收获巨大。老婆婆说,我奶奶算是命大的,在那样物质匮乏的年月,她即便使出浑身解数,还是有几个崽女饿死了。老婆婆每次说起这些往事,就忍不住掉眼泪。

记得小时候,我们街上有个叫仲胡子的,一个瘦黑的小伢子,比我大三岁,调皮得很,老是欺负我。奶奶知道了,就叉着双手,对着那个伢子一顿乱骂,骂得他大气都不敢出一声。奶奶最后还要来一句,你要是再敢欺负我孙女,就莫来我井里挑水喝,干死你这个斫脑壳的。每次听到奶奶骂完,刚刚还梨花带雨的我,马上就破涕而笑。这正应了我们那里的一句俗话,"一哭一笑,黄狗儿撒尿;乌龟儿打锣,黑狗儿抬轿"。奶奶总是用自己的方式来保护我。多年后,奶奶被车子撞伤了,肇事司机逃跑了。看到奶奶躺在床上痛苦地呻吟,我却无力为她做些什么,既不能代替她疼痛,又没法子找到那个没良心的司机,故而我心里很痛。

那时,奶奶家里烧的是地炉子,煤炭用水搅匀放到灶里,新鲜得如同刚屙出的牛粪;区别是,一种是带着硫磺味,一种是带着淡淡的臭味。等到煤炭烧干点,奶奶总会放上罐子,煮几个鸡蛋。罐子是麻黑色的,跟燃烧的黑牛粪一个色。等我们放学回来,奶奶就把鸡蛋拿出来,不烫不凉,我们刚好下手。

有一年冬天,我穿了件镂空的红毛衣,里面衬了件薄薄的棉毛衫。阵阵冷风像钉子样钻进毛衣,我只觉得浑身又冷又痛,小手也被冻得通红。刚进家门,我就跑到奶奶屋里,奶奶用温暖的大手一把捂住我的小手,使劲地摩挲着,这种感觉真的好舒服。奶奶一边摩挲,还一边说,永宝,现在好些了吧?不冷了吧?等到我双手热乎后,奶奶就像变魔术似的,从罐子里掏出一枚鸡蛋来,迅速地敲开,剥壳。趁奶奶帮我倒水的时候,我拿着一根筷子向罐中投掷,一次,两次,我觉得很好玩。也不知玩到第几次时,在筷子掉落的瞬间,罐子竟然在煤炭上开了花,吱的一声,整个屋子充满了硝烟的味道。奶奶吃惊地看着我,不明白我是用何种"武功"让罐子"开花"的。我想,当时奶奶的眼神里除了惊讶,应该还有心疼吧——奶奶嚅了嚅嘴巴,始终未曾责备我半句。

我长得像父亲,父亲又像奶奶;所以,我遗传了奶奶的好皮肤和瓜子脸。奶奶每次去娘家,都会带上我,逢人就向别人介绍,这是我孙女呢。听到别人夸奖我既白胖又可爱,奶奶脸上就笑开了花。家里来了客人,奶奶总是第一个喊我去吃饭,至于我的妹妹和弟弟,奶奶似乎忘记了。要知道在当时,只有来了客人,奶奶才会去街上买点肉,或买条小鱼——借此机会,奶奶便让我打打牙祭。

有次我姑父回来,带来了我们平时难以吃到的香蕉,奶奶竟然把香蕉收宝样的收起来,待我从她门边过,她轻轻地唤我一声,招招手,小心翼翼地扯下一根,送到我手里。我感觉这东西真好吃,软软的、甜甜的,奇怪的是,居然还是长得一根一根的。以往,我只晓得苹果、橘子和梨子,它们都长得圆圆的。

毕业后,我去市里教书,奶奶既高兴,又舍不得,拢起双手送我去坐车。我看到奶奶的眼角有晶莹的泪珠滑落。她快速地转过头,用衣袖在脸上擦了擦,笑着对我说,永宝,你要好好工作,教小朋友要有耐心，要像对待自己的弟弟妹妹一样。我抱住奶奶，奶奶的怀里有种熟悉的味道，这种味道，既像香蕉的味道，又像鸡蛋的味道。当车子开动的一瞬间，我的眼泪像决堤的河水，一发不可收拾。奶奶干枯而长满皱纹的手，晃了几晃，就变得越来越模糊了。

听母亲说，奶奶每隔一段时间，就会到塘边的小路上张望，看到像我的妹子，她总是嘀咕着，那是永宝回来了吧？

奶奶叫春香，我知道，每当春天来临的时候，她就会再回来。

忆父亲

父亲走了,离开我们已经有两年多了。他走得很突然,来不及跟亲人们告别。我无法得知父亲走时有没有痛楚,我只知道,在那个晚上见到他时,我的心很痛,痛得无法呼吸。他静静地躺在床上,就像睡着了一样,我和亲人们撕心裂肺地呼喊,他已经无法感觉到了。要是在平常,他会怜爱地为我擦掉泪水。

父亲和母亲

父亲早年在外架电线，人很能干，也很老实、勤快。领导看中他，要他转正到县城邮电局上班。他把这事跟奶奶一说，奶奶不同意。奶奶说，你走了家里田地谁来侍弄？你是大的，你应该明白这个道理。父亲虽心有不甘，但也不好说什么。在那样的年月，填饱肚子是最起码的要求。

父亲和母亲是别人介绍认识的。他们的爱情和大多数人一样。在我的记忆中，他们总是为一些鸡毛蒜皮的小事争吵。比如说像看电视，父亲要看《新闻联播》和战争片，母亲要看浪漫爱情连续剧。他们可以半天不说话，但是一到饭点，就会对我说，快去喊你老爸（老妈）吃饭。要是父亲在田间忙碌，母亲还会打发我去田间喊——我是他们之间的陀螺，是润滑剂。父亲爱酒，很爱的那一种，喝醉了就不停地说话，偶尔还会骂人。这些都是小事，母亲不让他喝醉主要是怕伤身体。母亲总是在父亲耳边不停地念叨，父亲总是左耳朵进右耳朵出。有时，母亲气急了，在饭桌上就会抢掉父亲的酒杯，父亲追着要，母亲则快步跑进厨房，把酒和酒杯藏起来——就像两个调皮的孩子在玩捉迷藏。或许，这也是一种爱的表达方式吧。最后总是父亲满脸通红，气得说不出话来，只有乖乖地吃饭。记得有一次，父亲不知从哪里搞来一缸酒，偷偷地放在粮仓后面，趁母亲不在的时候，就像个小偷一样溜进去偷喝。我发现好几次，父亲每次都哄我说，喝一点点没事的，不要跟你妈妈说。我不跟老妈说，但是，老爸绯红的脸出卖了他。那一次，我和老爸都挨了母亲的训。直到后来问父亲，为什么这么喜欢喝酒，父亲说，喝点酒他的脚就会舒服很多。严重的风湿性关节炎，让他浑身不舒服；最严重的时候，脚趾都痛变形了。而这些痛楚，父亲都是瞒着母亲的，他怕母亲担心。

有时，我想，要是当初奶奶让父亲去邮局上班，那该会有怎样一种生活？父亲在县城邮局上班，也许就不会和母亲相识。那么，这个世界就不会有我们三姐弟了。

挖红薯

还记得小时候,父亲带我到石山上挖红薯。石山离家里有两三里路,我和父亲吃过早饭就马上出发了。父亲担着谷箩,镰刀和锄头就放在箩里,我拿着一根扦担(比扁担要长点,两头削尖的,中间保留竹子的原状,圆圆的)。父亲温暖的大手拉着我,在阳光里行进。路旁的黄丝茅草随风飘扬,一下高昂着头,一下又俯下身子,就像是在表演舞蹈,我忍不住想要去扯一根来玩。父亲说,它的叶片像锋利的小刀,一不小心就会把手割伤,小孩子最好不要拿它来玩。又说,别看它割手,但是它的根却可以治病哦!煮水喝有补中益气,除瘀血、寒热等功效。真的看不出这小小的茅草,还有着这样大的药用价值。我似懂非懂地点了点头。我像个小跟屁虫,跟在父亲后面,问这问那,父亲不厌其烦地、耐心地回答我。我还唱着刚学的一首新歌:"没有花香,没有树高,我是一棵无人知道的小草。"不知不觉中,就到了山脚下的红薯地。看着那些绿油油的叶子,我忍不住在上面打了好几个滚,一边笑着一边翻滚,不亦乐乎。我想,这也算是别样的拥抱吧。

父亲高大的身影在阳光下格外显眼。父亲好像不是在挖红薯,而是在挖宝藏,脸上始终带着甜甜的微笑。父亲高大英俊,国字脸,皮肤白,怎么晒都晒不黑,羡慕死村里那些女人们。当大大小小的红薯露出来的时候,父亲更高兴了,大声喊我来捡红薯。我一边捡一边吃,手上和脸上都沾满了红薯浆,活脱脱像只大花猫。捡累了便跑到旁边的石板上玩,用红薯叶子上面的茎作耳环:一副挂在自己耳朵上,一副挂在父亲耳朵上。父亲说,红薯藤做的耳环他戴不稳,只有金子做的耳环他才戴得稳。我说,哪有男的戴耳环的?母亲戴还差不多!父亲笑着说,你发狠读书,长出息了给老爸买金耳环,我再转送给你母亲。哈哈,原来是这样啊!父亲这个主意打得蛮好呢。

  我不知什么时候,在石板上面睡着了,醒来时,月亮照在我的脸上,好像在说,你这个小懒虫,快去帮父亲捡红薯。我揉了揉眼睛,一大块红薯地,挖得剩下不多了。父亲高大的身影在月亮下有点模糊了,因为他离我睡的地方有点远了。望着这大大小小的石头,在月色下朦朦胧胧,又想起大人们无意间说的鬼故事,顿时感到有点害怕,我不由得大声呼喊父亲。

  山下的炊烟袅袅。那温暖的灯光,像眨着眼的小星星。父亲在扦担上穿了两把小小的红薯藤,放在我肩上。回家的路上,我可能是饿了,朝家的方向飞奔而去。父亲呢,则在后面喊,慢点慢点,小心莫摔倒了。

最后的时光

父亲病了,母亲哭着打来电话。我的心一紧,一般情况下,母亲是不会哭的。我和老公火急火燎地赶往父亲家中。父亲在病痛的折磨下,双眼下陷,很是憔悴无力,对我的呼喊回应很少。在送父亲去医院的途中,我的眼泪忍不住掉下来,我悄悄地把头背过去,假装望着车窗外的风景。刚到医院不久,医生就下了病危通知单。我拿着病危通知单,跑到医院走廊的尽头放声大哭——像泄了闸的洪水,一发不可收拾。痛哭之后,我掏出手机,把父亲的情况告诉了妹妹和弟弟。

第二天,父亲只吃了一点点米饭,他的生命和吊着的生理盐水一样,正在慢慢地一点一滴地耗尽。我和妹妹一起照顾着他,其他还好,就是上厕所不是很方便。父亲坚持要下床,说在床上不习惯。我们把他扶下床,想送他到厕所门边,他坚决不肯,进了厕所还把门关了又关。我们只是担心走路摇摇晃晃的父亲会摔倒,他心里应该是明白的:如果他在厕所里时间稍微久点,我们就会敲厕所的门。在我和妹妹敲了第三次门后,父亲啪的一声把厕所门打开,满脸不高兴,嘴里嘀咕着:两个讨厌鬼,老子上厕所都不自在。

紫色的葡萄在桌上闪着光,父亲望了一眼。我们姐妹赶快洗了一小盆,细心地喂着父亲。我仿佛看到小时候,父亲喂我吃东西的样子。他吃得很开心,还和我们聊着天,我们都以为父亲已经好些了。我记得那天下午,护士来送缴费清单的时候,他的眼神有点忧郁。他说,住一天好几千,还是早点回去好了,这钱花得像流水一样,他心里痛。父亲的心情我能理解,他是节约惯了的人,突然要花这么多钱,是有点舍不得。我和妹妹为了缓解父亲的情绪,不停地说着小时候开心的事情。

记得那时,我们姐弟三个,总是趁父亲出去做事的时候,偷偷地溜到阁楼上。我们知道,父亲常常把法饼藏在坛子里。而坛子呢,就放在阁楼上,上面用报纸盖住——如果不用心看,是发现不了的。我们姐弟既想偷吃,又怕挨骂。最后只得想了一个让人发笑的办法,那就是,每个法饼都打着圈圈咬:弟弟一口,妹妹一口,我一口。结果是,三个人咬的大小、力度不一样,法饼就像狗咬穿的个南瓜。如果把咬过的法饼再放进坛子里,父亲一定会发现的,最后,我们只得把法饼整个吃掉。这之后我们要做的就是,悄悄观察父亲的脸色,如果父亲脸上显示阴天,那就是暴风雨要来了,我们就会躲到奶奶家里去,或者是跑到外面去玩。

我们刚一说完,父亲就忍不住笑了起来,说道,傻孩子,法饼本来就是给你们吃的,只是想用它来奖励你们多做家务或者努力读书。你们当真以为我不知道法饼是怎样不见的啊!

那时我们不知道,这是父亲最后的发自内心的笑。得知消息的亲朋好友陆陆续续来看望父亲,父亲躺在床上,什么都知道,但是,那时他已没有力气和亲人们交谈了。

一天早晨,父亲早早就醒了,吵着要回家,我和妹妹怎么劝说都没有用。说到最后,父亲急了,大声问我们,你们知不知道明天是什么日子?我们猛的一下想起来,明天是父母亲结婚四十周年纪念日,也是端午佳节。我不知道父亲哪里来的这么大力气大声说话,他已经很久没有这样了。这是爱的力量,还是他明知自己大限已到,想叶落归根,要在自己家里回到不得已的那个地方。我想,应该两者都有吧。

父亲在回家的那个晚上,悄悄地走了,如一片飘落的树叶,不知道最终飘向了何处。我敢肯定的是,善良的父亲一定在天堂里,正含笑望着他深爱的亲人们。

身处异地他乡,我常常在某个深夜,突然惊醒,梦中父亲慈祥的笑容依旧,或许,他从不曾真正离开过我们。当我打开电灯的那一刻,我放声大哭,任思念的泪水横流。

母亲的变化

小时候,家里住的是土砖屋,土墙土地面,总感觉连人也跟着土了起来。就拿我来说吧,一个小妹子,秋年四季穿着两件灰不溜秋的咔叽布衣服。为此,我对母亲很不满,而母亲总是有理由打发我。她说,家里什么条件你难道不晓得吗?这种颜色的衣服禁穿,弄脏了不太显眼,多穿几天再洗,既省钱又省时。

那时候,赶场买菜,母亲总是最后一个去。她说,快收场的菜便宜,虽然看相不好,味道是一样的。母亲还有一个绝招,就是煮菜放很多盐,尤其是做鱼。说来也怪,我们一家五口都喜欢吃鱼。母亲每次从场上买回来鲢鱼,清洗干净,剁成像粉笔样的长条,然后,好像盐不要钱似的,一层又一层地撒在鱼条上面。撒完后,还用手摸来摸去的,像在给鱼条按摩。

母亲把腌制好的鱼条,小心翼翼地放到碗柜里——好像有猫躲在某个地方窥探。煮菜时,母亲就放上五条像粉笔一样的鱼条,再加一大把青辣椒,就算一道菜了。

土砖屋后面,是猪栏和牛栏,紧挨着它们的是厕所。不用说,它们也都是用土砖砌成的。最让我烦躁的是,我每次上厕所,猪牛们就像约好了似的,大声地叫起来,好像我不该来打扰它们。这些讨厌的家伙,也不想想,我是它们的主人!我还记得,厕纸不是作废的作业本,就是按斤称的粗糙且带着杂质的卫生纸。

后来,周围邻居陆陆续续建起了红砖瓦房。这让母亲深受触动,她经常唉声叹气地说,我们如果能建个一半红砖一半土砖的屋子，我也就心满意足了。父亲听罢，大声说道，要建就建一栋红砖屋，哪有红砖土砖各半的屋子？也不怕把人笑死吗？父亲说话向来一口吐沫一个钉，是算数的。父亲马上买了两头猪婆，还买了三头小猪崽。除了起早贪黑伺候这几头猪，父母还做起了小生意，到太子庙买上斗笠和背篓，挑到场上去卖，以赚取微薄的利润。后来，两头猪婆又生了十几头猪仔，父母就更忙了。我常常夜里醒来，还看到父母在做事。尽管很辛苦，父母却始终没有放弃。当时我和弟妹还小，不知父母的辛劳；但是，父母脸上的皱纹和头上的白发，我们是清楚的。直到现在，我还记得父母当时的模样。

几年后，我家就盖起了三层的红砖屋。

红砖屋外墙还贴了白瓷砖，太阳一照，瓷砖便发出耀眼的光芒。每隔一段时间，母亲还要把沾上灰尘的瓷砖抹得干干净净。抹罢，母亲总要在宽大明亮的玻璃窗前站很久。母亲说，永宝，你快来看啰，这玻璃窗子像个魔法师，把好多东西变在里面，有山有水，还有很多人和动物。我扑哧一笑，此时的母亲，就像天真无邪的小孩。我想，也许是母亲文化不高，不知道如何表达自己的喜悦之情吧。母亲还买了马桶，上厕所也不觉得脚麻了。红砖屋距离猪栏牛栏有点远，自然，猪粪和牛屎的味道也闻不到了。

父亲却不习惯马桶，经常偷偷跑到老屋那边的厕所去方便，每次带着一身异味回来时，母亲就要斜着眼睛骂几句，说父亲有福不晓得享。父亲呢，每次咧开嘴巴，露出一口雪白的牙齿，嘿嘿地笑几下，便算是回应了。

但最大的变化是，母亲煮鱼时，味道比以前淡多了。母亲说，她其实不喜欢吃得太咸，那时候还不是为了省钱。现在呢，她竟然不太喜欢吃鱼了，说吃得太多了。

我逗趣说，老妈，你再也不要买那些贴着特殊标记的苹果了。我记得，老妈那时候为了省钱，总是买那些有小洞的苹果——有些商家为了苹果表面好看，就用商标纸把小洞贴上。母亲听罢，不好意思地笑笑说，为了弥补当年的损失，我现在买水果都是挑最好的买，一买就是几件；另外，像奶粉和坚果之类，家里也从来没有断过，我每天早晚都要喝牛奶，一天两杯。

看着母亲满脸幸福的样子，我不由得开心地鼓起掌来。我说，老妈，你这么大的人还喝牛奶，应该是"大康生活"了，小朋友喝牛奶是"小康生活"。

母亲抿着嘴巴笑起来，最后，竟然忍不住哈哈大笑，笑得屋子都颤动起来了。笑声惊动了堂前的小燕子，它们飞来飞去，时而又停下来观看，像一个称职的侦探。

二叔

二叔叫美平，是我父亲的大弟，他在我小的时候就去世了。现在，奶奶一提到二叔就会掉眼泪。

二叔人长得高大，国字脸，用我们那里的话说是个好伢子。他为人热情、善良，一身正气。二叔在我们街上的资东书院教书。二婶也是老师，娘家也是我们街上的。两人本该幸福地生活着。可是，天有不测风云。一天，上课的时候，二叔肝脏部位突发疼痛，豆大的汗珠，从他头上不住地冒出来，脸都痛得扭曲了，煞白煞白的。二叔用手使劲捂着肝脏那里，坚持讲完那堂课。台下的学生，也是在感动和泪水中听完课的。

回家休息之后，病情还是不见好转，二叔就到乡赤脚医生那里开了点止痛药。没有想到的是，此后二叔就和药缠上了。在后来的两年多时间里，由于经济条件的限制，二叔只能买草药对付。一担一担的草药买回屋，喝得他都恶心了；而且，因为没钱，几个月都难看到肉末星子——正常人这样都心慌慌的，莫说这有病的人了。二叔心里也很难受，他总说既花了钱，又拖累了家人。他常常是把药喝下去，泪水就不知不觉地流了下来。奶奶和父亲他们看到这个情景，心里也是难过得要死。可是，在那个年月，他们也无可奈何。

一日午后，阳光明媚，二叔喝过药后，感觉好点了。他想起河边的菜地要除草了，自己正好到那里扯点草，放到塘里喂鱼。他便担起粪箕，往河边走去。刚到河边，就听到一阵呼喊，救命啊！救命啊!

二叔循声望去,河里有两个小妹子正在不停地扑腾着。二叔想也没想,就直接跳进河里,也顾不得自己还生着病。由于河水湍急,看来只是几米远的距离,游起来却是这么费劲,这么遥远。终于,二叔抱住其中一个妹子的腰,使劲地往岸边游去。可能是求生的欲望太强烈,那个小妹子使劲地蹬着脚,二叔好几次都差点呛了水。二叔使出浑身力量,才把这个妹子抱到岸上,马上又转身去救另外那个妹子。

河水哗哗地流着,那个妹子微弱的哭叫声,已越来越远。可能是刚刚太用力的缘故,也可能是河水太凉的缘故,二叔的肝脏又疼起来了;可是,一想到还有个生命在河里挣扎,二叔就顾不得那么多了。水中的每一秒都是那么的漫长,二叔艰难地向那声音游去,一点一点靠近。终于,他找到那妹子了,那妹子可能呛了几口水,已不再发出任何声音,正在慢慢地往下沉。二叔使劲地用手拖住她,但自己也已是筋疲力尽。实在不行了,二叔就用头顶着那个妹子的背部,缓缓地向岸边游去——每划一次水都是那样的痛苦,那样的艰难。坚强的二叔,拖着病体,终于把这个妹子顶到了岸边。

此时,二叔快要虚脱了,他断断续续地对那个早已上岸的妹子说,妹子,你快用力压她的心脏,再做人工呼吸。那个小妹子可能已经吓蠢了,竟一动不动。二叔无奈,只好用手使劲地敲打着自己的头部,努力让自己变得清醒起来。他爬到那个小妹子的身边,按住她的心脏,一下,又一下……终于,那个小妹子猛地喷出一口水来,喷到了二叔的脸上。

二叔再也支撑不住了,他仰倒在地上……

二叔有勇气去救别人的性命,却无力挽回自己的性命,不久后他便走了,把无尽的思念和泪水留给了亲人,包括我那个可怜的刚满百天的堂弟。

　　二叔是奶奶永远的痛,也是我们家人永远的痛。

江风吹来的桃姑娘

桃姑娘是我的妹妹，她比我小六岁，圆圆的脸上布满了蝴蝶斑，远远望去，像是蒙了张沾满小蚊虫的蜘蛛网。她单眼皮的眼睛虽然不是很大，却晶亮、清澈。她的眼睛望着你时，就好像她能看到你的灵魂深处，让你毫无秘密可言。

清早八早，桃姑娘的电话就来了，说，姐姐，我明天来省城检查身体，你有空陪我吗？

我来省城好几年了，这还是第二次接到她的电话，不免感到有些意外；但我知道，极少打电话给我是因为她的性格使然，并不是其他什么原因。

第二天，电话铃声吵醒了睡梦中的我，桃姑娘的声音低沉而绵柔，我一惊，连忙尖起耳朵仔细倾听。她说，她正打车朝我这里来，还给我带了自己做的干鱼，叫我在家里等她。

听完我就乐了，老实说，我最喜欢吃桃姑娘做的干鱼了。自家放养的鱼塘，每天喂食青草，鱼的味道自然就不一般。于是，我翻身起床，洗漱穿戴完毕，坐在电脑边静等桃姑娘驾到。

时间过得好慢，我看了几次手机，才过了十几分钟。也许，是我太期待吧，所以才显得有些坐立不安。窗台上的茉莉花早已凋谢，只剩下秀气的叶片在微风中摇晃。我发现绿叶中夹杂着几片干枯的黄叶，于是，便起身整理。我故意放慢速度，像一个在父母的棍棒下，心不甘情不愿地磨着洋工的懒妹子。

这时，手机叮咚一响——桃姑娘说到了我家楼下。我说，那你原地等着吧，我来接你。我兴冲冲地跑到楼下，找了半天，也不见桃姑娘的身影，便连忙给她打电话。她说，姐姐，我还在江边，没有进大门。于是，我又小跑到大门边，哪里有她的鬼影子？我正要发火，一个红色的身影从雕花大门边一闪，飘了进来。我定睛一看，果然是我的桃姑娘。

我说，你是被江风吹来的吧？

只见她板栗色的短发凌乱得像被风雨摧残的鸟窝，冻得紫红的手上提着个尼龙袋子，圆脸上有些许暗红处。我是坐摩托车来的呢。她的声音很小，像蚊子叫。我接过她手中的袋子，挽着她向家里走去。

刚走进家门，桃姑娘就像个特务，在我屋里不断地搜寻，似乎我房里藏有外人。我喊她坐，叫她喝茶，她竟然像聋了般，丝毫没有反应。片刻，她才说，姐姐，你现在这个地方好多了。想起那年我带着小崽到你的租房睡的那夜，先是被火车声吵得睡不着，后来又被老鼠的叫声吓得不敢睡。你不晓得吧，你那个简易的蓝花床垫下面有个大洞，有老鼠在里面嬉闹。我仔细闻了闻，还有老鼠的尿骚味。但是我不敢说，怕你不好意思。其实，我当时心里在流泪。你看，几块红砖上面，是一块薄薄的木板，木板上面的床垫，还被老鼠占据了一大半，我真不知道你是怎么过来的。

桃姑娘此话一出，我的泪水便如太阳下的豆子，啪啪的爆了出来。其实，我又怎么不知道老鼠在床垫里跑马呢？有好几次，它们竟然大胆地从我脑壳和身体上越过，甚至还想和我亲密接触，丝毫也没有把我当外人。我笑了笑说，只要能让我看书写作，我就心满意足了。

桃姑娘一听，抓住我的手，像小时候抓住我给她的糖果那样。

我们又说起小时候的事情，说起那个众口一词的故事：父亲在江边打鱼，她被江风吹到了岸边，父亲看她很可怜，便将她捡了回来……说到这里，桃姑娘的泪水立即掉了下来。其实，那是邻居们编来逗她玩的，说她跟我不是一个爸妈生的：不然，为何姐姐生得白白净净，双眼皮大眼睛；而你乌黑八黑，单眼皮小眼睛呢？

我知道，那时候的桃姑娘，自卑而敏感。

第二天，我便陪着桃姑娘到医院检查。说实话，天气还不错，只是医院里的人太多了，到处都要排队。而我也不知道怎么回事，一旦到了医院，便觉得很紧张，排队中间居然去了几次卫生间。桃姑娘则像一只小燕子，从这个窗口飞到那个窗口，又从一楼飞到三楼，不知疲倦。那时候我便想，就凭你这轻盈的身子，哪里像有病的人？

候检时，我便对桃姑娘说，你还蛮清楚看病交费的路线啊。桃姑娘说，那是肯定的，想当年，我陪家娘在医院里诊病，那几个月都是我跑上跑下的呢。你说，我能不熟悉吗？只是太遗憾了，病魔最终还是带走了她。说完，桃姑娘的脸色阴郁了下来。

下午拿到检查结果，我们便去附近的餐馆吃饭。买单时，桃姑娘竟然像个土匪似的抢着付款。我很不高兴，桃姑娘却笑着说，姐姐，下次我保证让你买单。

从餐馆往出走时，桃姑娘说，姐姐，我等下就直接打车回去了。

难道不在这里玩几天吗？我陪你好好看看吧。我的话音刚落，桃姑娘便说，你要上班和写作，我就不打扰你了，见到你我就很开心了。

我知道桃姑娘的性格，她想好了的事情，是不会轻易改变的。我用纸巾擦着眼睛，然后顺手将纸巾丢进旁边的桶子里。

这时，只听到一个男中音质问道，你怎么回事？

我这才反应过来，原来我错把别人装东西的桶子当成了垃圾桶。我赶忙将纸巾捡了起来，连声说对不起。

虽然我们已经走出了餐馆，但我还是能够感到，有股疑惑的目光，紧紧跟随着我们。

妹妹相亲记

一大清早,我还在床上做美梦,就听到有人喊我,永华妹子,永华妹子,你在哪里?一个清脆而略带磁性的女声传了过来,在冬日寂静的早上显得格外刺耳。

是谁呢?

我对这个声音不是很熟悉,犹豫了几秒钟后,我还是不舍地起床了。刚进客厅,一个初中生模样的伢子便快步向我走来,微笑着对我说道,姐姐,我是姜大强,是刘姨带我来的。说完,便从裤袋里摸出一包芙蓉王来,笨拙地撕着烟盒子上的封条。看样子,这个姜大强平时是不抽烟的。

姜大强从烟盒里抽出一根烟来,甜甜地对着我说,姐姐,抽烟。

谢谢你,小姜,我不会抽烟呢。

原来,是刘媒婆带着这个伢子来相亲的。我在心里想。

刘媒婆见我不作声,赶紧说,永华妹子,他是来看你妹妹的呢。

我笑着招呼他们喝茶,顺手从橱柜里拿出一碟瓜子,放到桌上。

咦,我娘和妹妹去哪里了呢?我瞄了一眼墙上的挂历,今天是正月初八,是个好日子,难怪媒婆大清早就带着伢子来相亲了。日子好是没错,可也来得太早了吧?我看了看表,刚七点一刻。

可能是有点紧张吧,姜大强脸上露出腼腆的笑容,双手却在使劲地揉搓着，好像手上沾了什么脏东西。见他这样，我便微笑地问道，小姜，今年多大了？家在哪里？做什么工作？

他甜甜地看着我，轻声答道，姐姐，我二十三岁了，在广州一家电子厂搞管理，家在莲塘通那边。

问罢，我又觉得自己像查户口似的，让别人尴尬。没想到的是，姜大强还蛮高兴的，他说完后，使劲地盯着我看，好像要在我身上寻找什么答案，又好像想要从我身上找到妹妹的影子。

刘媒婆呢，一边喝着茶，一边在我屋里东看西看，嘴里发出啧啧的声音，好像是在赞扬我的家境；然后呢，又半捂着嘴巴，在姜大强耳边说着什么，沾在嘴巴边的瓜子壳，掉进衣服里也不在意。

这个刘媒婆，人不高，胖胖的身子像煤油桶子，嘴唇上端长着一颗黄豆大的黑痣，远远望去，就像妇人的乳头。村里常有人笑她，说，别人的乳头都是藏着的，她的是公开暴露出来，而且还暴露得这么彻底。要我说，刘媒婆的这粒痣长错了地方，要是长在嘴唇下端就好了。老话说，嘴唇上端的痣叫好吃痣，嘴唇下端的痣叫有吃痣。刘媒婆早年嫁过个老公，谁料那男人命不长，几年后就病死了；后来她才改嫁到我们村，嫁给一个叫大炮的老单身公。大炮人很老实，村里常有流里流气的男人取笑他，说，大炮啊，你这个名字蛮好的呢！大炮，多威风啊！估计没有哪个女人顶得住，你老兄要悠着点呢。大炮红着脸，结结巴巴地说道，悠……悠……悠你个脑壳，我都五十岁了，至今还没闻到过女人的味呢。正因为大炮人老实、本分，家境又不好，所以才成为老单身公。不然，哪里轮到刘媒婆来捡漏呢？说实话，大炮的样子还是可以的，身材健壮、两眼有神。刘媒婆呢，明白自己的男人太老实，整天待在一起也没有几句话说，心里闷得慌，干脆四处打听未婚的男女青年，干起了做媒的营生——既能讨口吃的，又能游山看水；最重要的是，还受人欢迎，何乐而不为呢？

时间一点点过去了，我们三个人心不在焉地聊着，每个人都在想着自己的心事；但有一点是相同的，那就是都希望我娘和妹妹快点出现。我又加了两次茶水，我娘和妹妹才回来。

　　原来，昨天媒婆跟我娘说好上午过来，所以我娘和妹妹特意赶早去买点新鲜菜，以便中午拿来陪客。没有想到的是，这个刘媒婆实在太性急了，清早八早就带着伢子过来了。只怕他们是来赶早饭的吧？不然，这么性急做什么呢？要不就是这个姜伢子想婆娘心切！不然，哪有清早八早就来相亲的呢？我还在七想八想，他们几个人已经开心地聊了起来。刘媒婆呢，简直是眉飞色舞，说姜大强工作如何努力，对父母怎么孝顺，等等。总之，说的都是好话。说罢，又对着姜大强说我妹妹长得乖态，圆圆的脸，一看就是有福气的人，脾气又好，还说我妹妹是她从小就看着长大的，等等。哎，这个刘媒婆，两边都讲好话，也不嫌累。俗话说：媒婆一张嘴，两块会讲又会移。这句话用在刘媒婆身上，是最合适不过了。

　　姜大强斜着眼睛，时不时地瞟我妹妹一眼；发觉有人在看他，他的脸一下子就红了。我妹妹呢，红着脸，勾着头，小脸浮现一片红晕，在白色羽绒服的映衬下，整个人显得更娇小可爱了。要说吧，这刘媒婆的眼力还算厉害，她一看我妹妹和姜大强的脸色，就明白有戏。于是，她悠闲地吃着瓜子，跟我娘有说有笑。

　　吃罢早饭，刘媒婆说要我妹妹去姜大强家看看。我妹妹听罢，欣然答应，我娘便说要我陪着妹妹去一趟。出得门来，一阵冷风吹过来，我不禁打了个寒战，赶紧把围在脖子上的红围巾紧了紧。刘媒婆见状，挨着我说，永华，你衣服穿少了吧？我说，没事，刚出门一下子适应不了，等下就好了。刘媒婆又说，你这个做姐姐的说句实话，姜大强如何？我说，可以啊，我妹妹喜欢就行了，就看他们有没有缘分咯。

　　刘媒婆紧挨着我走，故意跟我妹妹以及姜大强拉开一段距离，好让他们自在地交流。我回头一看，妹妹和姜大强一前一后地走着，时不时地停下来说着什么。

阳光从云层里钻了出来，懒洋洋地照在大地上。冬日的小镇也别有一番风味，到处都是满含笑意的人们。他们或走着，或坐着，遇到我们总是要打个招呼，说几句话。

鱼成湾马路两边，摆满了做生意的摊子。有卖小菜的、卖肉的、卖鱼的、卖水果的，看着这些新鲜的蔬菜和瓜果，很是让人赏心悦目。我不由得感叹，真正的春天还没有到来，而商贩们的春天已然来临。街道两边，很多店铺都开了门，服装店、文具店，每个店里都放着一个果盘，里面装有瓜子和糖果。这是店老板给顾客的新春福利，同时，这也是一种吸引顾客的好方法。鱼成湾不仅是小镇的中心地带和赶场处，还是等车的好地方，那些路过的中巴，都要在这里停靠。马路右边，还有一座高高的坟山叫银钱山，我过世的亲人们，包括爷爷奶奶，都长眠在此山上。此刻，爷爷奶奶是否知道他们疼爱的小孙女，也到了谈婚论嫁的年纪呢？望着杂草中凸起的坟堆，我陷入了深深的回忆中。马路上的汽车，不时地呼啸着驶过，把地上的果皮、纸屑高高地卷起。

姜大强没有让我们坐中巴，而是直接喊了一部的士。二十分钟后，我们便到了姜家附近。

姜大强的家离马路还有几百米远，我们下得车来，只看见周围长满了冬茅草。一阵风吹过来，太阳躲进了云层，那些房屋在冬茅草的衬托下，显得很清冷。姜大强说，附近的青壮年都去外地打工了，有的把老人也接了去，这些老房子就空下来了。

说真的，看到这萧条的景象，我心里就很不好过。唯一的一条小路，也成了杂草们的天下，要想通过，还得用手拨开杂草；不然，身上便会沾上草虱子。这草虱子并不咬人，但是沾在毛料衣服上，需要用手捉下来，很讨厌。此时，我希望看到的是，贴着春联的房屋洋溢着欢声笑语，屋前小孩嬉戏、鸡鸭成群。

我正想着，妹妹快步走到我身边，对我轻声说道，姐姐，你看姜大强要得么？

我说，你觉得呢？

我不知道，所以才问你呢。妹妹说罢，用手扯着我的围巾，似乎要我快点给出答案。我想了想说，他人还是可以的，就是稍微有点矮。妹妹没说话，掐断路旁的一截枯枝，不断地敲打着杂草。

姜大强指着几间红砖瓦房，对着我说，姐姐，这就是我的家。

走进家门，姜大强大声喊道，姆妈，来客了。

来客了啊，好，快倒茶。一个沙哑的女音响起。

片刻，一个约五十岁的中年妇女出现在我们眼前，黑瘦的脸上沾着煤灰。

刘媒婆开心地叫着，老同学，你托我的事办到了！你看，这是码头上的一枝花。说罢，便指着妹妹说道，这就是我给你家大强介绍的女朋友。然后，又指着姜大强的姆妈说，桃花，这是大强的姆妈。

桃花是我妹妹的名字，我娘说妹妹出生在桃花盛开的季节，所以就取名叫桃花，好记。她们互相笑了笑，我妹妹甜甜地叫了声阿姨好，便安静地坐着喝茶。我明白，妹妹是怕丑，又怕说错话，所以才不敢多说话。

姜大强很高兴地在家里走来走去，时不时地帮我们加茶，加瓜子，削水果，脸上的笑容都快和糖一样甜了。看得出来，他已经看上我妹妹了，不然不会这么殷勤和高兴。

趁他们说话的间隙，我悄悄地观察屋里的环境。这是我娘交代我的重要任务。裸露的红砖瓦房，虽然比较简陋，却还是整洁干净。颜色不一的红砖墙上，贴着几张明星画，煤球灶就摆在画下面，火苗在画前跳动，那画中的人便像活了一般，忽然间有了温暖的气息。抬头一看，横梁上挂着一只篮子，篮子上面盖着一张油腻腻的报纸，也不知道里面到底装着什么东西。挨着篮子的地方，挂着两个铁钩子，钩子上面挂的是两块乌漆八黑的腊肉——一看就知道是用柴火熏出来的。此时，突然从瓦上的缝隙处，射来一束阳光，像一把钢刀插在腊肉上，又像宝剑刺中了恶魔。

空气中，飘散着瓜子壳燃烧着的香味，可能是他们不小心把壳壳丢进煤球灶里了。我很喜欢这种味道，闻着这种味道，似乎比吃瓜子更加过瘾。正当我享受这种味道时，刘媒婆拉着姜大强的姆妈——也就是她的老同学往后门走去——一阵细碎的说话声，隐隐钻入我的耳膜。我妹妹呢，赶紧拉着我衣袖，小声地说，姐姐，我们什么时候回去？我笑着说，我还以为你不想回去了呢。

刘媒婆兴奋地走出来，对我妹妹说，你留个联系方式给姜大强吧。妹妹看了我一眼，见我没说什么，便把手机号码告诉了姜大强。我们起身告辞的时候，姜大强恋恋不舍地看着我妹妹，刘媒婆便大声说道，大强啊，你去送送桃花两姐妹吧，我还要去附近一个亲戚家，不和你们一起走了。

一路上，我们三人并没有太多的交流，可能是彼此间还不是太熟悉吧。到达鱼成湾的时候，我说想去服装店买衣服，其实，我是想给姜大强和我妹妹留个单独交谈的机会。我在服装店心不在焉地看着服装，既想时间慢点过，又想妹妹早点来喊我。服装店的小妹子，开始还笑眯眯地向我介绍，后来呢，就坐到收银台后面，时不时地伸出脑壳看我一眼。这等待的时间虽然有点久，可是，为了妹妹的终身大事，我只得说服自己耐心点。

半个小时后，妹妹提着几个梨子来喊我。她说，姐，这梨子是小姜买的，你尝个试试？我说，这是小姜买给你吃的，你留着慢慢吃吧。又说，这个小姜也真是的，头次见面就买梨子，这不太好吧？买几个苹果或者香蕉，不是很好么？我心想，这梨不会意味着分离吧？

在家玩到散元宵，我就回家了。后来在几次和妹妹的通话中，我们也曾提到那天相亲的姜大强，妹妹又问我小姜如何。我就照实说了，小姜这个伢子呢，人还是不错的，就是矮了点，家里条件你也看到了，你自己看着办。

过了一段时间，我妹妹就跟现在的妹夫结婚了，虽然偶有磕磕碰碰，却还是过得去的。要说这妹夫呢，也没什么可挑剔的，人勤快，也灵泛，不但买了两台挖机出租，还养了两百亩龙虾，每年的收入还是很可观的。直到去年的一天夜里，妹妹突然跑到我家里，一把鼻涕一把泪的。不用想我都知道，肯定是两口子吵架了。我问她怎么回事，她也不说，边哭边抽动着身躯。良久，她突然止住哭声，我以为她哭累了，刚想说你也晓得哭累了，她竟然对着我大喊起来，姐姐，你晓得不？我其实是喜欢姜大强的，就是你说他人矮，家里条件差，我才没有答应跟小姜继续交往。

啊！我心里一惊，犹如一盆冰水从头上浇下来。一时，我像被冻住了，不知道说些什么才好。天啊，我无意中拆散了妹妹的好姻缘，这是我做梦都不曾想到的。

自从妹妹说了这个秘密后，我心里便常常有种负疚感。我知道，这种难受的感觉，需要妹妹的笑容来慢慢化解。

印度来的表叔

说是表叔，其实，他只大我三岁而已。

三十年未见面，我还是一眼就认出了他。一件紧身皮衣油光发亮，黑黑的皮肤，脸上挂着淡淡的微笑。我不记得表叔的皮肤是原来就这么黑，还是在印度被火辣的太阳和高温烤黑了。刚落座，表叔就要我自己去点菜，想吃什么尽管点。于是，我按照自己的喜好点了六个菜。表叔马上又加了三个菜，然后拿出两瓶法国进口的红酒……

虽然多年未见，但是，血脉亲情一下子拉近了我们的距离。见到久违的亲人们，表叔也很开心。表叔还记得我小时候跟在他和表哥们身后去河里捉鱼的事。表叔热爱文学，喜欢烹饪，学过书法。从古典文学到现代诗歌，从书法到摄影技巧，博学多才的他一直滔滔不绝，不知情的人还以为他是个"文青"，其实，他是真正的商界奇才。他先在长沙打拼多年，积累了丰富的经验，然后去印度办了三个牛肉加工厂。工厂的三百多名工人来自三个国家——印度、缅甸、尼泊尔。为何要请三个国家的工人？表叔说，容易满足、动不动就休假的印度人，和勤奋的缅甸人以及尼泊尔人在一起，他们也会变得更加勤奋，管理起来就轻松了。如果印度人要休假，还有缅甸人和尼泊尔人在工作，这样就不会影响公司的正常运转。印度工人工资不高，男的大约每月九百元，女的大约每月七百元。而在他的厂里，他的起薪标准是，男员工一千二百元、女员工一千元。

表叔不但在经营上有方法，对自己独生女儿的教育也很有一套。表叔的女儿还只有十几岁的时候，他就给她五千元，让她独自去香港生活七天。最后，小姑娘在那里生活了八天，回来时还剩了两百元。表叔说，他还真想把女儿送到原始森林里去，让其体会到生活的艰辛和不易，从而更加珍惜今天的幸福。他说，人只有不断挑战自己，战胜自己，才会有新的突破。为此，他吃过活蝎子、活虫子，独自在外旅游时，特意把帐篷支在坟山附近睡觉。我说，你要管理几个工厂，这么劳累怎么还这么年轻呢？表叔笑着说，该工作的时候努力工作，该休息的时候好好休息，不患得患失，不纠结焦虑。

表叔因为只有一米五八的个子，曾被朋友取了个外号，叫一五八黑哥。"我恨死他们了。还好，我多半时间在印度，他们即使想叫我也叫不成了。当然，你可以叫我印度表叔。"说罢，他哈哈大笑。

刚立了冬，风就不一样了。吃完饭出来等车时，我把衣服扣扣紧，表叔也把衣服拉链拉起来，把皮包夹在腋下，整个人看上去更瘦更小了。我无法想象，瘦小的表叔是经过怎样的风吹雨打，才有了今天的快意人生。

我和堂弟

堂弟是我二叔唯一的儿子。

在他不满一岁时,二叔就离开了这个世界。他的母亲——我的二婶,在二叔走后不久就改嫁了。我记得奶奶说过当时的情况。她说,二婶那天离开时,堂弟死死地抓住二婶的衣服不放,像抓住维系他生命的稻草,小脸蛋都哭紫了,已经透不过气来了。但二婶去意已决,不忍心再看亲崽一眼,似乎再多看一眼,她就会留下来,再也迈不出离开的步伐。几分钟后,堂弟那双拼命抓紧的小手,终于被二婶决然地掰开了,然后,二婶朝着前面奔跑而去,头也不回地离开了。

堂弟突然倒在地上,像疯了似的,号啕大哭。

此时,站在一旁的奶奶,泪水汹涌而出——丧子之痛的悲伤犹在,现在又要面对儿媳妇的改嫁,而幼小的孙子即将失去母爱,奶奶怎能不心痛呢?

奶奶真是悲痛欲绝。

我不知道,当时幼小的堂弟,是否感到了母亲即将离他而去,所以才会哭得那样伤心,那样令人肝肠寸断。

如果说亲人的离别对于一岁的堂弟来说,并不会留下任何记忆,那么接下来发生的事情,堂弟会铭记终生。

那是一个夏天的晚上,吃罢晚饭,奶奶去猪栏里给猪崽喂潲,猪崽欢快地吃着,嘭嘭嘭的响声在寂静的夜晚显得格外刺耳。奶奶盯着两只吃潲的猪崽,看着看着,她就笑了起来,仿佛猪崽一下子就长大了,就可以拿去卖钱了;猪肝以及猪肺等下水,就可以留给自家吃了,也算是能打一回牙祭了。这时,一轮圆月从小屋后背爬上来,淡淡的月光映照在奶奶脸上——月亮于不经意间了解到老人那微不足道的秘密。

突然,一阵撕心裂肺的哭声从灶屋里传出来。堂弟的哭声如一记惊雷,把夏夜的天空震出了一个大洞。奶奶愣了几秒钟,然后快步跑向灶屋一看——眼前的一幕,真是让人又震惊又害怕。

原来,装有满满一壶开水的暖水壶被打破了,开水全浇在堂弟打着赤膊的身上,此时带着热气的肉皮正在慢慢脱落——堂弟就像一只将要被拔毛的鸡,正痛苦地呼喊着,打着滚。被打碎的开水壶内胆,在地上发出清冷而破碎的光芒,像一把把从天而降的小刀,齐齐地插进奶奶的心脏。

奶奶一边大喊,何得了啊,一边呼唤着我的父母亲。一阵手忙脚乱之后,我父亲叫来了手扶拖拉机。我母亲小心地抱着堂弟,像抱着一团鲜嫩而破败的花朵上了拖拉机,奶奶则在一旁扶着,他们坐在手扶拖拉机的拖箱里。父亲坐在前面,他为司机指路。手扶拖拉机突突地喘着气向县城驶去。

一路上,母亲和奶奶的泪水没有干过,堂弟痛苦的呻吟声,时时刻刻刺激着她们的神经。她们无法想象,这么严重的烫伤,在如此炎热的夏天,这么幼小的孩子怎么撑过去……

夏夜的鸣虫,不时发出长短不一的叫声,像在安慰可怜的堂弟,又像在为堂弟的不幸而悲鸣。手扶拖拉机像患有严重哮喘病的老马,不停地喘着粗气,在马路上缓缓前进。经过半个多小时的颠簸,他们终于到了县城的一家医院。医生仔细地看了看我堂弟的伤势,淡淡地吐出一句话,这个伢子的烫伤太严重了,我们这里的医疗条件很有限,恐怕治不了,你们还是立即转到市医院去吧。如果去晚了,这个伢子可能就没有救了。

母亲和奶奶听罢，心猛地往下一沉，像是被某种重物压住了心脏，急得说不出话来。还是我父亲比较镇定，说，那我们就赶紧去吧。于是，手扶拖拉机又马不停蹄地赶往市医院。

夜色越来越深，鸣虫们也不知跑到哪个地方躲懒去了，停止了鸣叫。手扶拖拉机上的四个大人，就像是从某个地方逃荒来的，每个人的神情都严肃而愁苦。也许在此时，有些不可知的东西，正在撕咬着他们的心。

因为急需用钱，那两只猪崽被奶奶毫不犹豫地廉价卖掉了，所卖的钱，都变成了鱼眼睛那样小的药丸——所以，奶奶总是把这种药丸叫作鱼丸子。万幸的是，堂弟终于被抢救了过来，这条小小的生命，终于得以继续留在这个世界上。照顾堂弟的那些艰难日子，令大人们记忆深刻。一直到堂弟身体恢复后，奶奶还常常对他念叨，你以后千万要注意呢，不要去碰开水壶子呢，不然，又要吃鱼丸呢——那种鱼丸既贵，又吃不得呢。

可怜的堂弟虽然得救了，但是身上仍然不可避免地留下了大块的疤痕。这些疤痕，对他而言，既代表刻骨铭心的痛，也代表亲人们对他的浓浓的爱。后来，那些像烧饼大小的可恨的疤痕，随着堂弟年龄的增长，变得光滑起来，但或许是毛囊被烧坏了，疤痕之上竟然不曾长出一根汗毛来。堂弟从医院回来以后，母亲便把堂弟当成了自己的儿子，家里有什么好吃的，总是记得给堂弟留一份；而这一份，我是绝对不敢贪吃的。堂弟呢，也把母亲当成了他的妈妈，总是妈妈、妈妈叫得亲热极了，让人不由得发出许多的感慨。

但小时候，他不仅喊妈妈喊得那么亲热，而且居然还厚着脸皮跟我说，那是他的妈妈，只有他可以喊妈妈。真是岂有此理。我明明知道自己如果跟他争论，奶奶和母亲都会指责我；但彼时的我亦年幼，在和他的对战中又岂能认输？因此，我们又爆发了一场抢夺妈妈的"伟大战争"。舌战一番觉得不过瘾，最后，我们开始了肉搏战。堂弟天生力气大些,而我年龄又稍微大点,所以,可以说我们是势均力敌,始终分不出胜负来。双方均以"五爪金龙"为唯一的武器,狠狠地向对方的脸上身上以及屁股上,进行不停地袭击,然后各自尖叫,营造出浓厚的战斗气氛,只可惜没有一个观战者。

最后,这场由舌战发展到肉搏战的结局如下:我白嫩的脸蛋被堂弟抓出了两条血印子,像红毛线沾在了脸上;他的屁股则被我抓出了一坨青紫色,像长了胎记的洋芋。这场战斗还留下了可怕的后遗症:堂弟只要吃到母亲给他留下的饭菜和糖粒子,就总是骄傲地仰起脑壳,斜眼看我,那意思——嘿嘿,看吧,看吧,这是我的妈妈呢!那副炫耀幸福的鬼样子,我永远难忘。

那时,老屋旁边有一棵枣子树,其身材居然比老屋还要高,远远望去,它就像老屋的保护神。每当风雨来临,它总是挺身而出,即使被吹得东倒西歪,也绝不低头;树上的枣子却在风雨的"严刑拷打"之下,纷纷"举手投降",掉落下来。它们有的躲在草丛里,有的钻进了水田的泥巴中,有的则落在高高的草垛上。但是,不管它们落在哪里,我和堂弟总能够找到它们。在家里,我们可以为妈妈之争大打出手;在外面,我们却是一个战壕里的战友。

落在草丛里的那些枣子还好说,我们拿着棍子在草丛上来回扫打,再像擀面似的一擀,那些黄中带红,或是青色的枣子,就会羞涩地出现在我们眼前。

至于那些掉落在水田里的枣子,总是很让我们头疼:若不去捡吧,心里又舍不得;若去捡吧,又怕泥水弄脏了衣裤。而我们想起那些清甜的枣子,不免吞了吞口水。终于,我们还是决定勇敢地走下水田。对于当时的我们来说,水果可是极其精贵的食物。那时候每次吃饭时,大人们总要想起饭里掺红薯的年月;因此,他们是不可能给我们买水果吃的。那么,我们又有什么理由不去捡起掉落在水田里的枣子呢?

我们刚走进水田，堂弟便由于太兴奋而摔倒了，浑身巴满了泥水。那副样子，就像大人们嘴里常说的"三花子"。泥巴很软，枣子们都钻进泥巴里去了，似乎在跟泥鳅、鳝鱼们去争夺地盘。因此，我们只要看到泥巴上有个小洞，便猜测多半有枣子钻在里面。凭着这经验，我和堂弟大获丰收。那些熟的或没熟的、带虫眼的或没带虫眼的枣子，装满了我们的两个裤袋子。然后，我们开心地在水田里一路走来，又一路走去，大腿上吊起的满袋子枣子，就像两个大水瓜，一晃一晃的，我们感觉裤子随时会被扯下来。

至于那些落在草垛上的枣子，我们就拿棍子去敲，轻轻一敲，它们就灰溜溜地跑了出来。另外，还有个笨办法，我和堂弟各站一边，使劲地摇晃草垛，整个草垛就颤颤巍巍地把枣子抖出来了；但草垛那笨拙肥肿的身躯，好像随时会倒下来。

我们虽然吃到了枣子，却也挨了大人们不少的骂。为什么会挨骂呢？被泥水弄脏了衣裤，草垛被搞得歪歪斜斜的，草丛里有毒蛇，等等，都成了我们挨八百（挨骂）的理由。其实，对于我和堂弟来说，只要有枣子吃，挨八百也无所谓了；而且我们是不会长记性的，到了下次，照样如此。所以，惹得母亲常常说我，你一个漂亮妹子家，像伢子一样调皮，长大了又怎么嫁得脱啰？

捡完枣子，大快朵颐完毕，我和堂弟就开始捡鸡蛋了。

奶奶家有只花鸡婆，我家有只麻鸡婆，它们喜欢到堂屋那个空着的大灶里生蛋。那个大灶，一般是母亲用它来烤酒给父亲喝；当然，夏天时也用它来蒸黄花。总之，使用率比较低。平常，母亲便放些稻草和茅草在里面，没想到，却成了两只鸡婆的落脚之地。

那天，两只鸡婆同时咯咯地叫了起来，声音那么清脆，神情那么自豪，好像在告诉主人，它们完成了一项重要任务，因而可以向主人表功。听到鸡婆叫，我和堂弟马上到大灶边去捡鸡蛋。我们拱着小屁股，把脸埋在草堆里翻了半天，也只找到一个鸡蛋。这就很奇怪了，明明两只鸡婆都叫了，为什么只有一个鸡蛋呢？

我眼明手快，赶紧把温热的鸡蛋握在手里，说，这肯定是我家的麻鸡婆生的，你看我家的麻鸡婆叫得多欢实。

堂弟却说，你说的不对，这肯定是奶奶家的花鸡婆生的，你看这蛋的颜色多好看，只有漂亮的花鸡婆才生得出来。

我们互不相让，争得不可开交。

最后，堂弟竟然要起无赖，一屁股坐到大灶里，哇哇大哭，手里拿着一坨鸡屎，准备袭击我；还说，如果不把鸡蛋给他，他就要向奶奶告状，说我打了他。

看他这副可怜又可恨的样子，我心一软，说，你莫哭了，等下姐姐把鸡蛋煮熟，你吃蛋白，我吃蛋黄，好吗？蛋白有营养，好下喉；蛋黄卡喉咙，姐姐帮你吃。你看姐姐对你多好。

我担心他不愿意，紧接着，我又唱了起来——

> 咯咯咯，蛋啵啵，
> 我吃黄，你吃白，
> 留下壳壳摆碟碟。

堂弟见我这样又说又唱的，居然噗地笑了，鼻涕水像两条黄龙飞了起来，眼眶里的泪水又退了回去。显然，堂弟已经同意了我的分配方案。因为他明白，每次我们吵架，奶奶就会不分青红皂白地打骂我，总是帮着他的。所以，堂弟或许也不愿再看到我遭此打骂而同意了这个分配方案。总之，我从内心里感谢堂弟。

那些年月，我听奶奶说得最多的话便是，堂弟比你小啦，又没有爷娘照顾啦，你要让着点啦。所以，即使是堂弟错了，我也只有挨骂的分。其实，这还不算什么，要是被我母亲晓得了，我还得挨一餐饱打。有时候，我就想，我现在胆子这么小，是不是跟过去她们对我的打骂有关呢?

记忆最深刻的一次是,不知为了什么得罪了堂弟,他趁我不备,突然拿起一根长长的棍子,朝我背上狠狠地抽打了几下。顿时,一种火烧火燎的感觉在我背部升腾上来,一条条印子像红色的蚯蚓爬上我白嫩的皮肤,它们似乎还在不停地游动着,仿佛要把我雪白的的确良衬衣钻出一个洞来。要知道,为了让母亲给我买这件白衬衣,我可是费了一肚子力气的。以至于到现在,每次见到堂弟,我还会说起这件往事。堂弟听罢,总是不好意思地笑笑,说,老姐,你的记性真好,来来来,多吃几粒糖,算是补偿你吧。

后来,堂弟结婚了,生了小孩。再后来,听说他又离婚了,据说,是两人性格不合。我听罢,很是无奈。婚姻之事,谁又说得清楚呢?所以,我这个做姐姐的,也不知道该怎样帮他。在离婚的那段时间里,堂弟把痛苦压在心里,独自养了几百只鸭子,他把精力和时间都投入了鸭子们的身上。打扫鸭舍啦,把鸭粪一担担挑出来啦,给鸭子们喂水啦,喂食啦,等等。一天下来,堂弟身上全是鸭子的气味。这些鸭子也很有意思,每次堂弟前脚走出鸭舍,它们后脚就跟了出来。难道鸭子也害怕寂寞吗?别人开玩笑说,你堂弟是鸭头(丫头)。这意思是,堂弟既像男人有力、肯干,又像女人般做事细心、周到;当然,也不排除含有调侃的意思。

日子一天天过去了,堂弟的鸭子长得又肥又好看。有些鸭子还像模特似的,把翅膀竖起来,优雅地走着。堂弟呢,却更加瘦了,连腮胡子也密密匝匝地冒了出来,就像被刀割过又长出来的一蓬韭菜。

其实,堂弟只比我小两岁,而岁月留给他的印迹,似乎要更多一些。他脸上那些皱纹,总是刀刻般地显现出来。那种沧桑的感觉,不是谁都能明白的。堂弟不善言辞,显得有几分木讷,有事总是藏在心里。无数个黑夜,只有昏黄的灯光陪伴他。也许只有在夜里，他才能真正归回他自己。我明白，黑夜是最好的治疗师。等到第二天天麻麻亮，堂弟又会满血复活，精神焕发地出现在我们眼前。

庆幸的是，堂弟后来又找到了老婆，那是个贤惠善良的女人。夫妻经过几年的打拼，手头上有了些积蓄，再加上亲朋好友的帮助，一栋三层楼房建了起来。现在，堂弟的日子越过越滋润了，人也显得年轻了许多。

那年，我春节回家，堂弟特意跑来说，老姐，这次你在家里多玩几天，然后，再到我家里去住几天，我买你喜欢吃的鱼啊猪脚啊，好吗？就算赔你那件的确良白衬衣吧。以后嘛，这件小事你就不要再提了。

我说，那不行，以后你带孙子了，我还是要说的。因为只要一说，我就有糖粒子和好饭菜吃了。你说，世上哪有这么好的事情呢？哈哈！

堂弟见我这样一说，立即骑上电动车，到街上买菜去了。

望着堂弟渐渐消失在街角处的背影，我的眼睛不由得湿润了起来。

海边的艺术家

涛哥住在海边的小渔村。

也许是他和海有缘，他的名字中便带有一个涛字。涛哥说，每天饭后他都要和老伴去海边看看，看那海浪滚滚，波涛一个接着一个，将心头上的烦恼都看没了。所以，他很享受这种感觉。说罢，涛哥脸上露出了幸福而满足的笑容。其实，涛哥早前也是海边的养虾人，只是现在将虾场租给了别人养鱼。

我天生喜欢鱼，于是，便要涛哥带我去鱼场看看，一起去的还有涛哥的好朋友毛哥。

我们在鱼池转了两圈，正好赶上工人喂鱼食。当喷香的鱼食撒到水里时，红色的或青色的鱼们便蜂拥而至，争相抢夺，好不热闹。于是，池水沸腾了起来，大大的鱼池，顷刻间似乎变成了一口巨大的锅子。我问工人，红色的鱼叫什么名字。东星斑。工人浑厚的声音在鱼池上空回响。东星斑，东星斑。我大声念道。这时，浑厚的声音又响了起来，这鱼很贵的呢。我望着水中的鱼们，眼睛久久未曾挪开。阳光透过木板的缝隙照射下来，我身上细密的汗珠像豆子般爆了出来。

涛哥见状，便提议说，我们去那边坐坐吧。

刚刚落座，涛哥便指着一位蓄着长发、大约六十多岁、颇有艺术家气质的男人说，这就是张老板。寒暄几句后，张老板屁股一扭，转身进入简易厨房，拿出几个精致的小茶杯，熟练地摆在桌上。

毛哥说，张老板一看就是个艺术家，肯定读了很多书吧？

张老板哈哈大笑，露出雪白的牙齿，大声说道，我小学都没有毕业呢，还什么艺术家啰？张老板和毛哥年龄差不多，却明显要比毛哥老很多。他脸上的皱纹，就像海上的波浪，竟让人久看不厌；凌乱的长发，像海里的水草，风一吹，便左右摇摆起来。他穿着雨鞋，走起路来，咚咚咚的，声音很是悦耳。我想，他要是在柔软的沙滩上走一圈，也许会留下一幅极其特别的沙画。

张老板给我们倒好茶，跟我们攀谈起来。

我说，你投资了多少钱？他说，一百多万呢。我说，那你赚大钱了，东星斑一百二十块钱一斤，一个池子有那么多的鱼。他看了我一眼，说，你看到的那些不是钱，因为事情随时都会有变化，只有到了口袋里的才算钱。说罢，他将手在袋子上拍了拍，然后，又一本正经地说，水产，水产，谁做谁惨。我问，那你为什么还做呢？他说，我是不服气。这么多年来，我从国外亏到国内，又从香港亏到海南，我就不信这个邪。张老板又说，其实，亏也罢，赚也罢，养鱼还是很好玩的，从鱼苗到成鱼的那个过程很有意思。看着幼小的鱼苗一点点长大，就像看到自己的孩子长大一样，内心的那种满足和充实的感觉别人是绝对体会不到的。每次我一到鱼池边，它们就成群结队地游了过来，就像见到自己的家人一般，很是让人感到亲切。虽然，它们终有一天会离我而去，成为餐桌上的美味，或者无端地死掉，但我喜欢它们的心情，却从来没有改变。

说罢，他从冰箱里拿出两条鱼给涛哥看，说，你看这两条鱼，没有外伤，不知为什么就死了；所以说，养鱼的人心理承受力要强。有时候，看着看着，它们就没有了。说罢，张老板的脸上露出了忧郁的神色。停了停，他又接着说，东星斑每天需要喂一次食，一年也只增重一斤。鱼食又很贵，一袋四十斤的鱼食要五六百块钱。也许，这就是东星斑价格贵的原因之一吧。在我们这里它要卖一百二十块钱一斤，经过几次转手，最后到消费者那里，恐怕就要一千多块钱一斤了。

这么贵的鱼，一定很好吃，我夜晚要来借些走。毛哥开玩笑说。

张老板鼓起眼睛说，你知道吗，当初我养了八条藏獒？看谁敢来！张老板那得意的样子，很是让人难忘。

然后，张老板的语调又弱了下去，说，现在没有藏獒了，因为它们老是伤人，还咬死过村民的鸡，我因此还赔了几千块钱。告诉你们吧，我为什么要养鱼，其实，还有一个重要的原因。我以前天天玩牌，天天喝酒，身体不是这里痛，就是那里痛。自从养了鱼，我的身体全好了，一点毛病都没有了。所以说，看似我在养鱼，其实是在养心和养人。况且，养鱼是有技巧的，温度需要保持在二十七度，水温如果冷了，鱼们是不太吃食的。我主要是养鱼，还养了一些斑节虾……他一下子讲得眉飞色舞，一下子又讲痛苦往事，好像坐过山车，将我们搞得云里雾里。

那天，张老板很有兴趣，滔滔不绝地说，不瞒你们说吧，一个人在这里是很闷的；所以，我经常和鱼虾对话，把烦恼和欢乐向它们倾诉。你们今天来了，我真的很高兴，所以，才说了这么多的话，我希望你们能常来。张老板说完，又露出了憨厚的笑容。

我认同毛哥的想法，张老板是个名副其实的"艺术家"——鱼虾就是他完美的"作品"。

最后，我悄悄地告诉你们一个秘密，张老板是香港人，来海南养鱼虾，已有十三年了。

二爷的军大衣

二爷从邮局退休后，一直在市里生活，最近几年身体有点不太舒服，才回老家住。早前曾听姆妈说，二爷回到老家后，身体竟然越来越好了。

好多年没有见到二爷了，这次回家，我在姆妈家待了一下，便直奔二爷家。要知道，小时候的我，经常在二爷家蹭吃蹭喝。二爷二奶很喜欢我，把我这个好吃婆当成自己的亲孙女。

刚到门口，我就大喊，二爷。二爷听到我的声音，便兴奋地说，永华回来了？好久没看到你了呢。我调皮地说，二爷，您老人家还是老样子，孙女可就老了，有白头发了。说罢，我把脑壳伸到二爷面前，左边一抓，右边一扯，二爷用怀疑的目光盯了我好久。

这时，权叔眯了下小眼睛，笑着说，你二爷都没说老，你说什么老啰？他老人家还每天担着淤桶去田边或土边淋菜呢。没事的时候，你二爷还每天在田边或土边转几圈，扯几根草，带把菜回来。

二爷将手拢在袖子里，一本正经地说，自己种了菜，想吃了随时采摘，既方便又放心，那多好。再说了，还能体会到收获时的喜悦。你说是不是？二爷把问询的目光向我转来，我连声说，是的呢，既锻炼了身体，又吃到了绿色食品，一举两得，何乐而不为呢？

此时，电视上正播放着抗战片，看着战士们一排排倒下，二爷的眼睛潮湿了。他用手擦擦眼角，哽咽着说，永华啊，二爷十五岁当兵，1952年在抗美援朝战场上担任通信兵，几次命悬一线，能活到现在,就是奇迹了。我们是中国人民志愿军第五十四军一三四师。那时邵东去参军的有一个团,可惜那些跟我一起出生入死的战友们,大都没能享受到今天幸福的生活。他们有的死在我身旁,鲜血染红了我的军装;有的被炸成碎块,挂在我架线的树枝上……你不晓得,我当时的心有多痛,他们大都是一二十岁的小伢子——太阳刚出山,笋子才露头,就眼睁睁地没有了。你二爷我是命大呢,本来那天是我当班的,四川的小虎子说要和我调班,没想到他刚爬到树上,还来不及放线,一个炸弹就把他炸了下来。唉,战场上的子弹可没长眼睛啊!

我想说些什么,嘴巴动了几下,二爷却丝毫没有停下来的意思;所以,我只好打消念头,继续耐心地听下去。

二爷我今年八十六了,想起那年十五岁当兵,一转眼,七十一年就过去了。而那些硝烟弥漫的日子,经常在我梦中出现,仿佛就在昨天。说完,二爷出神地望着电视屏幕里那些尸体,他的神情再次变得忧郁起来。此时,他家的大黄狗呜呜地叫着跑向主人,依偎在二爷怀中,二爷的泪水滴在黄狗的毛上,发出晶莹的光芒。

等二爷的心情平复后,我问道,你们那时候打仗的场面,是不是跟现在电视里演的一样呢?二爷说,是一样的呢,一模一样的。只要冲锋号一吹响,不管什么人都要往前冲,那个惨烈的情景,至今让人难以忘怀。

二爷说罢,起身走到斑驳的老式木柜旁,不知是什么原因,他的身体竟然开始不断地抖动起来。我想要去帮忙,他却摇摇手,阻止了我。二爷摸索了一阵,终于翻出了一件叠得很整齐的衣服。

这是一件充满沧桑感的军大衣,上面还有几个大小不一的破洞,二爷用手轻轻地抚摸着,像是见到了久违的宝贝;然后,他又颤抖着把"中国人民志愿军抗美援朝出国作战70周年"纪念章别在上面,金色的纪念章沉甸甸的,像温暖的阳光洒在成熟的稻谷上。

我也忍不住抚摸着它，仿佛抚摸到了二爷的青春岁月，抚摸到了二爷在战火中接线放线，不怕牺牲、英勇顽强的身影。

我要二爷穿上军大衣，我想给他拍个照。二爷犹豫了很久，像刚过门的新媳妇，低声说道，还是不要拍了吧？

我说，二爷，你在战场上面临死亡的危险都不怕，难道还怕拍照片吗？再说了，又不是拍征婚美照。

你这个蠢妹子。二爷对我笑了笑，很不自在地站在镜头前，他脸上的皱纹让我想到了干涸的土地。

照片拍好后，二爷摸着我的脑壳说，永华啊，你们生在一个好时代，一定要好好工作，安心写作，珍惜当下的幸福生活。你不知道，那时二爷在战场上想好好睡一觉都是奢望啊。

二爷叫谢光绵，谢谢你的谢，光宗耀祖的光，福寿绵长的绵。

头顶一片云

关于姑父的职业,最初我是从姑妈口中得知的。那时的姑父,是一个中学的校长。姑父长得高大帅气,粗粗一看,有点像北方人;仔细打量,他脸上还有迷人的小酒窝。姑父抬头、低头时,颈后的肉肉随着那运动像气球般忽大忽小。每当这时,我总会忍不住要多看几眼。

姑父名字中有个喜字,所以有很多朋友叫他喜哥。虽然姑父经常笑眯眯的,但我不敢这么叫他,怕挨骂。他不但对亲朋笑眯眯的,对下属也是一样,因此姑父在学校是很受欢迎的。他简直像个魔法师,一个升学率超低的学校,在他的领导下,一两年便有了起色,不但升学率大大提高,还成了名校。正因为如此,姑父先后担任过四个学校的校长。看来他父母给他取了个好名字——喜哥,喜哥,走到哪里,哪里就有喜。

前年冬天我回娘家,姑父和姑妈刚好也回来陪父母过年。姑父说,有空到双峰去看看。我嘴上应着好,后来却因各种原因一直没有成行。老实说,姑妈讲双峰话,我还勉强能听懂几句;姑父一说,我就只看到他嘴巴在蠕动,完全不明白他讲的是什么,好像他讲的是外语。每每此时,姑妈看我一脸迷茫的样子,就赶紧微笑着充当翻译。

夏初的一天,姑父说他要退休了,问我是否有时间去他那里嗨。我考虑了一下,还是决定去看看。刚下高铁,姑父的车子就来了。姑父样子没大变,只是稍微有点发福,因而比以前显得更加高大了。淡淡的阳光射进车窗,车内顿时变得明亮起来。车窗外,远山和田野穿上了绿色的盛装,它们匆匆地从我眼前掠过,就像我回不去的童年。天气不冷不热,姑父边开车边和我说话。姑父的记性很好,他竟然记得我发表过的文章,并且还说出了散文《卖艾草的女孩》《高原之夜》里面的情节,末了,还不忘赞美几句。

我明白这是姑父对我的鼓励,觉得很不好意思,赶紧扯开话题。我问他现在在哪里工作。姑父说早调到经开区了。我说,姑父,你很厉害啊,经开区那个工作可不是一般人能做的。他说这是上面的安排,他只是抱着认真负责的态度把工作做好。又说,我到经开区工作了十多年,虽然只是个副主任,但我也尽职担责,尽到了自己的责任。来时荒无人烟地,走时万家灯火明——多少个不眠的夜晚,多少辛酸苦辣,只有自己知道。不得不说,双峰这几年经济飞速发展,还是有姑父一份功劳的。

车子在公路上行驶着,姑父指着公路边一处新建的楼房说,他以前担任国土资源管理所所长时,严格控制占用农田建房。现在看到有人把房子建到公路边的农田上,开"天窗",周边几亩田便糟蹋了,他的心就在滴血。民以食为天,基本农田是中国人的命根子啊。说着说着,姑父的神情便黯淡下来。他说,以前他和我姑妈教书,儿子还小,他的几个姨妹都在这里读书,生活上的开支都由他们付,日子过得很艰难;那时他们只有一间房子,姨妹只好借住在别人家,现在回想起这些心里就觉得好愧疚。

我发觉姑父打方向盘的手在微微颤抖。他说,他一直不能忘记那段艰难的日子,人要懂得居安思危,明白细水长流,方能永久。现在他还用着几年前的老手机,穿着也很朴素。该买的东西尽量买实用的;不该买的,一分钱都不能浪费。姑父说完,握得方向盘更紧了。车子平稳地在高速路上行驶,姑父的话就像一缕清风,让人神清气爽。我想,正是他有着这缕"清风",他才能像这辆车一样，稳稳地向前行驶。

我在车上找水喝的时候，看到一个纸袋子，里面有他年轻时工作和旅游的照片。只见姑父站在台上，穿着洁白的衬衣，台下是乌压压的师生。我能想象姑父当时正在发表激情澎湃的讲话，讲完后台下掌声如雷。再翻一下，映入眼帘的是姑父戴着墨镜，双手伸开，站在三亚的海边，做自由飞翔状。那时的姑父还很年轻，英俊挺拔，像香港明星。看到这张照片，再看姑父脑壳顶上的"白云"，我不由得感叹时光的无情。

姑父说，你看了这些照片，就知道姑父这四十多年在双峰打拼的点点滴滴了。从学校、国土所、乡镇，再到现在的经开区，我一直在生养我的这片土地上打转，我把青春和汗水、热情和希望一并撒播在这里，我对这片土地有着深深的感情。

姑父开车带我到他工作过的地方转了一圈。后来，他停下车指着一个高大挺拔的市场大门说，"衡湘邵边贸大市场"这几个大字是湖南省委原书记熊清泉同志亲自题写的，说是"衡湘邵"，其实是"衡娄邵"，因为双峰原是从湘乡县分离出来的。这个市场还是二十多年前，我在这儿任指挥长时建立起来的。姑父说完，沉思起来，似乎忆起了当初的岁月。

姑父很低调，他来前没有通知任何人，说是怕打扰别人，附近的熟人向他打招呼，他就笑眯眯地点头回应。最后，姑父说带我到"湘雅医院"去看看他的老朋友。我心想，湘雅医院不是在长沙吗？难道这里也有分院？当车子开到楼下，抬头看牌子，哎呀，"乡野医院"四个大字映入眼帘。我不由得捂嘴大笑起来。这可不能怪我的听力有问题，这是姑父的双峰话惹的祸。我说，姑父，我建议你讲双峰普通话，不然真会闹出笑话来。姑父听罢，哈哈大笑。

姑父见到老友，喜不自禁，脸上都笑出了花。老友佘国初和姑父一样高大帅气,二十年前创办了乡野医院,现在又建起了双峰首家仁爱养老院,得到了社会各界的好评。只可惜他们说话我有点听不懂。这也好,他们叙旧,我喝茶,互不打扰。

  在回城的路上,夕阳飘在山尖上,像个将要进口的蛋黄。姑父说,希望退休后开车去全国旅游,看美景,吃美食,有时间写写东西,丰富自己的兴趣爱好,让生活变得充实起来。

幽默、开心的老太太

那日，友人琦琦请客吃饭，把她老妈也带过来了。十几个人，把个桌子围得严严实实的。服务员来上菜，也只得说，麻烦让下，好吗？琦琦的老妈笑着说，你不让也可以，服务员会给你特殊奖励的。大家听罢，哈哈大笑，没想到老太太这么幽默。老太太七十多岁了，脸上露出慈祥的笑容，穿着花衣服，清瘦，以至于她的花衣服看起来有点大。

我挨着她坐下，她很高兴，先是帮我倒茶；然后，又不断地从手机中翻出她旅游时的照片给我看。从这些照片中，既能看到国内的著名景点，也能看到异国风情。照片里，老太太穿着各种颜色的衣服，摆出种种造型，甚或戴着酷帅的墨镜和草帽，好不喜人。在翻看照片的过程中，她的手指灵活地滑动着屏幕，哪像个七十多岁的老人！

我说，你老人家身体不错哦，这么大年纪了，还到处舟车劳顿，换成年轻人，也未必有这么好的状态。这些照片拍得很不错，风景也很优美。

老太太笑着说，开心就好，我不怕累。

琦琦见状，高兴地说，你们不晓得我老妈的奇葩故事吧？我跟你们慢慢道来。见她神秘的样子，大家立即停止搛菜吃饭的动作，都把渴望的眼神齐齐地射向琦琦。

琦琦似乎很兴奋，快速地喝了口水，便不紧不慢地说起来。她说小时候读书，别的家长都想要崽女多在家复习功课，而她家妈妈则老是对着他们姐弟说,出去玩喽,去看电影喽,小孩子就是要出去玩,莫把人读蠢了。琦琦说罢,满脸幸福的样子,似乎在回味童年的快乐。然后,她用手拨了拨额前的头发,继续讲起来。

她妈妈还很喜欢赶时髦,那时候,才刚刚流行烫头发,她便马上去把头发烫了,蓬蓬松松的,看起来像个波斯猫。面对家人异样的眼光,她把头发一甩,说,这样非常好看吧?说罢,在镜子面前照了又照,似乎镜子中的她都突然变得陌生起来。

为了节省大家的时间,我根据琦琦的讲述,特意整理如下。

老太太心善,不但和家里的亲人相处得很好,就算是出了五服的亲戚,她也都有来往。如果得知谁家有了难处,她都会及时地伸出援手,帮亲戚渡过难关。这还不算,她来到城里和女儿女婿一起居住,对左邻右舍也是一样友好,常常把家里的东西拿出去给邻居们分享。所以有时候,老太太一上午就拿着手机,挨个打电话,那温柔的语气、足够的耐心,赶超优秀推销员。有所不同的是,别人是推销货品赚钱,她呢,是送东西不要钱。因此,邻居都很喜欢她,巴不得她常住在此。如果老太太去外边旅游了,或者有事回老家了,那些受过恩惠的邻居,就会很不习惯,眼睛老是朝小区的门口张望。

小区有个搞保洁的阿姨,年纪和她相仿,穿的比较破旧,瘦得像干巴猴子。她看人家可怜,常常把家中的纸盒整理好,放点水果在里面,然后摆到大门边,等阿姨来拿。如果人家稍微来慢了,她便急得不得了,从门上的猫眼里望来望去的,此时的她极像个生怕错过一单大生意的商人。

琦琦去上班,她便会对着女婿大喊,你老婆要去上班了,快来送送;甚至还提出"苛刻"的要求,要求女儿女婿当着她的面先拥抱,再打啵。等仪式完成后,她便捂着嘴巴笑,说,这就对了嘛。如果女儿出差回家,她就喊女婿开门,并提醒女婿将那套仪式完成。你说，遇上这样的老太太，夫妻关系有理由不好吗？

老太太的心态也极好，总是笑呵呵的，像个纯真的小孩。如果和谁有什么过节，或是烦心事，第二天她便忘了，碰到那人又是有说有笑的，像没事人一样。家人提醒她，她就说，有吗？我好像不记得了。

如果有人说，某某人不地道，做出了那样的事情，真不是人做的。她便说，或许人家有难言之隐呢！多点理解，好吗？

别看她这么大年纪了，还喜欢喝点小酒。趁琦琦讲她的时候，她便悄悄地抿酒，像个调皮的老小孩。如果发现我们在看她，她便举起酒杯，说，大家听了这么久也累了吧，喝酒，喝酒。然后，露出羞涩的笑容，像个腼腆的小妹子。

都说老小老小，人老了就跟小孩一样，需要崽女的细心照顾；而像老太太这么照顾别人的恐怕是极少的了，况且，她还可爱得令人难忘。

哈哈，这个奇葩的老太太，我们都喜欢她。

九妹

九妹是中街上邓裁缝的满女，长得清秀可人；尤其是那甜甜的笑容，谁见了都会喜欢。她家的水田在我屋门边，因此，我经常能够见到她。

每次来田边做事，九妹总要先来我家坐坐，跟我聊上几句。其实，九妹比我大七八岁，按道理，我应该叫她九姐。只是我叫习惯了，也懒得改口了。那时候，我不太懂事，总是奇怪为什么九妹每次到我家里玩耍时，街上的几个伢子就担着水桶，在我屋门口走来走去。他们甚至还吹着口哨，头发用井水抹得湿湿的，见到我们时，还故意潇洒地把头发一甩——头发上的水珠，就像得到命令似的向我们袭来。还没等我们反应过来，他们就扭着屁股，用手指敲着洋铁皮水桶，水桶发出铛铛铛清脆的声音，一直响到井边。

难道他们家里的水缸都很大吗？不然，哪里装得下这么多水呢？我出神地想着，余光却看到九妹望着那些伢子甜甜地笑着。那笑中，既包含着羞涩，又透露出喜悦。这时，我就会对她说，你笑得这样甜，干脆叫九甜算了。她调皮地说，还不如叫甜酒，又香又甜，还不要钱。这个家伙，我后来想，我如果是个男人，也迟早会把她收了。

等到九妹在田里忙碌时，那些担水的伢子便坐在我屋门前，睁大眼睛，死死地盯着九妹。我说，你们在看什么呢？他们说，没看什么，担水累了，在你这里歇歇脚。九妹在田里时而弓着身子，一条辫子落在耳边；时而放开嗓子唱几句，歌声在田间弥漫开来。此时的歌声，又像是兴奋剂，注入了担水伢子的心里。他们笑着，摇晃着身体。

一阵风吹过，地上的纸屑飘进了水桶里。那些伢子哪里顾得上水呢，他们依然把目光投在九妹身上。我不知道九妹能否感觉到这骄阳般的目光，久久地在她身上炙烤。

这样的场景，经常在我屋门边出现；所以我从没有想到，它会在某一天突然消失。

后来，我从刘婶口中得知，九妹竟然被人拐走了。听到这个消息，我很惊讶：一个二十多岁的妹子，怎么会被别人拐走呢？我绝对不相信——前段时间，九妹还在我屋前的田里劳作呢。但是，随着越来越多的人在谈论此事，我想不相信都很难了；于是，心情也变得阴郁起来，我很担心九妹。

最明显的变化是，屋门前那些铁桶所发出的铛铛声音少了，似乎那些伢子家的水缸一夜之间变小了。田里也没有了九妹的身影和歌声，这让我很不习惯。

一天晚上，邓裁缝突然来到我家里，他和我父亲是多年的老友，我以为父亲要他来为我们做新衣服呢。那晚上，他和我父亲坐在灶屋里，边喝酒边说话。他们说话的声音太小，我听得不是很清楚；于是，我小心翼翼地趴在窗户边。

邓裁缝说，老弟啊，老兄我心里苦呢，九妹是被那个没良心的肖伢子骗走了呢。那个肖伢子家里穷得叮当响，还有个老娘瘫在床上，需要人服侍。而且，肖伢子还比她大十几岁嘞。当时，我不准九妹去，九妹硬要去，还说如果不准她跟肖伢子在一起，她就要死在我面前。你说，我有什么办法呢？我只能对着她吼，你要是敢出这个家门，从此以后，就再也不要回来了，就当我没生过你。你说，我家九妹这样乖态的妹子，到那样一个家庭去，她以后的日子怎么过啊？说罢，邓裁缝眼里闪出了泪水。我内心一动，泪水也无声地掉下来。父亲见状，赶紧拍了拍他肩膀，说道，老兄啊，你也莫难过了，儿孙自有儿孙福，你要保重身体嘞。你妹子很勇敢，也很善良，你应该感到高兴才是。

邓裁缝说，她要是回来，我是不准她进家门的。

看来邓裁缝心里苦闷极了，一碗酒就醉得不省人事，后来，就睡在我家凉床上，呼喊着九妹的名字。喊得我心里酸酸的，躲在床上悄悄地流泪。

再后来，听说九妹盖了新房，买了小车，还在市里开了一家餐馆。肖伢子对她很好，他们还生了两个乖态的妹子——那甜甜的笑容像极了九妹。

邓裁缝脾气太倔，十年都没有让九妹进过家门，任谁劝说都不管用。九妹每来一次，就要哭一次，有一回竟然在我家里哭晕了过去。

又过了几年，邓裁缝得了重病，九妹闻讯赶来。九妹跪在床前，拉着邓裁缝的手，泣不成声。弥留之际，邓裁缝伸出干枯的手，艰难地抹掉九妹脸上的泪水。九妹顺势伏在邓裁缝身上。这时，邓裁缝终于笑了起来，脸上布满了泪水。

他到底是在笑，还是在哭呢？

楼下小王

好多天没有下楼了,冰箱里的存货也被我扫荡得一干二净。今天必须得下楼去采购了。

楼下的菜摊是我的首选。菜摊老板姓王,娄底人。其实,我喜欢在他这里买菜是有原因的。一是菜新鲜,品种齐全;二是老板人很诚实,从不在菜品上刻意打水。今天,也许是我来早了,小王的菜摊还没摆好。此刻,他正埋头从面包车里往外拿蔬菜——他简直像个魔术师,一下变出辣椒、生姜、大蒜,一下又变出白菜、红萝卜,把我看得眼花缭乱。

菜摆好后,他把支付宝和微信付款码插在生姜筐子上面,绿色的心形小牌牌,好像生姜的小叶子,看着就让人舒服。

小王三十多岁,个子不高,黑黄色脸上有股沧桑的味道,眉宇间还透露出淡淡的忧郁。这使得他有点显老,像四十多岁的大叔。

我说,小王,你生意还好吧?

菜还是有吃咯。小王边回话,边把包菜上的老叶子剥掉。我来省城六七年了,现在还在摆地摊。平时你看到的那个大姐,就是我的婆娘,她是湘西龙山人。我们有个小妹子,已经上幼儿园了。

哦,那不错,只要身体健康,一家人在一起就是幸福。我说。

老板,帮我称下辣椒和白菜。一个胖胖的老太太喊道。

好呢。只听到滴滴几下响,菜就称好了,小王快速地扯下一个白色的尼龙袋子,装好后递给老太太。

你动作还蛮快的！我说。

嘿嘿，熟能生巧吧。小王搓着双手回道。我看到，他乌黑干瘦的手上沾满了泥巴。

小王朝四下看了看，见没有其他人，低声对我说，我家出过事，还是大事。他这个神秘的样子，让我很是好奇，但我又不敢细问，害怕触及人家的伤心处。

没想到，小王却毫不介意地继续说起来——也许，他难得有机会把心中的痛苦向别人诉说吧。

他说，其实，我早两年租了个门面，开的是精品菜店，不但有新鲜蔬菜，还有价值不菲的干货，像鲍鱼干、墨鱼、野山菌，等等。没想到一场大火，把店铺烧得精光，直接损失三十多万元。其实，这钱没了可以再赚。可怜的是，我丈母娘和小孩也烧伤了；尤其是我小孩，额头和鼻梁上留下了一个梯形伤疤。现在涂的是进口药，也是一笔不小的开支。每天看到她那个伤疤，我的心就很痛。可是，我又有什么办法呢？我唯一的办法就是发狠卖菜，用力赚钱。

小王继续说，我每天早上三四点就去市场进菜，要到晚上七八点才能回去。有时候，遇到雨天，衣服不小心打湿了，为了不影响卖菜，也只好用体温捂干它了。唉，只是我的妹子可怜啊，原来是一个多么漂亮的小姑娘，每天笑嘻嘻的，像只画眉鸟一样，有说不完的话；自从烧伤后，就变得沉默寡言了。我最担心的是她的疤痕不消，长大了心里会有阴影。

你家小孩现在还小，长大了疤痕就会淡化的。我安慰道。

小王说，问题是小孩看到虫相公（蚯蚓）般的疤痕，老是喜欢用手去抓，还总说痒得难受。说完，小王打开手机，翻出小孩的照片给我看。照片中的小姑娘笑得很灿烂，疤痕也非常显眼。这或许是上帝对她的偏爱——烙上了特别的印记。

可这真是造孽啊，这么可爱的小孩。我在心里默默祈祷。

小王忙着把地上的烂菜叶、辣椒把，以及蔫黄瓜装进尼龙袋子。

我说，你这个还要带回去吗？

他说，不能把地上搞脏了，影响顾客买菜的心情。

他接着说，唉，都是命。那天本来东西都收拾好了，要把小孩送到乡下奶奶家去的。其实，只差了两个小时，这场灾难就可以避免的。电烤炉上面放了小被子，她外婆出门时忘记关电门了——悲剧就发生了。搞得我们现在看到电烤炉就有恐惧感，每次出门，都要反复检查好几次才安心。

小王说完，望着秤盘子发呆，似乎还沉浸在那场不堪回首的火灾中。

见此情景，我也没了话说，便挑选起菜来。

小王的菜摊摆得整整齐齐，像用尺子量着摆的一样，就连小白菜都是一蔸蔸放好，那嫩绿的叶片上，似乎也隐喻着人生的艰辛和不易。

小王说，虽然生活给他开了个玩笑，但他还是要认真地过好每一天，多赚点钱，到时候帮妹子整个容，让她变得美美的；唯有这样，他心里才不会有遗憾。

离开时，小王特意拿了些葱和蒜给我，说我是他的老顾客了，这是他送给我的。又说，我这里的葱和蒜很香，放在菜里，饭都要多吃一碗。

我说，夏天来了，露肉的季节到了，我还想着减点肥，穿裙子才好看。

他笑笑说，只要身体健康，胖不胖的都无所谓。

我说，你做生意也不容易，我还是扫码付钱吧。

他把我的手一挡，说，你多来照顾我的生意就可以了。

望着他诚恳的眼神,我只好作罢。但愿他历经人生的风雨后,早点迎来五彩斑斓的春天。

音乐委员

当暮春的风拂过脸颊的时候,我接到了表哥的电话。这可真是一件让人高兴的事。我们虽然是亲戚,但由于平时都很忙,甚少联系。

表哥在长沙打拼多年,现在已经是一个不大不小的老板了。他单单瘦瘦的,厚厚的镜片后是一双睿智的小眼睛。他并没有像有些老板那样肚子凸了出来,粗粗一看,居然像个大四的学生。那天,当他开着豪车来在饭店门口时,保安的眼里流露出钦慕之情,好像此时的表哥突然变成了一个倾国倾城的美女。

吃过晚饭,表哥提议去唱歌,几个朋友一致赞成,大家立马驱车前往歌厅。我来长沙两年了,第一次发现长沙的夜景这么迷人,像出自凡高的手笔。从那装着蓝色玻璃的高楼大厦里透出五颜六色的灯光,人仿佛置身于海底世界。车内,台湾歌星方季惟的歌曲《怨苍天变了心》在耳边不断地萦绕,"如果让我遇见你,而你正当年轻",瞬间把我拉回了那个美好的年代。表哥说他喜欢那个时候的歌星,那些歌曲都是经典,至今听来,仍让人回味无穷。

来到歌厅,几个朋友都争着点歌,一曲接着一曲唱个不停。表哥呢,一下喊服务员送水果,一下又是去拿啤酒和麻辣卤菜;然后,就眯着一双小眼睛沉思着,那样子就像被人催眠了,又像是被朋友们的歌声陶醉了。我说,表哥,你东西也不吃,歌也不唱,到底是怎么回事呢?难不成你是心疼你的票票了?要不,你就是不会唱歌,一开口就要人命的那种。我开玩笑地说。他见我这样说,淡淡一笑，就去点歌了。

　　表哥开口唱的那一刻，仿佛整个世界都安静下来了——他的歌声堪比原唱，没有夹杂我们的家乡腔，完全就是纯正的普通话。不像我，一开口别人就知道我是地道的邵东妹子——人呢，看着像城市里的人，就是开不得口，一开口就露馅了。表哥唱的全是二十世纪八九十年代最经典的歌曲，叶启田的《爱拼才会赢》、小虎队的《爱》、张雨生的《还是朋友》、裘海正的《爱我的人和我爱的人》等。有朋友笑着说，你歌唱得这么好，读书的时候是音乐委员吧？话音刚落，表哥就扑嗤一声笑了出来，恭喜你答对了。还说，你看我人长得这个鬼样子，幸好老天给了我一副好嗓子，我老婆就是我唱歌唱来的。此时，刚倒出的啤酒在杯中欢腾着跳跃着，似乎在用别样的方式为表哥鼓掌；又像是酒里面有一条被困住的鱼，正在四处找机会游向大海。有人说，啤酒有着淡淡的渑水味，我曾经也有过类似的感觉；但今夜的啤酒却散发着阵阵的独特的香气。那香气里有美妙的歌声，有表哥多年打拼的酸甜苦辣，或许，还有些许骄傲。

　　表哥说，那时家里条件不好，只有两间老土砖屋，兄妹五人，饿的时候连生红薯都吃得几个。他呢，瘦得像根冰棒棍。表嫂是他的同学，但直到毕业欢送会时，她才发现表哥这个活宝。表哥很清楚自己的条件，不敢接受表嫂。表嫂呢，是"吃了秤砣铁了心"，天天守在表哥家门口，扯着五音不全的鸭公嗓子唱那些烂歌。一唱就是好几个小时，唱得人心里直发狂。不知情的人还以为是癫婆吵嫁。表哥被吵得烦了，悻悻地走出来，满脸愠色，一脚就把旁边的麻鸡婆踢飞，麻鸡婆顿时发出尖锐而痛苦的叫声。表嫂被表哥这架势吓住了，半天没回过神来。表哥说，你天天在这里鬼喊鬼叫的有意思吗？表嫂说，我没唱好，你教我唱嘛。表哥无可奈何地望了她一眼，转身走了，只留下一个背影。泪水在表嫂的眼里打转。

不过，表嫂是有恒心的人。或许，她知道表哥是潜力股，所以她依然每天扯着鸭公嗓子唱那些烂歌，唱到太阳红了脸，月亮躲进云层，唱到表哥出来见她为止。俗话说，男追女隔座山，女追男隔层纱，不久后，表哥就乖乖地缴枪投降了。

表哥说，刚来长沙打拼的时候，手里仅有东拼西凑的两万元。他租的是最便宜的老木房子，吃的是家里带过来的咸菜。最困难的时候，他的口袋里仅剩一枚硬币。他望着繁华的城市和来来往往的人们，眼泪悄悄地滚落，滚到嘴角，滚到心里。他要记住眼泪的味道——既然来了，就要活出个人样。

让我佩服的是，事业成功的表哥还热心于公益事业，他帮助过很多失学儿童。于今，他还是很喜欢吃咸菜，他说，咸菜的味道和眼泪的味道很像。这个曾经的音乐委员，不论是忙着还是闲着的时候，仍然爱哼那首他最爱的闽南歌曲《爱拼才会赢》。

沉默的邻居

初到长沙，为便于上班，我就在单位附近租了一间小房子。

住在我隔壁的是一个奇怪的中年男人。我搬来很久都没看到他说过话，我一度以为他不会说话。他长得人高马大，走起路来屁股一晃一晃的，像吊着两个随时都会掉下来的大南瓜。

那天中午突然停电了。我急急忙忙去外面给电卡充了值，回家时已是满头大汗。楼道的墙壁上并排装着好几个电表，标识不清，我左看右看，不知道哪个是我房间的。于是，我只好怯怯地问半躺在椅子上乘凉的那男人。那男人像个行动迟缓的老人，好久才欠起身，抬手指了指最右边的那个电表。随后，椅子咔嚓一声响，他那庞大的身体又结结实实压在了椅子上面，我不由得为椅子捏了把冷汗。他见我站在那里，也不作声，自顾自摸着手机。

一天晚上，天气实在太热了，我刚打开门，就见一个影子在夜色中左右摇摆。四周寂静无声，只有树林里偶尔传出一二声野猫的叫声——这让寂静的夜有了一丝生气。直到那个影子越来越清晰，我才看清他就是隔壁的那男人。他时而摇晃着脑袋，时而扭动着身躯，就像一个提线木偶——没有目的，没有意识，甚至没有喘息——在这样的夜里，我以为自己做了一个梦。我不知道，他为什么不说话；我也不知道，在他身上到底发生过什么，只隐隐觉得他是个有故事的人。

我猜得没错。听楼下的老大姐说，他的婚姻很不幸。他老婆人长得很漂亮，当年去外地打工，辛辛苦苦几年，把所赚的钱全部用于建房。在当时的农村，他家的新房格外扎眼，惹得那些跟他有过节的人眼红。于是，他老婆靠出卖色相赚钱的流言不胫而走。于是，争吵、猜忌成为他们婚姻的常态。终于有一天，赌气回娘家的老婆回来拿东西，见到他和别的女人在行苟且之事，便大叫一声，哭着跑出去了。从那以后，他老婆就疯了，每天在外面唱跳哭骂、赤身裸体乱跑，半年后，莫名其妙地死在一个山洞里……

如果不是雨天，他会戴着一顶花帽子，提着一大壶浓茶，肩挎一个相机轻手轻脚地出门。我注意到他家里有一台电脑，用一块花绸布罩着，远远望去，就像待嫁的新娘，安静、温柔。后来我才知道，他是一个摄影师。他可能把所有的喜怒哀乐都放在作品里了，也可能把要说的话都留在山水之间了。

偶尔我们在过道上碰见，也是大路朝天，各走一边。他不言，我不敢语，我们就像是门前那两棵枫树。有一次，他的目光停留在树叶上，那儿有两只蝴蝶正在翩翩起舞，你追我赶，好不热闹。此时，他的眼睛里流露出温暖的光芒，让人觉着踏实而舒服。有好几次，我忍不住想和他说话，但一看到他那冰冷的眼神，话到嘴边又咽下了。

一天，一个二十多岁的男孩来找他，碰巧他不在，我们便在门口瞎聊起来。原来，自从他老婆死后，他就把房子廉价卖了，离开了家乡，所得房款全部交给他岳母一家，并且承诺此后每个月给岳母两千块钱家用。老婆的死，他有不可推卸的责任。他要赎罪。

我不知道他要多久才能开口说话，就像我不知道人生的风雨什么时候来临一样。

香西二娘

　　光滑而泛着清幽幽光芒的石板路穿街而过，像一条彩带飘在小街中央。两边的房屋，就像带子上系着的铃铛。风一吹，铃铛便清脆地响起来，响出美丽的音符，响出烟火人生。

　　我的家距离石板路只有三步远。

　　离我家不远，是香西二娘的家。香西二娘和我母亲的关系很好。她家有台缝纫机，每天响个不停，像喂不饱的老虫。附近的邻居经常拿些破了的衣物，让她修改和缝补。我家也不例外。母亲因为事情太多，通常是于先天夜里把要缝补的衣裤整理好，放在破旧的凉床上，吩咐我第二天放学后拿到香西二娘那里去。说实话，抱着那一堆破旧的衣裤，我心里总是五味杂陈。这些衣裤本来已经很旧了，它们还能禁得起刀剪的摧残么？虽然我很不情愿，却也只得听从母亲的吩咐。

　　香西二娘家的房子是红砖砌的，三开间两层。一层中间是堂屋，左边是灶屋，进门的地方放着一口斑驳的瓷水缸——无言地诉说着岁月的沧桑。墙上拉着一根尼龙索子，几块清瘦、发黄的毛巾倒映在水缸中，像营养不良的黄毛丫头。右边是卧房，靠门边放着一台缝纫机，门上终年四季挂着花布帘子。

　　走进堂屋的时候，我就甜甜地喊声"二娘"，没有回应。我心想，二娘可能在做事吧。于是，我小心翼翼地挑开帘子，果不其然，二娘正在埋头缝补着花棉裤，她的头上还沾着棉花毛毛——像几片鹅毛飞在头上。二娘好。我又甜甜地喊了声。二娘抬头看是我，圆圆的脸上顿时浮现了一丝笑容，永华来了啊！来来来，这边凳子上坐吧，等我把这条裤子补完，你莫急啊。

缝纫机又嗡嗡地叫起来，像一只被困住的蜜蜂。

趁二娘做事的时候，我快速地扫视了一下房间。只见缝纫机的对面是一张上着红漆的雕花木床。可能是年代已久的缘故，有的地方红漆改变了颜色，变得不再鲜艳了；甚至有的地方，还露出了黄白的木头原色来。很显然，红漆已经耐不住岁月的煎熬，想逃之夭夭。木床的横杠上挂着一把红伞，上面套着布满灰尘的尼龙袋子——像新娘子蒙头的盖头。黄黑色的麻帐子上，补着几个补巴，四四方方，像匣子上的一块块豆腐。

环视一周，觉得无聊，于是我便问道，二娘啊，你家阳妹子呢？怎么没有看到她？

阳妹子比我大两岁，本来是一个水灵灵的妹子，只因为前几年在山上摘笋子，一不小心滚落在石头上，头部受了伤，人就变得痴痴呆呆的了，有时候甚至连娘老子都不认得了。为此，二娘和她老公吵过不少的架，终于在一次吵过架后，她老公不辞而别了。那段时间，常常听到母亲唉声叹气，说二娘整天茶饭不思，以泪洗面。有时候，甚至在深夜，我母亲怕她想不开，还会打着电筒去她家探望，确认无事后才返回家中。我记得，这样的次数多了，父亲也有些不悦，说道，你要去就早点去看嘛，这深更半夜的，你不怕，我还担心你呢。要不，你就在她家住几天，放心了再回来。可母亲又哪里舍得放下手头的农活呢？所以，只有牺牲休息时间去关心她的好姐妹。

可能是缝纫机嗡嗡的声音掩盖了我的问话，也有可能是香西二娘过于认真，良久，二娘才淡淡地说道，阳妹子今天去外婆家了，要过两天才回来。我从她脸上看不出半点痛苦的神色。看来，二娘已经走出那个不堪回首的冬天了。自从阳妹子出事后，大家都极力回避问及此事，生怕一不小心惹得二娘伤心。本来，我是不该问起阳妹子的，但话一出口，便收不回了。二娘总共生了三个崽女，阳妹子最大，老二和老三是双胞胎，两个伢子。其中有个伢子只活了三个月就走了，现在等于二娘只剩阳妹子和一个崽了。

  有时，我就在想，二娘这么好的女人，命怎么这样苦呢？都说老天有眼，怎么就看不到二娘的苦呢？怎么就不帮助她呢？

  其实，我每次拿衣裤到二娘那里缝补，母亲都没有拿钱给我，难道二娘是因为跟我母亲情同姐妹，所以才没有收钱吗？还是母亲事后一次性付清了？还是二娘还有别的收入呢？不然，她靠什么养活两个崽女呢？回家后，我把这个疑惑对母亲一说，母亲笑着拍拍我的脑壳，说，哈宝崽，二娘种了很多菜蔬卖呢。天蒙蒙光，她就起床去卖菜，要到日上三竿才回来吃早饭；尤其是赶场的前一天，那是二娘最忙的时候。她要把菜扯回来，洗净，扎好。俗话说，一只鸭子只游得一路水。有时候，二娘一晚上只有两三个小时的睡眠时间。你不晓得，二娘年轻的时候，可是码头上的一枝花呢！

  一枝花？二娘圆圆的脸上布满斑点，头发也白了，眼角的鱼尾纹像吹皱的水波，尤其是那双手，粗糙得像把锯齿。

  母亲见我不相信，极力解释道，二娘那都是累出来的，不然，哪会变成这样呢！

  岁月是个小偷吗？是它把二娘美丽的容颜偷走了吗？

  至于我们拿衣裤要她缝补，她只是象征性地收点钱，懂了吗？母亲看着我的小脸蛋说。

  哦，原来如此，我朝母亲眨眨眼睛，便去洗碗了。

  母亲又跟上来说——似乎不说完，她心里便不好过——你二娘不像农村其他的女人，没事就聚在一起说东道西，她没事的时候，就从邵东街上贩些水果走街串巷、挨家挨户地叫卖。这个我知道，二娘不像别人那样推着板车或者三轮车叫卖，她卖水果的方式有点特别：拿一只织得紧密严实的团筛，把苹果或橘子摆在团筛中间叫卖；卖完后，复又回到家中补充货源。所以，街上常常能看到二娘忙碌的身影。

  街上多是憨厚善良的乡亲，因此，二娘的叫卖一般也很顺利。但是，街上也有极个别流里流气的无赖。

  话说那日，二娘端着团筛一边走一边喊着：卖苹果、橘子啰，清蜜蜜甜的苹果、橘子呢！二娘每走两步就喊一声，清脆的声音，像露珠般晶莹剔透，满含欢乐和希望。正当乡亲们享受着这种欢乐的叫卖声时，中街上的强疤子朝着二娘大喊，喂，卖苹果的，过来，看看你的苹果到底甜不甜。甜的话，我要买几斤。说罢，歪着脑袋，用那双三角眼使劲地盯着二娘的胸部和屁股，像饿极了的人盯着餐桌上的美味。他的舌头在嘴巴里动来动去，企图挡住快要流出来的口水。二娘深知强疤子的为人，但是，人家说要买东西，自己又没有理由拒绝人家。

  强疤子幼年丧父，娘老子又是个哑婆，所以他早早便把一个烂字摆起，以至四十多岁了还没有娶到婆娘。小时他就小偷小摸，街上每个家都被他偷到了。村人告诉他哑婆也没有用。因为说不出话来，哑婆气得脸色发紫，抄起搅潲棒准备执行家法，谁料强疤子早就打起飞脚走掉了，连鬼影子都看不到了。听说他长大后专门在火车上偷盗。有次被人捉到，差点被打死。哎，总之，街上的人一提到他，就说他是烂眼儿；说得严重点，就像他得了瘟疫，人们恨不得躲得他越远越好。

  其实，二娘此时离强疤子只有两间屋的距离，并不远，但二娘却觉得路程很长——她打心眼里就不想和强疤子说话。二娘好不容易把团筛端到强疤子面前，然后二娘栽下脑壳看着苹果，不作声。强疤子嬉笑着，拿起一个最大的苹果在空中抛了几下，说，圆还是圆，不晓得甜不甜。说罢，张开大嘴便是一口，苹果立即露出深浅不一的牙印来。甜什么甜？清蜜蜜甜？你分明就是哄人的。话音刚落，他又抓起一个苹果吃起来。吃到第三个的时候，二娘小声问道，你到底买不买？不买算了。不尝怎么知道？你这人真有味。听到强疤子恶声恶气的话，二娘心里有点后悔，又有点害怕。心想，要是强疤子喊她时，她装作没有听见该有多好。此时，二娘多么希望能有个人来解救她。

最后，团筛里的二十几个苹果都被强疤子尝过了。他舔了舔嘴角，说道，都不甜，不要了。二娘涨红着脸，打着哭腔说，你不买，尝几个就算了，哪里要尝这么多呢？看到像被野物咬得伤痕累累的苹果，二娘心里难受极了。

强疤子见状，说，尝几个苹果，你就做起这副哈样子！不过，要我买也可以，你今晚就陪大爷我潇洒一回，反正你男人也不要你了。

你太过分了！二娘把团筛中的苹果使劲地扔进肥料凼里，乌黑的水溅在强疤子脸上，强疤子的脸显得更加丑陋了。一阵风吹过，臭味弥漫开来，在小街的上空久久停留。

二娘强忍住泪水，快步地走回家中，砰的一声关上门。不久，痛苦的哭声便传了出来。那哭声似把小街的空气撕开了一道道口子。这些口子带着丝丝血迹，借着风的力量，飘向千家万户。

——直到现在，二娘的老公还没有回来。

亭子里的女人

关于那个以亭子为家的女人，从何而来，叫什么名字，为何住在亭子那儿，那时的我一概不知。不但我不知道，周围人也不知道。她对于我们来说，就像是个谜。这极大地勾起了我的好奇心。于是，我每次到亭子旁边的石山上玩耍时，都会悄悄地去亭子那儿看看。

亭子位于石山下面，石柱上刻着楹联，由于年代已久，经历过风雨的侵袭，字迹已经很模糊了；但那些雕花的枋和檐角上的飞禽走兽，无不在彰显着它的大气和端庄。亭子里有条形石凳，有一泓清澈的甘泉。南来北往的过客，以及附近劳作的村人，如果累了渴了，就会到亭子里坐坐，喝点水，抽根烟，聊聊天。同时，人们还可以欣赏石山及其周围的美景。因此，即使亭子建在前不着村后不着店的平缓斜坡上，也并不冷清。

后来，听街上的老人东讲一句，西讲一句，我渐渐对那亭子里的女人了解了个大概。住在亭子里的女人叫漫云，二十七八岁，圆形的脸上长着一双小眼睛。最引人注目的是，她鼻子上长着一颗黄豆般大小的暗红色肉痣。她是因为逃婚才到这里来的，男方不但眼瞎，还是个瘸子，只是家里条件还不错。漫云父母就是看中了男方的家庭条件，才逼着她嫁过去。她却死都不同意，和父母发生了激烈的争吵，父母便把她锁在家里，饿她的饭。漫云呢，别看她长得瘦小，骨子里很有一股倔劲，在结婚前夜竟然从家中偷偷地跑了出来，走了好几天，才来到我们这里。

别人只是在亭子里歇歇脚就走了，漫云则像个赖皮客，把亭子当成了自己的家。她把亭子前后的荒地开垦出来，种上辣椒、丝瓜、茄子等，还喂养了鸡鸭，栽种了葡萄树和月季花。

白天，她在亭子边上的地里忙碌，把辣椒和丝瓜伺候得舒舒服服的。辣椒也很懂味地吊满了树，像要把树压垮似的。丝瓜结成一排排，虽然长得像双胞胎，却争先恐后地展示着自己，在风中扭动着苗条的身材。那些鸡鸭，好像懂人性似的，漫云在地里忙碌，它们便跟到地里，在她身边咯咯、嘎嘎地叫着——有时，还欢喜地拉上一泡屎；更有甚者，把蛋生在辣椒树下，然后，骄傲地在漫云面前走来走去，似在炫耀功劳。

到了晚上，如果哪里老人（人过世）了，她便去帮着打杂，洗碗、扫地、摆桌子，酬劳是吃两餐饭、接几包香烟。遇到好的主家，她还可以兜点猪肉和豆腐回家。她开玩笑说，只有老人的时候，她才有肉吃，这也算是打牙祭了。

葡萄熟了的时候，她便坐在一把伤痕累累的藤椅上——这把藤椅是她从街上捡来的——吐着烟圈，眼神呆滞地望着石山，好像石山上有什么宝贝似的，她要思索着该怎样才能把它挖出来。然后，她便斜着脑壳，用嘴巴轻轻触碰葡萄，再一口咬下几颗葡萄来，边嚼边流眼泪。不知是被葡萄酸的，还是因为其他什么原因，她很久也没有停止抽噎。

她在亭子那儿住的时间久了——亭子后面有几间青石砌成的小房子，附近的老光棍便会趁着夜色去多事，时而敲窗骚扰她，时而发出恐怖的叫声。这些小动作，对于胆大的她来说，根本就不值一提；但是她还是有点担心，于是，她决定找个伴。

街上的黄麻婆是个热心肠妇人，得知漫云的事情后，便主动找到漫云，说她娘家有个侄子叫大刚，五十岁了还没有讨婆娘，人长得高大壮实，只是因为太老实，加上家里贫困，所以才耽搁到现在。如果漫云愿意，她可以去说媒。漫云开始嫌男的年纪太大，转念又想到自己现在的处境，心想，只要人老实，对她好就行了；于是，便点头答应了。她却有个要求，要求男方先跟她到亭子这里居住一段时间。黄麻婆听罢，欢喜地说，这个没问题，这个没问题。好像是她讨婆娘似的。

　　黄麻婆办事利索，没过几天，大刚便背着包袱来了。他还给漫云买了衣服鞋袜，又拿出一些钱交到漫云手里，就算是结婚了。

　　刚开始，他们的日子过得波澜不惊，白天在菜地里忙碌，晚上坐在亭子里说话，很安静。那些老光棍也不敢前来骚扰了，或是躲在某个暗处叹息、羡慕。

　　后来发生的一件事，就让这夫妻俩出名了。

　　事情是这样的。有一天，亭子里来了几个歇脚的男人，他们看漫云时，漫云便笑，并像主人那样热情地拿出凉开水和香烟招呼他们。大刚见此情景，竟然吃醋了，说漫云不该开烟给人家，不该对着别人笑；如果再有下次，一定要给她好看。漫云听罢，虽然心里不高兴，却也没说什么，自顾忙着自己的事。晚上洗澡时，大刚在澡盆里喊，漫云，给我拿条短裤来。漫云心里还在为白天的事情不痛快，便没好气地回道，你自己难道不晓得拿吗？这时，只听到一阵哗哗的水响，大刚又吼道，聋子，你到底听到没有？你娘的个脚，对别人那么好，我要你拿条短裤都不拿，你是不是活得不耐烦了？

　　一听这话，漫云怒火顿起，两步跑到大刚身边，把大刚连人带盆端着甩到坪里；然后，转身进屋把门啪的关上。大刚吓蒙了，不知道这个女人何时有这么大的力气。可怜的大刚，只得用几片芭蕉叶遮挡身体——担心叶子掉下来，又用稻草搓了一条绳子扎着，连夜跑到黄麻婆那里去了。

　　第二天，整个街上都传得沸沸扬扬的，说漫云有武功。从此之后,大刚在漫云面前变得老老实实的。漫云说什么,或做什么,他再也不敢放半个屁了。

前年回家,听说漫云过世了。临死的时候,她交给大刚五万元钱和一张纸条,叫他去她娘家,把钱交到父母手中;然后,伸出三根指头,用微弱的声音说,我已经三十年没有回家了。说罢,满含泪水,脑壳转向故乡那个方向,永远地闭上了眼睛。

打鼓的外婆

那天，朋友约我吃饭。推开餐厅门，我便见一个红衣红帽的老人，端坐在桌旁，像一尊菩萨似的。朋友介绍说，这是我的外婆。落座后，我才仔细打量外婆。她国字形的脸上，虽有一些老年斑，但眼角的鱼尾纹并不深，看上去很年轻，根本看不出是八十多岁的人，最多也就七十岁吧。我给外婆倒茶，她手上的金镯子发出的耀眼光芒，晃了我的眼；再一看，不得了，外婆十个手指，竟有八个戴了金戒指，黄澄澄的。

紧挨着外婆坐的是一个年轻伢子，二十出头吧。他也注意到外婆手上的金戒指，便不停地说，外婆，你这么多戒指，要给我一个。外婆望着他笑笑，幽默地说，你是真财主，我是假客人。边说边往年轻伢子身上瞄，似乎想证实什么，又好像在找寻自己已逝的青春。

朋友见状，连忙说，你们别看我外婆年纪大，她的架子鼓打得咚咚响呢！一边打还一边唱歌呢。那样子好不神气，仿佛自己还是个年轻人。

我历来认为，打架子鼓是年轻人的专利，一个八旬老人，能玩得转吗？说实话，我心下存疑。朋友看出我的怀疑，马上把手机递给我，你看哕，这就是外婆打鼓的视频。

视频中，外婆动作娴熟，反应敏捷，身子扭来扭去的，像少女般灵活，已然达到了忘我的境界。旁人都伸出大拇指夸赞。外婆呢，脸上笑开了花，似有几分得意。

朋友又接着说，外婆生了七个妹子，个个俊俏，犹如七仙女下凡呢。最厉害的是，这几个妹子还开了连锁金店，生意红火得很呢。

哦，难怪外婆戴了那么多金饰，原来还有打广告的意思。七个妹子开金店，那可是真正的七千金呢。我正想跟外婆说话，只见外婆神秘地跟那个年轻伢子说，你不晓得吧，我年轻时，有好多人追求我，约我跳舞，还送我可乐和香烟。说罢，扯了扯衣服，似乎想把那甜蜜而幸福的时光扯回来。

待酒菜上齐，我特意敬了外婆几杯酒，是想借机多喊几声外婆，因为我的外婆在我母亲几岁时就离开了这个世界，但"外婆"这两字，一直存在我脑海里。今天，我终于有机会喊出来了；即使喊的是别人的外婆，我也觉得很兴奋。我喊声刚落，朋友便说，外婆、外婆，叫得这么亲热，别人还以为是你的亲外婆呢。

这个家伙，不会是嫉妒我抢了他的外婆吧？连个回味的机会都不给我。我心想。

朋友见我一副不悦的样子，捂着嘴巴直笑。也许是为了转移话题吧，他马上说，我外婆还会唱花鼓戏呢。

这么厉害呀！桌上的人又惊呼起来，起哄着要外婆唱几句。外婆咧着嘴巴，正左右为难，朋友说，这样吧，等下吃了饭，到我家里去，让你们听个饱。

走出餐馆门，外婆走在最前面，她脊背挺直，步伐坚定，把我们和冬天的冷风远远地甩在身后。高楼上的灯光，在夜色中显得格外亮丽迷人。远处，有歌声传来，我们仿佛置身于一个巨大的露天歌厅里。

几分钟后，我们来到了朋友家。

朋友很客气，茶和水果堆满了桌子。此时，悠扬的二胡声回荡在整个客厅。于是，拍照的拍照，打拍子的打拍子，唱的唱，好不热闹。轮到外婆唱花鼓戏时,她一字一句,字正腔圆,差不多唱了五分钟,几段长长的唱词,竟然一字不落,让人不得不佩服老人家惊人的记忆力。外婆的嗓音十分嘹亮、动人。唱到高音时,我还担心她唱不上去,谁料她一飙而上,根本就不吃力。如果只听声音不看人,人们都会以为这是个妹子在引吭高歌。外婆唱得我们兴奋不已,也佩服不已。于是,大家热烈鼓掌,手板都拍红了。

　　回到家,我一直在想,外婆喜欢打鼓、唱花鼓戏,是否有什么特殊的含义?也许,那是她对逝去年华的追忆;又或许,是在向别人诉说岁月的沧桑;抑或是,外婆仍然对未来生活有着向往和坚持。

春哥

春哥是名律师，不但人长得帅，开车的技术也是一流的。他手下有一个五百多人的团队，经他们之手的案子，十有八九都会得到圆满解决。若要知道春哥的大名，那就对不起诸位了，我答应过春哥，要暂时保密；不过，私下联系我，还是有希望知道的。

那天，几个好友相聚，当我们计划了大半年的踏雪之行在饭桌上再次被提起时，春哥兴奋地打开手机，说，我们要去的那地方明晚一定会下雪。看着春哥很有把握的样子，大家的心情也变得激动起来。这时，负责联络的帅气的易哥——执行力超级强，饭也顾不得吃了，赶紧打起电话来。旁边的舒哥向来很可爱，高兴起来，总是用手半掩着嘴巴，给人很神秘的感觉；此时的他连声说，要得，要得，我反正也要去那边出差。雄哥则这边看看，那边望望，见朋友们没有异议，便轻言细语地说，那就这样决定了。雄哥是个见过大世面的人，性格也豪爽大气，他和春哥是我们这次旅行的赞助商。

桌上的饭菜还冒着热气，易哥就将所有出行的事项安排好了，他高兴地说，八个好友两台车，明天一早出发。考虑到便于接送的问题，易哥说，要我和毛哥坐春哥的车。

春哥做事很靠谱，我刚赶到约定地点，他的宝马车就缓缓地驶过来了。车内整洁干净，座椅也柔软舒适。天空中没有雨雪，只有我们看不见的微粒在自由地飘动。车子平稳地行驶在高速路上，房屋和树木从我们眼前一晃而过，再一看春哥，他正端坐在驾驶室，很是认真专注。

春哥，你的驾驶技术很不错啊。

春哥嘿一声，算是回答了我。

我以为我的问话会影响春哥开车，于是，我便默默地把脑壳转向窗外。

这时，毛哥开始发话了，说，开高速容易使人疲倦，我们和春哥多说话，他就不会瞌睡了。这话从毛哥嘴里出来，真还让人有点意外。因为毛哥不但没有驾驶证，还是个车盲，甚至连春哥的宝马车都不认得。如果有人拿这事说他，他就会昂着脑壳高声说道，你们开车算什么，老子开的是历史的倒车。说罢，满脸不屑的样子。

不过，毛哥的话倒是给了我勇气，于是，我大胆地问起春哥来。

春哥，你们做律师的真好，没有压力。不管官司输赢，反正有报酬。

哪有你说的那么容易？我常常因为打官司的事情彻夜难眠呢，脑壳都想烂了。

毛哥说，我听说有的律师有点黑。

春哥说，一个好律师，应该有职业操守，有些事情是万万不能做的。其实，做律师难呢，不但要有极强的抗压能力，还得有不怕威胁和恐吓的勇气。有好多次，我回家时被人跟踪。有些律师的家人也会受到威胁和恐吓。

毛哥一听，连连说道，哎呀，你不讲，我还真不晓得呢。这样的钱，就是摆在我面前，我都赚不到，宝宝怕怕。

我也连声附和，我这个人天生胆小，就是被别人说句重话，都急得睡不着觉，莫说威胁或恐吓了，那简直会要了我的小命。

春哥说，既然选择了这行，就得有心理准备；再说了，我现在已经习惯了。你说，那些人再横，能横过法律吗？我依法办事，他们能奈我何！

春哥话音刚落，小车便像水蛇一样钻进了隧道。隧道的灯光暗淡，我从后视镜里看不清春哥的脸，但是，我能感受到春哥坚毅的眼神。

车子很快驶出了隧道，我正想继续接着问，毛哥这个老烟鬼"啪"的打着火点燃烟，开始吞云吐雾起来。他似乎很享受这种感觉，噘着嘴巴，跷着二郎腿，时而眯几下眼睛，那烟雾就像着了魔似的，从他那薄薄的嘴巴里飞了出来。不得不说，毛哥的良心还是极好的，担心熏着我们，很懂味地将车窗开了一条缝隙，让烟子在呼呼的风声中自由飞舞。

天气虽好，高速上的车并不很多，春哥剥了颗糖果含在嘴里，并用手在脑壳上轻轻地敲击着。我想，春哥也许是感觉累了吧。太阳从云层里探出半个脑壳，明亮的光线像温暖的火苗，在车窗上面跳来跳去，又好似天真无邪的孩童。我忽然感到一阵燥热，用手一摸胳膊，竟然出起了毛毛汗。

春哥，请把空调关小点，有点热呢。

春哥没说话，只见他右手在空调旋钮上旋动了一下，车内的温度立马变得舒适起来。此时，轻微摇晃的车身令我如入幼时的摇篮，不知不觉中，我进入了梦乡。

家政女工

每天下午，我都能看到一个女人，像时装模特般，穿着奇装异服，从我屋门前快乐地走过。那自信而昂扬的步伐，令我怀疑她是否把我屋前的大坪当成了她的T型舞台。纵然她把自己当成模特般走来走去，但在别人眼里，她的穿着是多么的不伦不类。绿色的皮草，配上大红色的帽子，有时又披上一件白色的宽大羽绒服——大得能装下两个人；有时又套上一条超级短裙，破洞的红袜子紧紧地裹住双腿。这种超乎寻常的着装，人们也只是看看，权只作免费的表演。

她的名字叫作舒怡。由于舒姓较少，人家多问几次，她便急急地说道，舒服的舒，知道吗？又担心别人不知道，又说道，很舒服的舒。人家听罢，哈哈大笑。别看她取了这么个舒适的名字，其工作可真不轻松——她是个家政女工。

每天清晨，她老公骑着摩托车在马路边等着；然后，扯开喉咙对着楼上喊道，舒女人，舒女人，快点下来，今天还有很多事要做呢。舒女人天生比别人要慢半拍，总是磨蹭很久，才提着两个白塑料桶子晃悠下楼。这个桶子里，是他们吃饭的工具，拖把、扫把、刷子等。然后，只听到嘀嘀几声，摩托车就像听到冲锋号的士兵，义无反顾地朝着目标而去。

太阳西斜的时候，这两口子就带着一身疲惫回来了。路过我家门口，舒女人总要进我家坐坐。她对她老公说，老周，你先回家煮饭，我快饿死了。老周总是说，饿死了，就一起回去做饭吃，还坐什么坐？这时，舒女人就好言好语地说，你煮好饭啰，我等下回来炒菜给你吃啰。老周说，我还不晓得你？说罢，恨恨地往家里走去，卷起的裤脚趁机滑下来，露出湿湿的脏兮兮一片。

细看舒女人，她的头发凌乱，圆形的脸上被岁月无情地画上了斑点和皱纹，毛孔粗大，起着干皮。想当初，她的脸应该净滑得像婴儿的屁股。她年纪并不太大，才四十岁左右，但看上去比实际年龄要大得多。她身上散发出消毒水的味道，包子般的手上布满了伤痕。

刚坐下来，她就说，哎，今天累死了，那个老板家里，一年才搞一次卫生，真是脏得要死，简直把我们当超人用。

我说，好啊，你正好可以减肥；再说，还可以多赚钱啊。雇主屋里很邋遢，你多收点钱不就得了吗？

她叹口气，幽幽地说，哪有这样的好事哦？我们都是按平方米收钱的，事先谈好价格，怎么可以坐地起价乱收钱呢？那样做岂不是砸自己的饭碗吗？哎，要是有其他门路，我也不会去做这个辛苦行当了。老实说，我总觉得低人一等。有时，看到雇主家的别墅，看到那精致而奢华的布置和装修，我心里便涌起阵阵苦涩，同样是一个脑壳两双手，差别怎么就这样大呢？

早知如此，当初就该好好读书嘛，清华、北大随时在等着你呢。我话刚说完，舒女人便栽下脑壳，手扯着衣裳上的线头。片刻后，抬起脑壳，说，我家的坟山不好呢，从我出生起，也没听说出过一个文曲星。又说，就是这个命，只要能碰上个好雇主，不挑三拣四就阿弥陀佛了。

我说，条条大路通罗马，你现在也不比别人差，你穿的那些衣服，一般人是买不起的。

她捂住嘴巴笑起来，说，我哪买得起好衣服哦！都是雇主送给我的——当然，比起我在地摊上买的衣服，还是要好得多。说得好听是送给我的,其实,就像打发叫花子一样。当然,我也不在乎脸面不脸面的了。有时想想,凭劳动吃饭也不丑,吃得做得就好。生活无非就是过日子,能省就省吧。你不晓得,我家里那三个读书的要钱呢,一年的学费和生活费要好几万。每到开学,我洗洗刷刷的钱,在钱包里还没有捂热,就像丢在了洗衣机里,被洗得干干净净了。

这时,传来一阵饭菜的香味,把我嘴里的馋虫也引了出来。一个男高音从隔壁传了过来,舒女人,舒女人,吃饭了。

舒女人笑着说,我家老周喊我吃饭了。说罢,起身拍拍衣角,慢悠悠地走了。

酒店服务员小刘

冬夜，酒足饭饱的好友陆续离去，包厢里还散发着淡淡的饭菜香味。我暂时没有走，毛哥说了，要我在这里等着，他等下就过来接我。

刚才还热闹不已的包厢，此刻变得安静了下来，静得只剩下我自己的呼吸声。连空调那种嗡嗡的声音，也消失得无影无踪，空气渐渐变得冷了起来。我把靠垫放在肚子上，感觉舒服了很多。

咦，你还没有回去啊？服务员小刘拿着拖把走了进来。

噢，我等朋友过来接我。外面很冷，我就在这里坐一下。

小刘矮矮的个子，一身宝蓝色西装，羊尾巴长的头发扎成马尾，掉在脑壳后面，初初一看，像个初中生。

我给你倒杯茶吧。小刘喘着粗气说，手里的拖把顺势被她放在门边。

好，谢谢你。我向小刘投去感激的目光。

我透过茶水升腾的雾气，望着忙碌的小刘。

小刘，你的工资很高吧？看你蛮辛苦的。我不大了解行情，又随口说，有五六千块钱一个月吧？

哪有那么多呢？不瞒你说吧，三千一个月，包吃包住。但住的地方是几个人一间宿舍，很不方便。所以，我就另外租了间小房子，我老公在河西工地上帮别人做事。

哦，那很好啊，两个人一起赚钱，小日子过得蛮舒服嘞。我说。

舒服什么！我每天在这里工作十多个小时，一个人要管六个包厢。有时候，连喝水的时间都没有。每天回家，一身酸痛，只想躺在床上休息。其实，我们老家很多人都不愿意出来做事，田土也没种，天天守在麻将桌子上，不知道他们哪里来的钱潇洒。我呢，既不会也不喜欢打麻将，在家里闲得人都快发霉了，出来做事后感觉人充实多了。再说了，我两个小孩，一个十七、一个十五，正是要用钱的时候。

小刘平时可能很难找到人倾诉，所以一旦说起话来便滔滔不绝，我想插话都插不上。她直了直腰又继续说，你不晓得，现在很少有人愿意做服务员了。年轻人嫌累，还嫌不体面；年纪大的想来，手脚又不麻利，老板不想要。所以啊，我们这里的人像流水，换来换去的，天天在招聘人。做一天或者几天自动走了的，大有人在。唉，说来说去，还是嫌这里太辛苦，赚钱又少。

这时，旁边包厢传来一个清脆的女声，服务员，打点米饭来。小刘一听，人在门边一晃，便不见了身影。

我拿出手机一看，毛哥说还要等下才来。我正想回信息，小刘走了进来。她用毛巾在烟灰缸里转了几个圈，又开始"演讲"起来。我在这里做了六七年，每天感觉就是在饭店和租房这两点一线上转来转去，根本就没有时间逛街。不过，这样也好，节省了好多钱。说完，小刘舔了舔干燥的嘴唇，仿佛看到一堆钞票在向她招手。我看她穿得比较单薄，就问她冷不冷。她说，我反正冬天和夏天一样，浑身都是汗巴巴的，身上没有干过，也就不在乎是热还是冷了。

我正想开口说些什么，砰砰，隔壁传来了杯子打碎的声音，以及小孩的哭声。小刘说，又有事做了。说罢，一脸无奈地走了出去。

这次她出去的时间有点久。我起身朝窗外看了看，高楼里的灯光稀稀拉拉地亮着,像一盘散沙。白天随风摇曳的香樟树,此刻正静静地站立在道路两旁。它们的英姿,需要在汽车灯的照射下才能清晰地显现出来。

我摸出手机看了看,时间已到了九点,毛哥却还没来信息,我只得又在沙发上坐下来。这时,只听得旁边一阵骚动,然后是咚咚下楼梯的声音。

不久后,小刘快步走了进来,脸上像打了胭脂一样,说,我们快要吃饭了,我得赶快把事做完。

这个时候才吃饭?九点了呢,都快到吃夜宵的时间了。我话刚说完,小刘就说,我们中午饭两点多才吃过的,没事的。反正要等顾客吃完,我们才能吃。

我说,那我们有时候喝酒、聊天到九点多,你们岂不是要饿肚子了吗?下次来吃饭,我得提醒朋友们。

小刘淡然一笑,说,没关系,只要生意好,我就开心了。再说了,我们老板发工资从不拖欠,说几号发几号就能领到钱,这一点是很多老板都做不到的。说完,小刘拿着拖把出去了,将小小的背影留给了我,把长长的水印留在了地板上。我想,这些水印要不了多久便会消失不见了,就像我童年无忧无虑的快乐时光。所以,小刘的背影,恐怕我是难以忘记的了。

这时,我的手机响了起来,是毛哥的信息,说车已到了路口,叫我快去。

垂钓者

这个老乡来省城多年了。

他不仅在这里买了房子，生了儿女，还买了一部好车子。有时，看着他那像圆丝瓜般的身材，我们便很好奇，凭他这个样子，去当相声演员该是多好啊。

其实，他是个画家，画画的时候，就没日没夜地、全身心地投入创作中。除此之外，他还有一大爱好，那就是钓鱼。长沙周边能够垂钓的地方，已经被他钓遍了。这个老乡钓鱼的技术很高，每次都不会空手而归，而且，人很大方，不吃独食。每次老乡聚会，他就会拿着尼龙袋子，提一条大鱼来：不是草鱼，就是鲤鱼；不是鲤鱼，就是青鱼。每次听到鱼在尼龙袋子里翻腾的声音，大家都欢喜不已；因为野生鱼是很难吃到的，尤其还是活泼乱跳的野生鱼。有次，他提着一条大鱼来。放下鱼的那一刻，他脸上露出了开心的笑容。餐厅柔和的灯光打在他脸上，就像稻谷碰上阳光，让人感觉很温馨。老乡们便打趣地说，你经常钓鱼，一般的鱼都钓过了，不知你钓到过美人鱼没有？下次聚餐时，希望你带条美人鱼来。

他听后，摸摸头发稀疏的脑壳，又拍拍圆鼓鼓的大肚子，笑着说，嘿嘿，就是钓到美人鱼，我也不会拿出来的。你们这些家伙贪心得很，我才不会上当呢。我还要养六张嘴巴哩，压力好大呢。你们知道吗？现在画价又降下来了。

其实，老乡们也只是调侃他一下罢了。一个身材长得像丝瓜，脑壳长得像西瓜，肚子长得像南瓜一样的男人，如果有美人喜欢他，那也是天下奇事了，何况美人鱼呢？不过，也不是没有可能。他的画可画得不一般，拿他画的美人鱼，去换条真美人鱼，也不是没有可能的。

不知我把他比作"三瓜"，他晓得后会有什么表情。他会生气吗？我想，他是不会生气的，尽管生活的担子较重，但他是一个达观的男人。

一天，老乡们的嘴巴又馋了，都想吃他钓的鱼了。于是，特意安排饭局，仅仅点了几个小菜，就等着他的鱼上桌了。一个电话打过去，他说还在江边钓鱼，大家听罢都很高兴，催促他快点来吃饭。过了半个多小时，他居然还没有出现。于是，老乡们又是发信息，又是打电话——等垂钓者久，等鱼上桌就会更久。时间过去很久了，茶都喝了好几杯，仍然没有看到人和鱼的影子。大家有点不耐烦了，不停地向门外望去。有个老乡说，半个小时的路程，一个小时还未赶到，莫不是被美人鱼迷住了吧？

一个多小时后，他终于提着一条大草鱼出现了。平时，他都是提着鱼直接走到厨房，叫厨师加工；这次竟然朝我们走来，把鱼递给一个乖态的女老乡，说是给她补身子的。他的这一举动，真的把我们惊呆了。每次，我们都是等着鱼上桌的；现在，这条鱼却给了女老乡，那我们吃什么呢？

他看着我们不解的样子，摸着圆鼓鼓的肚皮说，你们不要有其他什么想法。

你说，我们怎么可能没有其他想法呢？

这时，几个男老乡怀疑地盯着他，那目光里，仿佛射出刀来。这时，他的脸一下子就红了。他好像在内心做了一次激烈的斗争，然后才无可奈何地把真相说了出来。

原来，这个女老乡也是个画家，她把自己精心创作的画作拍卖了，所得的款项全部用于资助失学儿童，而她自己从没有对别人说起过,连我们这些老乡也不晓得。

本来,她的身体就不是很好,现在又要熬夜作画,所以,我才把鱼送给她。说完,他摸着圆鼓鼓的肚皮,对着女老乡不好意思地笑起来。那意思是,这并不是我主动要把你的秘密透露给他们的,是他们逼我说出来的。

我们都用佩服的目光望着女老乡,这个沉默的女人,竟然如此善良。

这次,我们虽然没有吃到鱼,却被女画家的大爱所感动,便齐齐对垂钓者说,那你以后要多钓几条大鱼,给她补补身子,我们绝无半点意见。

卖艾草的女孩

老屋旁边有块地，父亲在地里种满了艾草。端午节的时候，也是艾草飘香的时候。

大清早，父亲早饭都顾不上吃，就带着镰刀和绳索去割艾草。艾草在父亲的精心照顾下，长势喜人：粗壮的秆子、浓密的叶片。我便跟着去，摘几片放在手心里揉搓，艾草的清香味使人神清气爽。我很喜欢这种味道。

母亲则在大塘边割菖蒲。母亲说，用这菖蒲和艾草煮水洗澡，既能消炎又能去痘；屋门两边，插上一根还能防虫驱蚊，用处大着呢。

只听见一阵镰刀沙沙的声响，一大捆艾草便割好了。父亲用绳索将它捆好，扛回家后又细细挑拣。稍小的就拣出来，留着自己用；那些大的，就一小捆一小捆地扎起来，一共扎了几十扎。

父亲说，吃过饭，他就拿一大捆到鱼成湾街上去卖，要我拿着这些小捆的到老街上去卖。我从来没有去卖过东西，我怕丑。我轻声对父亲说道。父亲说，这有什么丑的？自家的东西，又不是偷来的抢来的，三姐弟中，你是老大，应该给弟弟妹妹做个好榜样。这样吧，这些卖艾草的钱，你和弟弟妹妹买糖吃吧。

父亲这话说到我心里去了。

商铺柜台上的红辣椒糖是我的最爱，它红红的，像辣椒一样，有着尖尖的尾巴，五分钱一个。每次放学路过商铺，即使不买，我也要回头看上几眼。辣椒糖对于一个十二岁的孩子来说，是一个巨大的诱惑，尤其是在那样的年代。那时有些人的家里吃饭还要掺红薯，不像现在，红薯是零食。一想到红红的辣椒糖正向我招手，我吞了吞口水，扛着艾草就出发了。

老街上全是石板路，一块块青石板，在岁月的洗礼下格外光滑，像打了蜡似的，以致扛着艾草的我差点滑倒。听爷爷讲，在古代，我们这里是驿站，这石板路就是那时候修成的，来往的客商和马帮，都在这里歇脚。

也可能是太紧张的缘故吧，我头上冒出了细密的汗珠，只一会儿，汗珠便顺着脸颊流下来了。我把艾草放到三婶家门口，却不敢吆喝。

这时，我同学的妈妈刘婶喊我，这不是永宝么？我正好要买艾草，你爸怎么没有来啊？要你这个小妹子来。刘婶一边说着，一边挑了两扎。一毛钱一扎，这第一单生意就卖了两扎，我心里美滋滋的。只是这个刘婶，把手里的艾草翻来覆去地看，像是要从里面翻出花来一样。小一点的艾草被她扯了出来，硬是从另外一扎里面抽出几根大的插进去。如此反复几次，刘婶自己的眼睛都看花了。对于刘婶的挑剔，我也不好说什么。因为刘婶挑剔是出了名的。大家都说，她买只鸡婆，恨不得把鸡毛全部扯掉再过秤。当然，这是玩笑话。但是，很多卖主的确都不太喜欢她。尽管如此，我还是耐住了性子，因为卖出两扎我就可以买四个辣椒糖了。

紧接着，附近的大叔大婶们都来了。王奶奶的眼神不太好使，我就拿了两扎送到她家里。我本来不想收她的钱，可是王奶奶坚持要给，我也不好再推辞了。王奶奶一个人在家里，儿子在外地打工，两年都没回来了。她老伴去世多年，她是个苦命的人。

没多久，艾草就卖完了。十二扎艾草变成了一块二毛钱。我悬着的心终于放了下了。不但辣椒糖有着落了，父亲还会表扬我的。我雀跃地跑回家，手里紧紧地抓住那一块二毛钱，生怕一不小心丢掉了。

现在,我每每看到艾草,就想起父亲,想起当年的自己。

月光下的阅读

当年,我的要求不高,只要一个草垛,一个可以隐藏自己的地方;当然,还要有一轮透亮的明月,它可以不必照亮我的脸,只要能让我看见书本上的字便可——那些像蚂蚁一样的字。

我盼望明月高挂的夜晚。这样,我便可以偷偷地去自己的小天地——草垛,自由自在地看书了。家里昏黄的灯光,以及弟妹的吵闹,总是不能让我进入状态。远离他们,并不是讨厌他们,我只是想静静地看书。我想,他们或许能够理解我的这个举动吧?

草垛就在老屋前面,和老屋只隔着一条石板路。对于十几岁的我来说,草垛如果离屋太远,我是没有勇气去的。我天生胆小,即使是细小的虫子,我看到了也会大声尖叫。因此,父母常常被我吓到。母亲竟然还说,她如果有心脏病,那就是被我吓出来的。我的天,这能怪我吗?

收割后的稻田里,只剩下一排排高高低低的禾兜。在夜色下,它们像一朵朵盛开的花。这种单一而独特的颜色,吸引不来更多的观众,只有一个傻傻的小姑娘,把纯洁的目光投射给它们。田里如果水多,还会有泥鳅游来游去,它们时而在禾兜处伸伸懒腰,时而钻进洞里躲藏。需要说明的是,这丘离我屋里最近的田,并不是我家里的。所以,每次我走的时候都得把掏了洞的草垛,恢复原样。

虽然泥鳅能够吸引我的目光,而且它也是我在草垛看书时唯一喜欢的朋友,但我却更喜欢田泥被阳光晒得干且硬。因为我有种奇怪的想法,担心自己踩到那身躯细小的泥鳅,我害怕它们会因为我的踩踏而受伤。如果田泥干硬了，便会形成一道天然的防护层；那么，它们便不会受到惊吓和伤害了。草垛站在稻田的中央，像一个孤独的无家可归的人。我不知道每当我撕扯它身体的时候，它是否会感觉到疼痛，是否发出过向我求饶的声音。我通常是趴在粗糙而带着淡淡香味的稻草上，然后，把屁股抬高。头前面横放着几把稻草，我把书本放在它上面，以便更好地阅读。

说来也是奇怪，月光下的字迹竟是那样清晰，我甚至有种感觉，这样一个天然的免费的大灯泡，只有我一人用，是多么的令人遗憾。于是，我便告诉了几个同伴，说在月光下看书，既节省电费，又让人舒服。他们却不太相信我的话，月光下能看见书上的字吗？良妹子问道。我说，你们如果不信，今晚拿本书在月光下试试就晓得了。可惜的是，那天他们竟然没有一个人来，好像我说的是梦话。他们竟然还问我是否有特异功能。我有特异功能吗？我不知道，我只知道能在月光下看书我就很满足。

但自从我告诉他们秘密后，我的专属之地就不安宁了。他们虽然不来月光下读书，却总是趁我看得入迷时，发出各种奇怪的叫声。这种叫声在夜里听起来，让人很不安；或者说，有点让人害怕。我每次都吓得躲进草垛，好半天才敢把脑壳伸出来张望。但经历的次数一多，我便不再害怕了。确切地说，我已经有免疫能力了。

他们见这招不起作用了，便又换了一种方式。他们在草垛上扯些稻草，围着草垛一小堆一小堆放好，然后，用火柴点燃。稻草燃烧时，那浓烟像成堆的蚊子，风来时它们便像遇到外敌般突然四散开来。还不等我作出反应，母亲便大叫起来，你们这些鬼崽崽，何得了啰？把人家的稻草都烧了，要是把房子烧了，你们都得去吃牢饭。他们则大声回道，伯娘，我们也是为了你家永宝好呢，她在草垛里看书，我们用火光帮她照亮嘛。母亲听了，又气又笑。他们说完，便像马蜂般嗡嗡地飞走了。

不用想你们都知道，我回家后被母亲狠狠地骂了一顿。她边骂边抹眼泪。这让我感觉，好像挨骂的是她而不是我。从那以后，母亲便不准我去草垛看书了。倒不是担心我看不清书本上的字，而是害怕那几个讨厌的崽女再次给我制造烟幕弹。

过了几天，我心里又麻麻痒了，觉得不去草垛看书，是一种罪过，既辜负了那种罕有的安静，更辜负了那轮诱人的明月。所以，趁着父母忙碌时，我又悄悄地溜到稻田里。我记得，那晚上的月光出奇地亮，整个草垛在月色下，显得更加孤独和冷清，似乎它也在盼望着我的出现。小虫子鸣叫声声，仿佛在通知它的同伴，快出来吧，月色这么好，出来透透气吧。

我刚刚翻开书本，良妹子突然悄悄地来了。她似乎有些不太对劲，走过来便趴在草垛上嘤嘤哭泣，双手来回在脸上抹泪。我问她怎么回事，她也不说。可想而知，书是看不进去了，她的哭泣声，已经无法让我静下心来。我没有责怪她，我明白，她一定是有什么委屈的事情，她能够来到我这里，说明我是值得她信任的。于是，我用身子挨着她，没想到她哭得更伤心了，身体颤抖了起来。她母亲一共生了九朵金花，她是最小的一朵。按理说，最小的这朵花理应得到更多的照顾；但谁叫她娘生的都是妹子呢？她爸爸是传统观念极强的人，不生个带把的誓不罢休。可怜她妈妈一次次失望，一次次伤心流泪。限于当时的生活条件，她妈妈的身体就像被掏空的田螺般，变得又干又瘦又黑。

片刻后，她终于停止了哭声，变得安静下来。她说，她爸爸不准她读书了，还说妹子家读那么多书做什么，迟早是别人家的人。之所以生她，是以为她是个带把的，如果早晓得她是个妹子，这个世上可能就没有她了。

月亮躲进云层时，我的泪水也无声地落了下来。我不能改变什么,也无力改变什么,唯一能做的,便是陪着她一起落泪。我不知道,是否月亮不忍心看见两个妹子伤心,才悄然躲进云层,久久不肯出来;但我却知道,那晚上我们的心情,就像蒙上了乌云。

能有什么办法暂时解除她的痛苦呢?唯一的办法是,叫她跟我到草垛里读书。良妹子欣然答应。但她的视力却没有我的好,她便偷偷地从家里带来了手电筒,我负责翻书,她负责照亮。良妹子是个很奇怪的姑娘,有时读着读着竟然就哭了,有时呢,又毫无征兆地笑起来——惹得近处的狗们尖锐地乱叫,它们来回走动,就是找不到目标。那是我们过得最愉快的日子,良妹子忘记了痛苦,眼睛牢牢地盯着书;我则是朗读者,把书本上的字一粒粒读出来。我看到良妹子脸上的满足,也看到她脸上的笑容。

后来,良妹子远嫁异国,她临走时对我说,我不会忘记在草垛里的阅读,说罢,泪水便唰唰而落。

当初的草垛以及那丘田早已消失,取而代之的,是一栋崭新的楼房。我站在楼房的最高处,努力地寻找稻草的香气,因为只有闻着它淡淡的气味,我心里才觉得踏实。

草垛里的阅读已一去不返。每当夜深人静之时,那种特殊的阅读情景,便会不由自主地从我的梦里跑出来,尤其是在那些明月高挂的晚上。

看牛记

现在，居然很少看到牛了。

其实，很多年前，我家也喂过牛的，是头大黄牛。

每到耕田季节，就是我家大黄牛表现的时候。大黄牛不但要为自己的主人卖力，还得为别人家的田卖力——那时候，耕一亩田好像可得一百块钱。所以父亲在身体好的时候，总要牵着大黄牛去帮别人犁田，常常累得筋疲力尽。自然，看牛的任务就落到我头上了。

三姐弟中我是老大，由我来看牛也是无可厚非的。可我还是个小妹子，脸皮薄，怕丑得很。父母要我去扯猪草，我会马上去；他们要我去看牛，我是很不情愿的。我嘟着嘴，半天不动，但最后呢，还是心不甘情不愿地去了。

走到牛栏边，一股浓浓的刺鼻的牛粪味尿骚味，立即让人直想呕吐。我侧着身子，不敢上前。父亲看到我这个样子，忍不住说了我几句。我伸出一只手，远远地牵住牛绳。牛绳上也有牛的口水和分泌物，还有种怪怪的臭味；所以，牛绳子也是很湿滑的。我虽然犹犹豫豫，但还是麻起胆子想把牛牵着走。大黄牛却好像跟我作对似的，怎么拉也不肯走，四个蹄子好像牢牢地插进了泥土里。

我急得只好对父亲喊道："你看看，牛又不肯走，气味又大，人都熏死了，我不想去看牛了，还是你去看算了。"

父亲听罢，马上拿根竹条走出来，一边抽着牛屁股，一边骂道："发灾的畜生，真是不知好歹，去吃草都不去，我还指望着你犁田赚钱养家的。"

大黄牛似乎听懂了父亲的话,把四个蹄子从泥土里拔出来,慢悠悠地跟着我走了。

大黄牛浑身黄毛,毛色有点发亮,大肚子一摇一摇的。只是那些牛蚊子甚是讨厌,像蚂蟥一样叮在它身上,惹得它把尾巴摇动个不停,像摇蒲扇。牛蚊子哪里甘心就此罢休,飞走了又马上飞回来,叮住大黄牛不放。大黄牛也很无奈,牛蚊子叮一次,大黄牛的肌肉就要颤抖一下。我看到大黄牛很可怜,就拿着竹条去赶牛蚊子,牛蚊子居然不怕。麻灰色的牛蚊子,好大一只,而且极其猖狂,有几次,甚至还差点咬到我。

我牵着大黄牛刚走到路口,就碰到隔壁的小英,她牵着一条大水牛。小英大我两岁,我叫她英姐。有她做伴,我心里就踏实多了。

沿途的草并不是很多,我们担心牛吃不饱,就商量不如把牛牵到山上去。那里草多,地方也比较宽阔,可以不用时时牵着牛绳。没过多久,我们便到了山上。我俩把牛放到草丛里,然后雀跃起来,在草地上一边唱歌,一边跳舞,真是不亦乐乎。

过了一阵子,忽然听到几声叫喊:"哎,这是哪个的牛?""偷吃我家的菜了!"这是几个小伢子的声音,是从那边飘来的。他们甚至还威胁说:"你们再不来,我们就要把牛牵走了。"

我们赶紧跑下去,脚都被石棱划破了皮,手也被刺树刮出了血痕。两人跑得气喘吁吁的,小脸通红,心脏狂跳,跑到那里一看,两头牛正在专心地吃着草,离别人家的菜地还很远。这时,只见那几个小伢子贼笑着,一副嘲弄人的嘴脸。我俩气得大声地质问:"你们为什么要哄我们?"其中有个留着锅盖头的小伢子见状说:"其实,我早就看到你们了,我只是想认识你们一下。听说你们那里有个叫白雪公主的妹子,是不是?我想认识她,看她的皮肤到底好不好。"

我没有说话。小英指着我,不无骄傲地说:"她就是白雪公主。我们是一个村子的。"然后又嘲讽地说,"你们村有白雪公主吗?叫一个出来跟她比试比试。"

这时,锅盖脑壳有意地朝我走近几步,睁大眼睛,把我上上下下仔细地看了一遍,然后极其羡慕地问我:"哎,不知小妹妹你吃了什么补药,皮肤真的这么好。"我明白锅盖脑壳这是在奉承我,我却没好气地说:"我娘怀我生我的时候,吃了很多白萝卜;所以,我的皮肤才会有这么白。"

那几个小伢子听罢,将信将疑,一脸茫然。

我和小英对望一眼,不再理睬他们,两人牵着牛,慢慢地朝山下走去。

这时,大黄牛忽然长长地哞了一声。它似乎跟我一样,的确有那么一点骄傲的意思。

照泥鳅

那个时候,河里田里的鱼和泥鳅多得很。夏夜,父亲就会带着我,拿上煤油灯——这种灯跟摆在桌上的灯是不一样的,它有三四个灯芯,点着了特别亮——在一片蛙声中,我们穿行在狭窄的田埂上。

父亲一手拿着煤油灯,一手紧握铁叉子。铁叉子的把是用木头做的,下端安有两寸左右长的铁叉子。当煤油灯照到泥鳅时,它就像被法师点了穴,乖乖不动,父亲手里的铁叉便准确地朝泥鳅一叉,十拿九稳。那个季节,田里的水不是很深,盖过禾蔸一点点。软软的泥巴,是泥鳅们最温暖的窝。可能是白天阳光太晒,它们一般都躲在泥巴洞里;它们却不知道,晚上出来更加危险,田埂上有巡回的煤油灯,以及致命的尖利的铁叉子。

村庄在黑夜中,早已沉沉睡去,没有鼾声。高高低低的蛙声,以及不知名的小虫偶尔的鸣叫,汇成了一场午夜的音乐会。即使没有掌声,它们也不介意,依然兴致高昂地表演着。父亲告诉我,照泥鳅时要不慌不忙,要沉得住气,如果太过急躁,是照不到泥鳅的;另外,在叉它时,要快、准、狠。

哦,原来照泥鳅也需要这么多的技巧,难怪我试着叉了几次,才叉到可怜的一条。看来,有些事做起来并不是像看起来那么容易的,还得用心做才行。

突然,嘭的一声,我吓得大叫,把父亲也吓住了。父亲走过来抱住我,在我的额头上亲了亲,小声地说,没事的,可能是那边河里的鱼在跳舞，它跃出水面，就会发出声响。不信你看，现在没事了吧？我不知道父亲说的是不是真话，他大概是为了不让我害怕才那样说的吧。

那天晚上，我虽然受了一点小惊吓，却丝毫不影响我照泥鳅的兴趣。几天后，我又想去照泥鳅。父亲可能做事累了，不太想去，说改天再带我去。我哪里等得起呢！想去照泥鳅的念头挠得心里痒痒的。于是，我背着父亲，拿上工具，喊上弟弟，秘密行动起来。

可能是我急于表现自己，也可能是害怕被父亲发现，我带着弟弟一路小跑，像被猎人追赶的小兔子。田埂上的青蛙以及其他小动物受到惊扰，纷纷向四周逃散。弟弟大叫，姐姐，它们怎么比我们还跑得快呢？我还没到它们身边，它们就躲进草丛，或者跳进水田中了。我说，老弟，我们闯进了它们的领地呢！你可要小心它们咬你的脚呢！弟弟听我这样一说，又大声地尖叫起来，姐姐，我要回去，我要回去。我本来是随意说的，没想到弟弟反应如此强烈。于是，我赶忙赔着笑脸对弟弟说，姐姐和你开玩笑呢！不要怕，我们要照很多的泥鳅，可以拿去换糖吃。弟弟伸出舌头，在嘴巴边打了一个圈，好像糖就黏在上面，一副意犹未尽的样子。

有了上次照泥鳅的经验，我像模像样地拿着叉子，眼睛死死地盯住在水田中游弋的泥鳅们。它们的皮肤也有很多颜色，有像泥土般的黄色啦，有像柴火腊肉般的黑色啦，还有像麻雀羽毛般的麻麻色，它们在油灯的照亮下，显出朦朦胧胧的身影来。泥鳅们似乎一点也不害怕灯光，它们好像把田泥当成了舞台，在上面翻上翻下、钻来钻去，好像我们成了它们表演的灯光师。那小小的触须，时而和禾蔸相碰，时而从田泥上抚过；尤其是那灵巧的身躯，扭动起来就像飘落在水中的丝带，是那么的自如。弟弟见我半天没有动作，便把脚伸进田里，使劲踩水，并大声喊道，姐姐，快点，快点，这里有两条好大的泥鳅。话音刚落，受到惊吓的泥鳅就钻进泥中，不见了。我白了弟弟一眼,弟弟立刻认识到自己的错误,变得安静起来。

此时,我忽然觉得夜色像一片巨大的口香糖,想要紧紧地黏住我们,时间仿佛也停止了。我和弟弟不由得害怕起来。突然,几声动物恐怖的叫声划过夜空,我们顿感毛骨悚然,竟然慌不择路,在水田里奔跑起来。泥水溅了一身,这还是小事,回家洗洗就好了;可怜我的头发,竟然被煤油灯烧去了一大团,发出呛人的气味。

为了掩饰这个"伤口",母亲带我到理发店剃了个大光头。弟弟本来不用剃的,也不知出于什么想法,竟然央求母亲说,他也要剃光头。

那天从理发店回家的那段路,我觉得是我有生以来走过的最长的一段路。有人不断地问母亲,冬莲,你这是从哪个少林寺拐回来的小和尚?样子还长得不错嘛。母亲说,剃光头省事、省钱、省心呢。我听罢,低着头,脸上满是难堪。快要到家时,几个调皮的伢子见到我们姐弟,吃吃地捂着嘴巴笑起来。有一个还唱起了儿歌,歌词大意如下:光脑壳,空荡荡,婆婆看见一棒棒。然后,那几个伢子齐声高唱,拍着手掌,直到我们走进家门,那刺耳的声音还在耳边萦绕。

泥鳅虽然没有照到,脑壳倒是照到了。不过,还算是有收获,免费学会了一首儿歌;而且,这首歌我直到现在还记忆犹新。

每次叉完泥鳅,父亲都会把泥鳅分类,小的留给自家吃,大的拿到老街上去卖。老街很老,谁也不知道它的具体岁数,只听老爷爷说过,在古代时,这儿是个驿站。老街的尽头住着一位瘸腿的王爷爷,八十多岁了,老伴在三年前过世了,仅有的一个女儿也远嫁他乡。听说,那女儿过得不是很好,几年也难得回来一次。父亲心善,每次都会送些泥鳅给王爷爷。平常,父亲也会摘菜送给他。我不懂父亲为什么对王爷爷这么好,我家跟王爷爷家非亲非故。父亲说，王爷爷的那条腿，是为了救别人而受伤的；所以，他很敬重王爷爷的为人。善良的人都是值得尊重的。我心想，父亲又何尝不是一个善良的人呢?

土屋记

记忆一：电视机的由来

土屋老了，变得破败不堪，像个空巢老人，独自守护着这片曾经热闹的天地。

土屋一共三间，我家和奶奶家各占一间，中间的堂屋是公用的。前两年，因堂弟要在原地上修建新房，所以，属于他的那间土屋就提前退出了历史舞台。而剩下的那间土屋，就显得更加破败了，仿佛只要风一吹，就会倒下来似的。但即使这样，直到现在，发生在土屋里的一切，还是会在我梦里频频出现，令我恍若昨日。

我记得，当时的木门是比较单薄的那种，门上还有几个虫眼，像结痂的伤疤。门缝足足有两指宽，人站在外面，目光只要稍稍聚拢，屋里面的一切就能看得清清楚楚。可能是因为这个吧，我家特意养了一条大白狗，用来守家。每当大人们出去劳作时，大白狗总是乖乖地坐在门口的条石上，不时地晃动着尾巴，一双眼睛警惕地扫来扫去。

堂屋的正中间，摆有一张大桌子，是那种老式的八角桌。这张桌子，让堂屋显得不是那样空洞。尤其是逢年过节时，桌子上就会摆有平常难得一见的鱼肉，用以供奉先人——我们这里称之为下饭。说来也是好笑，我们姐弟一般都在外面疯吵，平时父母如果喊吃饭了，我们也是慢慢吞吞的，半天不得归屋；但如果姆妈喊，我们要唱保佑了，我们听见后就会齐刷刷地回来。一双双小眼睛贼溜溜地望着桌子上的鱼肉；鼻子下的两根"线粉"一进一出，发出霍霍之声；舌头呢，灵活得像墙上吃蚊子的壁虎的舌头——在嘴巴上绕来绕去；肚子呢，当然也就欢快地唱起歌来。

待家人向先人鞠躬完毕，弟弟便伸出巴满灰尘和口水的小手，朝装着鱼肉的菜碗偷袭而去。他偶尔偷袭成功，多半时候会被目光敏锐的娘老子迅速捉拿，轻则责令洗手，重则挨骂。弟弟呢，也很聪明，娘老子一说，他就不作声了，假装去洗手。待娘老子刚刚转身，一块肉已经在他的嘴巴上打吊吊了，像风中的四季豆。小手上的油水呢，也被他吸得巴巴直响，似乎意犹未尽。你想想，这还需要洗什么手啰，丰沛的口水，已经把弟弟的小手洗得干干净净了。

其实，这对于当时的我来说，确也是种诱惑。我使劲地咽咽口水，却始终不敢伸出贼手。谁叫我是姐姐呢！那时候的猪肉好吃吗？答案是肯定的。因为当时家庭经济条件有限，一般情况下，我们是没有猪肉吃的。不像现在，吃猪肉已和渴望无关，只是出于一种习惯，或者说是需要而已。

那时堂屋的桌子上，放着一台金星牌黑白电视机，十四吋的。为了买这台电视机，娘老子狠狠心，竟然卖掉了栏里的一头花猪。我记得，临去买电视的那天晚上，父亲非常谨慎，把钱用布小心地包起来，再用尼龙纸包好，放在贴身的衣袋里；然后，还要伸手轻轻地拍几下——似乎拍它几下，心里就踏实了。昏黄的灯光下，父亲脸上的皱纹，像一根根牙签有序地排列着。我看到，那皱纹里满含着笑意。那时，买电视机是我家的一件大事。之所以要买电视机，是因为父母不想我们姐弟晚上偷偷地去别人家看电视。娘老子担心我们晚上外出出事。但是，她和父亲要做事，没有过多的精力看管我们——一家五口人的生活重担，都压在他们身上。

在没有电视机的日子里，每天吃罢晚饭，屋后的木门吱嘎一响，娘老子的心就悬了起来。她知道，我们姐弟又要偷偷地跑去别人家看电视了。从我家到中街上有点远，途中还要经过两口水塘，而那两口水塘，是娘老子最为担心的地方——曾经有邻家的细把戏因掉落水塘而亡。

去买电视机的那天，因为要坐头班车，所以父亲天蒙蒙亮就出发了。虽然从我们黑田铺镇到邵阳城里只有几十公里路，但父亲仅仅只去过两次。

记得父亲上次去邵阳，是为捉那头花猪回来喂养；而这次去邵阳，是因为娘老子要把卖了花猪的钱用来买电视机。那天，父亲走了后，我们姐弟就站在马路边盼啊盼啊，一直盼到太阳快落山了，才终于把父亲盼回来了。我们准备雀跃欢呼，可是，我们却没有看见电视机——父亲居然是两手空空。

这是为什么？我们姐弟惊讶地看着父亲。

父亲的情绪十分低落，坐在板凳上不说话，叫我端水给他喝，好像要滋润下干渴的喉咙才能说话。娘老子似乎有了预感，催命似的对父亲说，你快点说呀，到底发生了什么事？

父亲怯怯地望一眼娘老子，又扫一眼我们姐弟，似乎是害怕我们骂人。

我觉得父亲很可怜。

终于，父亲鼓起勇气说，当时，车上的人很多，挤来挤去的像撞油（民间一种游戏）。父亲下意识地捂住口袋，生怕钱会自己跑出来。父亲好不容易找到座位坐下来时，一个巴肚婆翘着肚子站在父亲身边，圆圆的大肚子就像一个巨大的氢气球，随时都有可能爆炸。父亲见状，赶忙说，表文嫂，你坐我这个座位吧！你大起个肚子，站着吃亏。那个巴肚婆连声道谢，还向父亲感激地笑了笑。父亲则站在人群中，随着车子的颠簸尴尬而艰难地做着"伸展运动""体侧运动"。

下车后，父亲想摸出钱来买个包子吃。突然，父亲的脸色变了，他低头一看，只见衣服袋子上，被刀片划了一条五寸长的口子，里面的钱一分都没有了。在他心里，袋子里装着的是卖花猪的钱，这就好像是把栏里的花猪装在了袋子里。现在，花猪竟然莫名其妙地从袋子里跑掉了，那么，电视机也买不成了……父亲脸色惨白地坐在地上，嘴里喃喃地说着什么。良久，父亲才缓过神，颤抖地站起来，心里想，买包子的钱没有了，回家的路费也没有了，莫再说买什么电视机了。父亲仰起脑壳，尽量不让泪水掉下来。

父亲在尘土飞扬的马路上走着。他又急又饿，又疲惫又沮丧。幸好，半路上遇到一个开拖拉机的老乡，这才把父亲拉回了家。

此后很长一段时间，父亲都闷闷不乐。他一直想不明白，衣服上那条五寸长的口子，是什么时候被人划开的？是身边哪个贼牯子下的手呢？虽然，娘老子不曾因为此事过多地指责父亲，但是我明白，父亲心里是很难受的。

从这以后，父亲更忙了。他竟然瞒着娘老子，悄悄地去帮别人挖土，以换取一点工钱。那段时间，他每天都要挖到很晚才回来，这样，人也更加消瘦了。有次，父亲洗手的时候，我发现他手上磨出了一个大血泡，那殷红的鲜血，正顺着手指慢慢地往下流。我赶忙拿毛巾为他擦拭，父亲居然一把抱住我，哽咽地说，永宝，电视机马上就会有的。这让我想起某部电影里的一句台词，牛奶会有的，面包也会有的。

我相信父亲。

父亲的怀抱真温暖，直到现在，我还能够清晰地回味出当时那种温暖的味道。

现在，父亲已去世三年了，但我还是会经常在梦中见到他。父亲老了，走了；现在，土屋也快要走了。这些都属于正常现象。可是，我心里为什么会这么痛呢？二十岁以前，我没有经历过亲人的离去，也从没有想过一个人从生下来那天起，终将有一天要面对死亡。现在的我已经明白，时间真的过得太快，它总是在不经意间带走很多人、事。比如美好的青春年华，比如我的爷爷奶奶，以及我的父亲和二叔。

淡淡的阳光，透过摇摆不定的树叶，照在土屋及其周围，它们像在躲猫猫——总是在我眼皮底下溜来溜去，丝毫也不顾及我的感受。待我回过神来，土屋的影子已变得很小了，斜斜地躺在旁边的菜地里，远远望去，这情景就如一幅油画。

我还记得那天，石板路的那头，传来一阵匆匆的脚步声。哦，是父亲回来了！对了，今天是他跟挖土的雇主结账的日子。我很兴奋，因为我明白，父亲的衣兜里，一定有他辛苦的酬劳；那么，我们梦寐已久的电视机，就有希望了。确切地说吧，父亲应该比我们还要高兴，因为在车上被贼牯子偷走的那头花猪，又乖乖地跑回来了。

父亲还没有进屋，我就一头钻进父亲的怀抱。父亲抱着我，另一只手像变戏法似的，竟然摸出几颗糖粒子来，五颜六色的糖纸像彩虹般艳丽，让我欣喜不已。父亲看我这个哈样子，赶紧剥一颗糖粒子塞进我嘴里。父亲的手如艳阳般温暖，温暖得连糖粒子都变软了。我把糖粒子含在嘴里，用舌头轻轻地搅动，舍不得吞下，慢慢吃罢。我又把父亲手中的糖纸抢过来，放在口里舔了舔；然后，再把糖纸轻轻地折起，放在衣服袋子里收藏起来。

父亲用铁桶打来半桶水，一双手在桶里洗着什么。我定睛一看，原来是一个又大又圆的苹果，它和我家种的小南瓜一般大。我欢呼起来。父亲见我这样高兴，迟疑了一下对我说，永宝，你刚刚吃过糖粒子了，这个苹果就给奶奶吃吧，好吗？你不晓得，奶奶感冒了，这几天都不太爱吃饭，吃点水果，她心里可能会舒服点。

没想到父亲的话音刚落，街上的七癫子就走了过来。

七癫子何许人也？他是父亲的同学，一个好吃懒做的男人，每每看到别人家的东西就两眼发光，甚至还有点手脚不干净，村里人见到他都很害怕，像见了鬼一样。村里人还说，他连大雁飞过都要拔根毛。可想而知，他是不会轻易放过那些就在眼前的东西。

父亲反应很快，赶紧把桶边的白菜叶子放进桶里遮住苹果，假装在洗白菜。七癫子讪讪地笑着跟父亲打招呼，一边转动那老鼠眼，在我屋里四处张望。我家除了米坛子有点米，有几蔸白菜外，哪里还有什么好吃的东西呢？唯一的一个苹果，被父亲藏在白菜叶子底下，不敢冒出头来。

七癫子有一句没一句地跟父亲说着话，似乎想从父亲的话里找出吃食的蛛丝马迹来。父亲呢，嗯嗯哦哦地应答着，很明显带有敷衍的味道。其实，父亲心里巴不得他早点走开。

十多分钟后，七癫子见没有希望了，突然大声地对父亲说，顺桂老同学，我真是羡慕你呢，我现在还是光棍一条，每晚独守空房，日子难过得很呢。你怎么这么会生崽女呢？这个妹子俊得很呢！有几岁了？说罢，在我白嫩的小脸上狠狠地捏了一下，然后悻悻地走掉了。

我摸着小脸站在那里，差点掉下眼泪来。

这时，父亲把工钱从口袋里摸了出来，高兴地说，永宝，我们要去买电视机了。

我的弟妹也回来了，大家不由得欢呼起来，有电视看了啰，有电视看了啰。

堂屋里一片闹热。

这时，娘老子对父亲说，过两天，去邵阳城里买电视机，我们一起去，看哪个贼牯子还敢下手？！

我家的电视机终于买回来了，我们简直像麻雀子过年，叽叽喳喳说笑个不停。通了电源后，我们便商量由谁打开电视机——我们当然都想做第一个打开电视机的人。还是娘老子一锤定音，她说，你们爸爸上次被贼牯子偷走了钱,后来帮人家挖土,真是太辛苦了,依我看,就让你们爸爸打开电视机吧。"

我们纷纷赞成。

父亲挖土时大刀阔斧、干脆利落,娘老子让他开电视机,他竟然像个胆小的人,一只手抖抖索索,像怕触电似的。我们使劲地鼓动他,开呀,开呀。父亲像在我们身上获取了无穷的力量,终于伸手一扭,电视机就显示出画面来了。

我们又是一阵欢呼。我看见,父母眼里闪着泪花。

还有一点,我觉得需要补充。直到现在,父亲用白菜叶子遮掩苹果的那一幕,还深深地印在我脑海里。他的举动让我感到心酸,或许有人会觉得父亲有点小气;但是,对于当时的父亲来说,这应该是无奈之举吧!

记忆二:关于爷爷奶奶

自从有了电视机,我们姐弟就乖乖地待在家里了,不再羡慕别人家的电视了。

爷爷呢,每晚也会准时地拿着竹椅子,啪一声放在老地方,然后用枯瘦的手摇着蒲扇,津津有味地看起电视来。趁电视上放广告的时候,爷爷教我们猜谜语,像"四四方方一座城,城里死了人,孝子来吊孝,叫死都不得开门",还有"对门园里有口井,虾子鲤鱼只个跳,我用长把勺子舀,你用碗来接",等等。如果我们猜不出来,爷爷就会把谜底说出来,我们听罢,就捂住肚子咯咯笑,很难停下来。

——直到现在,那些笑声还不时地在我耳边回响。

我想,大概爷爷手里的那把扇子是把仙扇吧!只要爷爷轻轻一扇,就会把所有的烦恼和忧愁通通地扇跑。所以,我很想买把爷爷的那种扇子。后来,我跑过很多地方,却只买到相似的,看起来新扇子比爷爷的那把扇子要好很多;但是,它完全不能和旧扇子相提并论。差在何处?说实话,我已是很用心地在扇了,但我心中的烦恼,还是在不断地折磨我。难道是我扇的方式不对吗?我很想就此问问爷爷。可是,要到哪里去找他呢?他是否还记得我曾经喂饭菜给他吃?是否还记得我给他洗过衣服?是否还记得我趁他睡熟了,拿狗尾巴草在他鼻子上滚来滚去?如果这些他都记得,那么,他一定会来到我的梦中,告诉我怎么扇走那些烦恼和忧愁。

在我的印象中,爷爷是有洁癖的。

土屋土墙土地面,这满身土气的房子,一点也不亮堂;但是,屋里的碗柜、桌子以及锅碗瓢盆,却被爷爷收拾得干干净净,透出丝丝光亮来。洗衣服呢,爷爷更是让人惊讶与佩服,他先用肥皂反复搓洗两三次,然后至少要再清洗六次以上。奶奶每次看到爷爷洗衣服,心里就很烦躁,总是说爷爷的衣服不是穿烂的而是洗烂的。

爷爷是个很聪明的人,除了会劳动,还会写书法;所以,逢年过节,家里总会贴上爷爷亲笔书写的喜气的对联。街坊邻里也会来向他讨要对联,爷爷总是不厌其烦地写着,脸上带着和善的笑容。还有些有关爷爷的事,我今天不能不说。爷爷虽然很爱干净,我却亲眼看见过他吃下有蚂蚁的饭菜,这让我感到不可思议,我甚至不敢把爷爷吃蚂蚁的事情告诉别人,以恐引人笑话。记得我曾经问爷爷,饭菜里面有蚂蚁,你为什么还要吃呢?爷爷却说,小蚂蚁没有毒的。我不知他说的是否有道理。我想,也许是因为爷爷是从缺衣少食的年代走过来的,所以,即使饭菜有蚂蚁爬过,他也毫不在乎。不过,多半时候,爷爷会在饭里加点白糖。他说,糖巴饭很好吃。我明白,爷爷还是舍不得,这样吃能够省一点菜蔬。

那时候，爷爷和奶奶总会为一些小事争吵。吵些什么呢？爷爷是队长，出工时，他是去得最早的人。爷爷又是一个追求完美的农民，那些被他侍弄过的田土，都利利索索的，杂草全无、纵横分明，美得简直像幅山水画。正因为如此，爷爷总是回来得最晚。奶奶呢，做事做烦了，就会翻出旧账气恨恨地骂上几句。爷爷害怕奶奶骂人，便耷拉着脑壳不敢回声，或者嘿嘿地笑着走开。

这还不算。

后来，不知奶奶从哪里得知，队里某些人把队里的农作物偷偷地藏在田埂上的洞穴里，上面用杂草和树叶盖上，等干完活回家时就悄悄地将之拿回家去吃。而爷爷呢，事情做得最多，家里还是揭不开锅。奶奶捂着干瘪的肚子，骂爷爷是个蠢猪脑壳。奶奶的声音十分洪亮，把树上的麻雀都震晕了。每到这时，我就吓得赶紧躲到猪栏后面，生怕这把火会烧到我身上；因为我知道，奶奶一旦生起气来，就会草鱼鲢鱼一起数落，谁也不会有好果子吃。

现在，我每天下班后，总要在单位大院里那两棵距离很近的大树下静静地坐上十来分钟。有时，我仰头看阳光在树叶上跳舞，它们跳得很好，晃了我的双眼。有时，我就看看两棵树上的树皮，它们饱经风雨，就像爷爷奶奶脸上的皱纹，也像土屋裂开缝的墙皮。我甚至有种冲动，还想给爷爷喂饭菜，还想看到爷爷耐烦洗衣服的动作，还想看爷爷写对联的样子；甚至，还想听奶奶草鱼鲢鱼一起数落的话语。可是，我再也看不到这一切了。于是，我想抱住这两棵亲亲密密的树，但它们实在是太大了，我怎么才能够抱住它们呢？

我想了想，还是靠着这两棵大树吧。靠着它们，我就有了安全感，内心才不会感到害怕。

记忆三：淡淡的伤疤

堂屋的右侧，是我家的灶屋，挨着窗户是个地炉子灶，烧的煤球都是父母做的。

当时，买个做煤球的模子是十块钱，用它做出来的煤球又圆又好，那燃烧着的火焰，让人看着就燃起了生活的希望。虽然，它总是散发出淡淡的硫黄味道，有点冲鼻子，但这丝毫也不影响我对它的喜爱。红红的煤火映照在墙壁上，像有人把阳光偷偷地涂在了上面，墙壁上的那些明星画，小虎队、郭富城、王祖贤，等等，就显得更加好看了。如果恰好有点微风，那些明星就会发出沙沙的响声，仿佛土墙成了他们的舞台。

那些窗户呢，是用几根细小的木头做成的，木头黢黑。我甚至想过，它们莫不是从非洲跑过来的吧？不然，它们怎么那样黢黑呢？或许，它们是从以前的老房子的身体里取下来的吧？也许，它们是和挂在灶上的腊肉一起被熏黑的吧？

唉，先不管这些细小的木头是晒黑的还是熏黑的，还是先说说我跟妹妹专属的小阁楼吧。这小阁楼是用薄木板搭建而成的。人走在里面，灰尘就被震得直往下掉。我们姐妹不敢在上面用力跳动，好像一用力跳动，木板就会把我们弹到瓦上面去。不过说到底，我终是没有被弹到瓦上面去，反而是掉落到楼下的锄头把上。

这是一个令人惊慌的恐怖事件。

当时，楼下还放了耙头锄头之类的工具。它们铮铮发亮，简直削铁如泥。它们虽然是人类的劳动工具，但如果弄得不好，也会成为凶器。那天，也是我的命大，一不小心从阁楼上掉下来时，居然没有碰到它们削铁如泥的部位，只是碰到了锄头把上——我的下巴和脸都撞伤了，整个脸庞肿得像个猪八戒。我一见不得人，二吃不得饭，三上不了学；所以，只得托人向老师请了几天假，在家消肿、休息。

事情的经过是这样的。

那天晚上，父母亲到外面做事去了，很晚也没有回来。天漆黑如墨，只有不甘寂寞的虫子，在发出古怪而持久的叫声。我们感到有点害怕，草草地吃罢饭，我和妹妹就去阁楼睡觉了。小小的阁楼很矮，伸手即可摸到横梁——像是要阻止我们长高。昏黄的灯光，在黑天黑瓦的蚕食下显得更加暗淡了。麻帐子周围，长脚蚊子在使劲地嗡嗡叫，好像在逼着我们把帐门打开，以让它们饱食一餐。它们一遍遍叫着，有种誓不罢休的感觉。

也不知睡了多久，妹妹舔了舔嘴唇，说，姐姐，我口干了，你到下面筛茶把我呷。我迷迷糊糊地应答着，翻身下床，用手揉了揉眼睛，看到妹妹的小脸红得特别可爱，就像家里种的红心红薯。而妹妹脸上那细细的绒毛，随着呼吸一起一伏，好像正在慢慢地从细嫩的红心红薯中长出来的苗苗。我好像只走了几步，可能是没有睡醒吧，不知怎么回事，就一下子掉到楼下去了。嘭的一声，在寂静的夜晚显得格外刺耳，随后，是我大声的呼叫。

两种声音吓坏了父母亲，他们立即冲到我身边，大喊，何得了，何得了！

我记得，后来那个夜晚我们都没有睡觉。父母轮流抱着我，揩去我嘴角的鲜血。他们吓坏了，生怕我还有内伤。娘老子说，是不是赶紧送到医院去？父亲摇摇头说，这个时候，到哪里找医生？何况路又这么远。

于是，我们只有等待天亮；但紧张的气氛，一直在土屋里弥漫。

直到天蒙蒙亮，我们才朝医院走去。父亲紧紧地抱着我，生怕我又掉落在地，发生第二次流血事件。因为没有及时处理伤口，我的脸庞肿得很大，像个发光的紫茄子。医生责怪说，你们怎么才送来？父母对视一眼，没有作声。

直到现在，我嘴唇内侧还有一道淡淡的伤疤。不过，这个伤疤，一般人是不可能知晓的，它像一个秘密，躲藏在我的嘴唇里。

我很感激土屋，它为我挡风遮雨，让我在不幸中有万幸，没有让我遭受到更大的伤害。试想，如果我掉落在锋利的锄头上，那就生死两不知了，很可能我就一辈子也走不出土屋了，要陪伴它到衰老，以至倒塌。在那个惊心动魄的晚上，肯定是土屋在情急之中，用某块楼板在暗中保护了我，以致我只是掉落在锄头把上——距离锋利的锄尖仅几厘米。可是，现在的我却无力保护土屋，只能看着它一点点残破，一点点衰败。如今，土屋已然老去，而且，它终会慢慢地消失在我的视线中。我不知道，那些离家的人，是否还能想起当年住过的土屋；对我来说，我是永远也不会忘记它的。

那时，我在土屋的怀抱中。

现在，土屋在我的心里。

记忆四：又见土屋

上次回家，我特意去看了看土屋。它显得更老了，像个被家人嫌弃的老人，孤独地、歪歪斜斜地站在那里。黑灰色的瓦片上，落满了不同颜色的鸟屎，有白色的，有黑色的，还有麻色的。也许，这是多种雀鸟屙的屎吧。村子里，一些年轻人已经出外谋生去了，一些老人也去了必须去的地方，还有些人呢，已经搬到县城居住了。这里，安静得能听到心脏跳动的声音，甚至，还能听到阳光投射的声音。正因为安静，那些不知名的雀鸟，便替代人们守着这个曾经热闹的家。其实，曾经在这里生活过的人们，如果累了，仍可以回来看看，回忆以前贫穷而快乐的日子；如果受伤了，仍可以来这个不被人打扰的地方，痛痛快快地大哭一场。

土屋在，记忆就更深刻。

是的，当我打开土屋门的那一刻，所有的往事便涌上了心头。屋内的东西已破破烂烂，散发出一股腐朽的气息，厚厚的灰尘落在上面，感觉像刷了一层灰黑色的油漆。有些台面似乎可以做黑板使了，用手指练字，连粉笔都节省了。

至于那些我坐过的小木凳，那些我在土墙上写的字，还有那些躲在角落里的有缺口的酒坛子，此刻，它们都静静地待在那里。看着我这个主人，它们居然没有丝毫反应，仿佛我是个路人。此时，我心中只觉得一阵刺痛，它们难道就这样轻易地把我忘记了吗？

黑色木窗上有个庞大的蜘蛛网，一只拇指般大小的蜘蛛，在慢慢地向我爬过来，我不由得后退了几步。是的，这是我在屋内看到的唯一活物，我却不敢靠近它，因为我曾经用蜘蛛网敷过出血的手；所以，我怕它认出我来找我算账，或趁我不注意狠狠地咬我一口，以此来报复我。当然，我还害怕它编织的那张网。只要看到那无数的网格，我就感觉自己掉进了一个精心设计的陷阱。对了，因为我还有密集恐惧症，所以，蜘蛛网上的那些格子，才会让我浑身发麻。因此，我恨不得一把扯掉它，心里才能感到痛快。

门上的那把挂锁还在，只是已经从当初的黑色变成锈黄色了。风雨的侵袭，让它改变了自己的模样，就像我——那时候，我有着乌黑亮丽的秀发，而现在它们已经变成了干枯的黄色，甚至白色。而这把挂锁，可能要等一百年才会消失吧？可是，制造它的人，又或者我，剩下的时间最多也只不过短短的几十年。人可以创造一切，但人活不过一切。你看，考古学家挖出来的某些古董，有些居然还能够使用；听说，有的种子还能发芽。而那些曾经拥有它们的人呢，却永远不见了。

有时候，我真的很纠结。我想回到土屋，让它继续包容我，包容我的单纯跟幼稚，包容我的木讷跟蠢笨，包容我的哭泣与欢笑；但我却又明白，我已经回不去了。现在，游走于城市的我，似乎没有了先前在乡村时的那种坚强，似乎无法抵御城市的复杂与多疑。现在，明明是一些无关紧要的小事，我竟然也会为此默默流泪，好像眼泪是可以随便乱流的。泪水流出来了，我的心却受伤了，眼睛也肿了，肿得让我不认识自己了。尤其是在那些孤独的深夜，泪水就像失去控制的野马，它们从我眼中汹涌而出，尽情奔跑。孤独就像我的情人，时刻陪伴着我。我始终弄不懂，曾经住在土屋中的我，为何会那么开心？而现在身处高楼大厦中的我，为何却感到如此孤独？难道是那时的我还没有长大吗？难道是长大了就会感到孤独吗？那么，我宁愿不要长大。其实，我分明又没有长大，长大了又怎么常常流泪呢？这真是一个绕口令般的问题。夜色中，高楼里的灯光五颜六色，我不知道被那些灯光照着的人，会不会像我一样，也在深夜里独孤地流泪。他们中有没有像我一样也是从土屋中走来的呢？有人说，孤独是一种美。还有人说，孤独是一种境界。我却认为，孤独才是一个人真实的样子。它没有伪装，无须违心，与黑夜共舞，回到最初来到人世的状态。

墙上的那把镰刀，仍然插在土砖缝隙里，像钉在木板上的钉子。多年过去，它已经和土砖融为了一体。它的身体变成和土砖一样的颜色，灰黄灰黄。曾经，它散发着幽清的光芒，用锋利的刃撕咬着一切，比如青草啦，禾苗啦，艾叶啦，等等，甚至包括我嫩嫩的手指。

我清楚地记得，在那个冬天的早晨，娘老子要我去土里扯几蔸白菜。平时，我都是拿着菜刀去的；那天我突发奇想，竟然拿了镰刀去。绿中带黄的白菜昂着头，在早晨的薄雾中舒展着身子，那嫩绿的叶子，简直可以挤出水来。我怔怔地看着它们，竟然舍不得下手，我仿佛听见它们在向我求饶，凄婉而无奈。我蹲下身子，贪婪地吸吮它们散发出的气息。这种气息，带着一种淡淡的泥土清香，它来自大地深处。这时，我转回头看，土屋在薄雾中若隐若现，像个调皮的孩子；而眼下的这些白菜，就像孩子身上的衣服，清丽、干净，却又朴实无华。

不知道什么时候，薄雾已悄悄溜走，阳光从土屋后面探出头来。它似乎在说，小妹子，莫发蒙了，你再不回去，你娘老子就会拿棍子来打屁股了。我可能是脑子还没有回过神来——它为两只手下了不同的命令，我右手举起镰刀砍到了左手上。鲜红的血，在阳光下显得格外刺眼，一滴一滴地滴在白菜叶上，就像绣娘在翠绿的缎子上绣了朵红艳艳的牡丹花。说来也怪，当时的我竟然丝毫也感觉不到疼痛，直到娘老子大声喊我，我手上才生出痛来。

那个年代，没有华丽外表的土屋，却听到过很多发自内心的真实声音。

比如，每天清晨，总有个老倌子，挑着冒着热气的魔芋豆腐叫卖。于是，他那浑厚的男高音，便在土屋旁的弄子里悠长地响起，卖魔芋啰——两毛钱一斤。这声音把那些尚在睡梦中的人们惊醒。我和堂弟端着菜碗，急速地冲出去——如果去迟了，老倌子已用肩上那块洗得发白的毛巾擦过汗了，他就会大步地离开，只留下魔芋散发出的热气在空中飘舞——热气似乎企图用这种特别的方式，去追赶它的主人。老倌子六七十岁，白色的纱褂子上，露出几个大小不一的洞来，就像被蚕子咬烂的桑叶。两毛钱的魔芋，足有一大碗，它被卖主的竹篾片一下下划开，在我碗里瑟瑟发抖。

即使魔芋一斤只要两毛钱，娘老子还是忍不住说，永宝，如果有鸡蛋，你就煎个鸡蛋吃算了。因为对于她来说，每分钱都是极其重要的。我经常听人说"一个钉子灌个眼"，大概说的就是这个意思吧？

除了卖魔芋的老人外，每天中午还有一个伢子来叫卖冰棒。他叫卖的声音跟那个老人的不一样，他的声音尖锐、清亮，"冰——棒——"，像在唱歌。那时候，我家种了很多黄花，它们生长在离家三里路的石山上。娘老子为了鼓励我们干活，说，只要把石山上的黄花摘回来，就给我们每人五分钱买冰棒吃。那时候的冰棒多好吃，那洁白的身体透着凉气，甜悠悠的。虽然我每次都恨不得把它一口吃下去，但我却并不想这样做。我把冰棒放在碗里，让它慢慢融化，而我则时不时地舔一下，再用鼻子使劲地吸着冰棒所散发的凉气。因此，这给人的感觉是，好像我不是在吃冰棒，而是在吸冰棒。

紧挨着土屋的是条散发着幽光的石板路，它像条巨大的蟒蛇，穿街而过，看不见首尾。具体这条石板路是从什么时候有的，没人能说得清楚。听爷爷和老辈人说，我们土屋所处的位置从前是古代的驿站。或许正因为如此，每到夜深人静的时候，我都能听到嗒嗒的马蹄声隐隐约约从街口传过来，空气中还夹杂着马尿的味道。有时我就在想，石板路这么光滑，经千军万马的践踏而毫不改色，历久弥新，古人的智慧真了不得。

土屋前面还有条水沟，终年四季流水潺潺，这种悦耳的声音，或伴我们玩耍，或温柔地送我们进入梦乡。我们那时候没有环保意识，常常把生活用水倒在沟里，让清澈的水短暂地变浑浊。

有次，我把几个硬币连水一起倒进了水沟里，察觉后，我费劲地找了半天，都没有找到。于是，我拿来锄头，在水沟里一顿乱挖，竟然挖出很多铜钱来，有道光年间的，还有光绪年间的。它们和土屋的颜色相近，斑驳的身体诉说着岁月的沧桑。我把它们洗净，透过中间的孔眼去看太阳。我不知道它们多久没有见过阳光了，只想让它们残缺的身体也得到一丝阳世的温暖。它们或许也来自某间土屋，来自某个善良之人。

说来也怪，我每次去挖铜钱，总能挖到几枚。别人明明跟我一起挖，却怎么也挖不到。直到现在，我的首饰盒里，还珍藏着几十枚各种各样的铜钱。在我想土屋的时候，我就拿出来看看。我把它们放在掌心，闻着它们散发出来的那种我熟悉的味道，从那种味道里，我看到了古人的影子，也看到了自己对土屋的思念。我甚至还听到了它们发出的细微的声音，那种声音是古老的，充满沧桑感，一如我的祖先在窃窃私语。于是，我再次把它们放到阳光下，它们在阳光下闪着金色的光芒，那光芒的尽头，就是我梦中的土屋。

有时候，我感觉自己就像插在墙壁缝隙里的镰刀。镰刀上的铁锈，就是我的本色，是岁月留给我的印记。在人生的风雨中，我身上的刺已经被磨平，磨成了我希望的或不希望的样子。不过，即使如此，这么多年来，我还是从中学会了坚强。

还记得那年，我正在堂屋里剁猪草，有人跑来告诉我说，我的特长生保送名额被别人顶替了。当时，我的脑壳一下子蒙了，然后我看见泪水在猪草上滚动，像清晨禾苗上的露珠。这个消息简直像六月晴天突然飘来的一阵飞雪，我的心彻底凉了。要知道，那可是我梦寐以求的学校——我很想读书，连做梦都在想着读书。

那个夏天，我感觉过的是冬天，人也消瘦了不少。我甚至用了整整一年的时间，才渐渐地走出那片"沼泽地"，其中的煎熬和痛苦，可想而知。我很感激我的父亲，是父亲的那句话给了我信心。他说，你就是瓜藤上的瓜，不管风雨如何吹打，只要坚持，总有一天会实现你的梦想。

离开土屋的那一刻，我的泪水终于忍不住流了下来。它们无声地滴在凹凸不平的土地上，转瞬就消失了。我从裂开的土墙上，拿下一坨碎土，用玻璃瓶小心地装起来——就像把我所有的记忆一起装了进去。此时的玻璃瓶子里面，于我而言，装的不是碎土，而是一卷永不过期的胶卷。它存在于我的记忆深处,每晚在我的脑海中不断地播放。

而我,是唯一且忠实的观众。

龙水的舞厅

老街很老，连爷爷都不知道它是何时建成的。印象最深的是，石板路像一匹藏青色的锦缎，铺嵌在两排房屋中间。

乡村夜晚很宁静。劳累了一天的村人，早早进入了梦乡。不一阵子，香甜的鼾声便此起彼伏。这种鼾声有种传染的魔力，连经常叫唤的几只大黑狗，此刻也卧在塘边的茅草窝里一动不动。

夜，就这样沉睡着。

自从龙水的舞厅开张后，夜变得活泛起来。街上的年轻伢子吹着口哨，脑壳上抹着油亮且带着香味的摩丝，从屋里走出来，有的甚至还戴着墨镜。这在我们那里叫作提洋气——多半是为了吸引异性关注。他们自信、昂扬地走在街上，好像不是去舞厅，而是去参加某个盛会。

龙水的舞厅是免费的，好像他纯粹是为图个好心情。他还经常给别人装烟、倒茶，有时还送上香喷喷的瓜子。因此，大家都盼望黑夜快点降临，以便享受免费的茶食和音乐。

龙水三十多岁，白净的脸上，架着金边眼镜，眉毛下面，长有一粒绿豆大的黑痣，猛一看，还以为他眼镜上沾了脏东西。龙水有个怪癖，夏天只穿衬衣，不像别人打赤膊或穿汗背心。他有两件同样的衬衣，白得像雪，轮换穿。村里老人不知内情，说，那个龙水真可怜，一件衬衣穿一个夏天，难道不需要换洗吗？而且奇怪的是，衬衣还是洁白的，没有皱褶，像新衬衣。

龙水曾经有个老婆，长得却跟龙水完全相反，又黑又胖不算，还天生一副鸭公嗓，说话粗声粗气，听着就让人心烦。但这还不是他们离婚的主要原因。龙水这个人不喜农活，跟着街上的乐队——就是乡里老人请去闹热的乐队班子混。龙水的笛子吹得很好，人也好打交道，乐队的小妹子便水哥长水哥短地叫，叫得清甜，叫得龙水心花怒放。于是，散场后，龙水便喊这些小妹子吃宵夜。久而久之，流言蜚语就传了出来。也不知他那个鸭公嗓子婆娘从哪里得到的情报，有次他们吃宵夜时，龙水婆娘突然从天而降，像武林高手重出江湖，只轻轻一掌，桌子上的杯碟碗筷便纷纷落地。大家还在惊魂未定之时，该婆娘的第二招——骂功，又展示了出来，骂得天昏地暗，骂得白沫子飞飙，吓得大家像泥鳅般，个个慌慌张张，悄悄地溜走了。也许是觉得骂功的效果还不大，鸭公嗓子又使出一个绝招——九阴抓骨功。可怜的龙水，脸上又多了几条红色的"虫相公"，害得他好久都不敢出门。

这婆娘似乎找到了男人犯事的证据，从此龙水一出门，她便跟着，像个经验不足的特务。这让龙水很是反感。吵过几次后，鸭公嗓子又改变了策略，竟然像个老特工般不断地变换着装束，给龙水制造"惊喜与烦恼"。后来，龙水被她搞得筋疲力尽，笛子也不吹了，朋友们也害怕跟他来往了。痛苦之余，龙水才不得不选择离婚。

夜间一到，龙水便把舞厅里的镭射灯打开，灯光像天边的彩虹，又像情报人员发的信号。他吐着烟圈，眼镜取下来，用手摩挲着眉毛下面那粒"绿豆"。其眼神迷离，仿佛沉浸在某种虚无缥缈的状态中。不久，人渐渐多了起来，龙水也逐渐恢复了正常。当如水的音乐响起时，那青春的激情便洋溢在整个舞厅。在这里，年轻人似乎容易忘记恩恩怨怨，平常相互间有意见的人也开始搭话了，努力展现着笑容。年轻伢子和妹子便谈起了恋爱——只要妹子们说一句，今晚在龙水舞厅见，那些伢子便兴奋得要死，恨不得用棍子把太阳戳下来,以便早点见到心上人。

有一天,我约秀宝去舞厅。秀宝喜欢打扮自己,每次去舞厅总要收拾很久,好像是去相亲一样。还老是问我,永华,我这条红围巾配这件衣服要得么?这样穿不显得胖吧?我说,要不得,"红配绿,丑起哭",绿色棉衣还是配白色围巾。迟钝的我,其实并不明白秀宝为何变得如此啰嗦。可是,我那条白色围巾洗了还未干透。秀宝嘟起嘴巴不悦地回答。我说,算了啰,红配绿,将就一下啰。秀宝便飞快地取下白色围巾,套在颈项上。出门时,秀宝悄悄地对我耳语,说她喜欢中街上的海伢子,今晚会见面的。难怪啰,为了好看,围巾没干也不管了。

海伢子长得帅气,身高一米八,蛮逗人喜欢的样子。秀宝居然重色轻友,看到海伢子就把我抛到一边不管了,两人卿卿我我的。我坐在椅子上,沉浸在舞曲中,看着他们卖力地表演。一曲跳罢,秀宝和海伢子朝我走来,坐在我身边。秀宝满脸绯红,还泛滥着甜蜜的笑容。哎呀,恋爱中的人就是不一样。我正想说她几句,她却拉了一下我,轻声说,我去方便一下就来。

她刚出门,一个打扮时髦的妹子走了进来。音乐响起,她径直走到海伢子身边,拉起他就跳了起来。这是一曲慢四,海伢子跟那个妹子相拥着,妹子还把脑壳放在海伢子肩膀上,海伢子竟然也不拒绝,很享受的样子。这时,秀宝走进来了,像个猎人,不断搜索着她的猎物。看到那情景,她居然醋意大发,对着那个妹子说,你这个不要脸的,敢抢我的男朋友。声音比较尖厉,所有人的目光都被吸引了过来。谁料那个妹子也不是省油的灯,抓住秀宝的围巾,两人便撕扯起来。海伢子脑壳蒙了,不知该如何是好。我急忙去喊龙水,告诉他事情的原委。

龙水赶紧把她们扯开,对秀宝说,这个妹子是他的远房表妹,已经结了婚,来他家里玩两天。又说,其实,公共场合跳个舞也没有什么关系。秀宝这才放下心来,也有点尴尬,默默地坐下来,胸脯一起一伏,像有台泵机藏在里面。我拉着她的手,看到她眼角有湿湿的印子。

这时,海伢子走过来,对着秀宝说了些什么。我趁机站开,朝秀宝使了个眼色,秀宝的脸一下子又绯红起来,像秋天阳光下的枫叶。

音乐再次响起,人们又翩翩起舞,仿佛一切从未发生过。龙水叼着烟,坐在角落里,跟那个时髦的妹子在说着什么。

诱惑与逃离

今年第一次回娘家时，姆妈看到我，高兴得像小孩子一样，往我身上扑过来。当时，我差点掉下了眼泪。姆妈近段一直遭受病痛的折磨，打了十几天吊针，又没吃什么东西，身体十分虚弱，为何突然有力气朝我扑过来呢？

姆妈头上的白发，像钢针一样扎得我心里隐隐作痛。对于姆妈，我是很愧疚的。由于工作关系，我一直很少回家，即使回家，也是快牛一样地去，迅马一样地回，没有好好地陪伴她。姆妈不断地从柜子里拿出枣子、苹果、花生，并催促我快吃，见我不动手，又亲自喂到我嘴边，好像我饿了很久似的。

由于起得太早，又忙于赶车，我感觉有点累；于是，便躺在床上休息。待我醒过来的时候，侄女娜娜站在床边，用灵动的大眼睛死死地盯住我，好像我是从某个星球来的怪物。

我问，你还认得我吗？

侄女摇摇脑壳，嘴巴动了几下，没有发出声音。

叫我大姑姑，几个月不见，就不记得我了？我摸着侄女的辫子说。

侄女像得到了某种启发，大姑姑，大姑姑。竟然像打粑一样地喊起来，喊着，喊着，竟然欢喜地跳了起来。

吃过饭，姆妈说要我去后面的园里摘橘子，说橘子已经熟透了，味道还不错。她从地下室找了一个篮子，我跟在她后面，像小时候她跟在我后面那样。

去后面园里，要穿过老屋跟细满的屋。自从前年老屋倒塌后，我一直不敢正视它。因为那废墟下面有着我童年的快乐，有着我青春的迷茫，有着父母对我无微不至的爱；而现在，父亲已永远地离我们而去了。在杂物的空隙，有些青草和狗尾巴草长了出来，沐浴在阳光中，它们倔强的样子，像极了童年的我。那时，我和小伙伴们玩耍，弄脏了衣服，面对父母的责骂，噘着小嘴，仰起脸，像个威武不能屈的战士。几只蚂蚁在腐烂的木头上爬来爬去，它们好像不知疲倦，一直等到我离开也没有休息。

乌黑的木窗倒在土砖中，只露出半截身子，细细一看，上面还有我刻的歪七扭八的四个字"努力读书"。我蹲下来，用手轻轻地摩挲着，像摸着失而复得的宝贝。正当我沉浸在这美好的感觉中时，满奶雪娥背着花背篓走了过来。她不再是当年那个意气风发，拿着生锈的大剪刀给我剪头发时的样子了。此刻的她，一头白发，牙齿脱落，皱纹像海上的波浪，我再也找不到她当年的半点影子了。有人说，岁月是把杀猪刀，而我想说的是，岁月是个魔术师，它会在你不经意间，将一些事物改变，而你不得不无奈地接受。

十岁的我是爱美的，我想留长头发，以便扎辫子和绸子花。因此，每次看到满奶雪娥走进屋，我便急得哇哇大哭，在地上翻滚，企图以这种方式保住我的头发。可是，不论我如何哭闹，头发还是断在了生锈的大剪刀下。以至于好长一段时间，看到剪刀，我就会下意识地去摸头发，生怕又被剪掉了。

姆妈清脆的声音响起，永宝，永宝，快点来，不然，橘子树在哪块土里，你都找不到了。

怎么可能找不到呢？我说，我的记性可是最好的。

当我还想在废墟中找些什么时，姆妈的身影已消失在杂草中了。

我沿着小路，走着碎步，路旁的茅草都快把小路覆盖了，但是，我心中的记忆却永远不会被埋没。此刻，我仿佛被催眠了，我想起自己挑水淋菜的样子，想起和小伙伴们在小路上嬉闹的场景，想起自己看到狗婆蛇惊叫的样子；而那时的我尚在童年，每天都在无忧无虑中度过。

昔日那些侍弄得工整的土地，已经不见踪影了。这里不再是蔬菜的天下了，杂草和杉木树成了这里的主人。我不仅找不到自家的土地，还无法唤回失去的童年；于是，我很失落地站在杂草丛生的路边。我大声喊着姆妈，喊了几声，姆妈才从高大的橘树中探出半个脑壳，说，我在这里，你还真不记得自家的土了吗？又说，你把长衣服撩起来，沿着土边走过来，小心一点，免得挂坏了衣服。

这树上的橘子真好吃，有点甜，自己种的又没有打药。姆妈边说边递给我一个橘子。我剥开后，橘子散发出淡淡的清香，味道又酸又甜，就像我青涩的童年。

姆妈低沉的声音在橘树间响起，说，为了这块土，我一个人忙了整整两天，才把杂草清理干净，累得腰酸背疼。又接着说，我老了，做不动了，在一天算一天了。以后我不在了，不知道会变成什么样子呢。听着她伤感的话语，我不知道该说些什么。我面向阳光，让阳光射入我晶莹的泪珠里。

望着熟悉而陌生的土地，我很矛盾。我既想沉浸在美好的回忆里，又想快点逃离这块被杂草包围的土地。

阁楼上的诱惑

其实，所谓的阁楼，也只是一个用薄木板搭成的小小空间。

那时，我和妹妹的小窝就在阁楼上。阁楼空余的地方，被母亲放了几个菜坛子，以及一个老式的大木柜。

由于楼板很薄，人走在上面，就像走在浮桥上，有点摇晃。以至于我老是担心楼板会突然塌掉。如果走路时用力一点，灰尘就会从缝隙中掉落在下面的灶房里。所以，即使是在自己家中，我和妹妹也常常是像小猫一样，轻悄悄地走来走去。

阁楼的顶棚上铺的是瓦片，站得高一点，伸手即可摸到。从那瓦片的缝隙处，常常投来几缕阳光或几点雨滴，这算是大自然给予我们姐妹的意外惊喜吧！不过，相对来说，我更喜欢阳光。为什么呢？因为一出太阳，父母就会出去劳作，他们一出门，我们三姐弟就可以放心地在家里寻宝了。其实，所谓的宝，无非就是一点吃食而已。那时候，也没有别的什么吃食，仅仅是几个法饼而已。可就是法饼那淡淡的香味，总是让我们三姐弟魂牵梦萦。现在回想起来，心中真是五味杂陈。

法饼在哪里呢？碗柜和箱子都找遍了也没有。那会放在什么地方呢？那天，我明明看见父亲从外面喝酒回来，带回来了几个法饼。我们姐弟吃了三个，另外还有好几个的。父母是舍不得吃的，他们是想留给我们以后再吃。但是，我们贪吃的嘴巴，哪里会容它存留多日呢？恨不得一扫而光。

对了，法饼一定被母亲藏在某个隐秘的地方。不过，楼下能找的地方我们都找了，却没有发现它的真身。突然，我想到母亲曾经到楼上收拾过东西，那么，她会不会把法饼藏在阁楼上呢？我被自己的想法惊喜到了。我马上喊弟弟妹妹去楼上。我的天，我们家的楼梯也和楼板一样斯文。当时，我还不到十岁，弟弟妹妹还只有几岁。我们手拉着手踩在上面，楼梯竟然发出吱呀吱呀的声音，似乎马上就会断裂。它好像在警告我们，你们踩得我好痛啊！赶快下去，不然，有你们好看的！虽然有点害怕，我们还是坚持爬了上去。不然，难道要我们施展轻功飞上去吗？我们都是小孩子，哪来的功夫呢？我们又不是神仙。

几个坛子和柜子紧挨在一起，我们的目光首先落在坛子上。黄中带黑的坛子在昏暗的灯光下显得更黑了。它们静静地立在那里，像文静的少女，又像孤独的老人。自始至终，我没有听到它们发出半点声音。它们寂寞吗？它们被困在这小小的阁楼上很痛苦吧？不知道。谁又能回答出这问题来呢？

正当我出神的时候，调皮的弟弟已打开了一个坛子的盖盖。顿时，一股浓郁的杂菜香味扑鼻而来，我们不由得舔了舔嘴唇。尤其是弟弟，两根黄鼻涕一进一出，发出哄哄的响声。我大声说，弟弟，你小心点，莫把鼻子上自产的线粉搞到菜坛子里去。妹妹呢，居然发出"欧尔欧尔"的声音，好像是在回应我说的话，又好像是在对弟弟说什么。其实，妹妹自打会说话的那天起，就经常发出"欧尔欧尔"的声音，也不知道是什么意思。有时，我就在想，妹妹是不是天生就会说英语呢？

那时，母亲把菜放进坛子里的时候，都要放些水在坛子口的边槽里再盖盖子，说这样菜就不会坏了；而且，从坛子里夹菜出来时，要把坛子的盖子斜一点，以免生水进入坛里，那样菜也容易坏掉。所以，我便学着母亲的样子，斜斜地揭开一个坛子盖。这次是个剁辣椒坛子，里面红秧秧一片，散发出辣椒的清香味。这香味带着辣味，让人食欲大开，我们姐弟顿时就觉得更饿了。这时，妹妹连连打了几个喷嚏，害得我赶紧把坛子盖子盖上。弟弟说，大姐，真的有法饼吃吗？我饿了。我说，别性急，还剩几个坛子和柜子没看呢。

老实说，到那时我也没多大把握了。但为了大家肚里的馋虫，我只得继续查看。看到第三个坛子的时候，我的心怦怦直跳，心想，这次一定有香喷喷的法饼了。哪想到答案揭晓的时候，我们姐弟的脸上写满了失望。这哪里是法饼，分明是半坛子黄豆豉——当然，它也散发出一股香味。也许是久闻不知其香，又或是没有找到法饼心里不高兴吧，我啪的盖上盖子，索性坐在楼板上休息起来。弟弟妹妹见状，一个趴到我背上要我背，一个要我抱。你说，我肚里空空，忙了半天又没有找到法饼，哪还有好心情呢？于是，没好气地对他们说道，想吃法饼自己找去，姐姐累了。

妹妹发出"欧尔欧尔"的声音，算是回答我吧。弟弟呢，抱着我的大腿撒娇，大姐，好大姐，你去找吧，我找不到呢。看到弟弟可爱的小脸蛋，我的心瞬间软了下来。我说，等下大姐就去找，你要乖哦。

这时，从瓦片缝隙处突然射进一束光，楼板上顿时现出一个光圈来。光圈之上是特殊的"舞蹈演员"——灰尘。它们细小的身子，灵活地跃动着，那样卖力，且不介意是否有观众鼓掌。

我心里突然有种奇怪的想法，灰尘这么卖力地舞蹈，它们会不会肚子饿呢？它们有没有爸爸妈妈呢？正当我出神之际，突然，嘭的一声把我拉回到现实。弟弟不知从哪里找来一个钉锤，紧挨着柜子的那个坛子，已被他敲出一条细缝。我走过去一看，幸好坛子没有碎，我捂住胸口，松了口气；不然，我们肯定会吃笋子炒肉。但令人惊喜的是，我掀开盖在上面的报纸时，看到几个法饼正安静地躺在这个坛子里。

这个意外的发现，让我们欢呼雀跃。

弟弟妹妹争着把法饼拿出来，立时就要往嘴里送。这时，我一下子想到，爸妈如果发现了，我们的小屁股就要遭殃了。于是，我决定，拿出一个法饼来，每人咬一口；而且，还要打着圈圈一小口一小口地咬。我觉得这样才不会被发现。遗憾的是，由于三姐弟咬的力度不一样，咬了一圈后，法饼已是面目全非。说句不好听的话，就像狗咬缺的南瓜。为了不损害法饼的完美形象，我们姐弟一致决定，干脆把那个丑得不能再丑的法饼通通咽进肚里。

完成这一伟大的任务后，我们脸上露出了满足的笑容。片刻之后，弟弟妹妹又眼巴巴望着坛子里剩余的几个法饼，似乎不把这任务彻底完成，便心有不甘。我赶紧拉着他们往楼下走去。要知道，我的胆子天生就小，这还是我第一次带着弟妹们在家里偷东西吃。我记得下楼的时候，脚肚子都在打颤。

后来，每当晴好天气，爸妈出去劳作，弟弟妹妹便贼贼地指着楼上，示意我带他们上楼。不用想都知道，他们又想继续完成那项伟大的任务。哎呀，这不是让我为难吗？万一东窗事发，我这个头头就有得受了：轻则被骂得狗血淋头，重则会吃笋子炒肉呢。

当然，这个伟大的任务，最终还是在几天后胜利完成了。这怪不得我，是弟妹们怂恿我这样做的。任务是完成了，按道理应该安心了；但问题在于，这个任务是我们姐弟私自完成的。所以，接下来的几天，一看到爸妈劳作回来，我们就悄悄观察他们的脸色。如果他们脸上阴云密布，那就是暴风雨要来了，我们便立即躲到奶奶家里去，或是跑到外面去，以逃避爸妈的惩罚。

多年以后，我们姐弟都已成家立业。回家过年时，提起此事，都笑称对方是好吃婆，要爸妈打他（她）的屁股。父亲听罢也忍不住笑起来，说，哈宝崽，法饼本来就是给你们吃的，只是想用这来激励你们，或多做点家务，或努力读书。你们以为，我和你妈难道不晓得法饼是怎样不见了的吗?

我们都笑了,却又分明看到母亲的眼眶湿润了。为了掩饰自己的失态,母亲连忙招呼我们,快吃菜,多吃点,冷了就不好吃了。吃少了,真的要打屁股哦。

现在,我再也不想吃法饼了。但是,当年和弟妹们在阁楼上偷吃法饼的情景,却永远留在我心里。如今,老房子已于几年前倒塌了,阁楼也不复存在了;可是每次回家,我都要在阁楼的位置那儿坐很久。也许,在这个位置上,永远放着一个法饼——对了,不止法饼,还有杂菜、剁辣椒以及黄豆豉,它们都散发着淡淡的香味。这种香味来自大地,它已在我们的灵魂深处生根发芽,不管我们姐弟身在何处,它总有一种魔力把我们召唤回来。

阁楼上的诱惑将会永远存在,因为,我们的根在这里。

帮姨妈摘黄花

那年夏天,我十三岁。

记得那天清早,我刚从菜园摘菜回来,母亲就对我说,永宝,你去姨妈家帮忙摘几天黄花。姨妈怀毛毛了,走不得山路。好啊!我满口答应。我好久没去姨妈家玩了,正好借此机会多玩几天。

我家距离姨妈家有三里路,确切地说,只隔着一座大石山。每逢过年过节,我们表兄妹最高兴了,你追我赶地往石山上跑,爬到石山的最高处,把童年的歌声洒在大大小小的石块上和野草丛中。玩累了,就躺在石板上,看蓝得能滴出水的天空和慵懒的白云。有时,也学着动物叫几声,或者对着山下的村庄和田野吼几声;然后,在回音中寻找自得和喜悦。

姨妈家是座两层红砖瓦房。刚到屋门口,我就大声喊道,姨妈,姨妈,我来了。姨妈应声而出,圆圆的大肚子,像巨大的气球。当时我有点担心,姨妈的肚子会不会爆炸呢?现在想来,觉得自己当时真是幼稚可笑。吃过中饭,姨妈递给我花背篓和斗笠,告诉我黄花地的位置。于是,我就顶着烈日出发了。

一路上,热浪滚滚,人像是关在蒸笼里。路旁的狗尾巴草都被太阳晒蔫了,耷拉着脑壳,像打了败仗的士兵。我吞了吞口水,把额前汗湿的刘海往两边理了理,加快脚步,向着目的地走去。我知道,要想快点完成任务,就得抓紧时间。

大约二十多分钟后,我来到了姨妈家的黄花地。黄花叶迎风飞舞,油绿绿的枝干,笔直地伸向天空;尖尖上的黄花,像吸饱墨水的钢笔,渴望着我的采摘。不过,这黄花上的糖分被太阳一晒,就黏在黄花上,发出珍珠般的光芒来。这竟然让我想起了辣椒糖,于是,我的口水像潮水般涌了出来。这时,我也顾不得干不干净了,踮起脚尖,把黄花枝攀下来,黄花上的糖分被我舔得干干净净。此时的阳光,扎实而猛烈地照射在我脸上,我的脸更红了。不然,你还以为我是因为害羞而脸红么?那时的我,还真的不怕丑,舔完糖分后,舌头还意犹未尽地在嘴巴周围打圈圈。黄花枝有的很高,我的手够不着,只能把黄花枝攀下来采摘。有时,一不小心,就把黄花枝上的嫩枝折断了。看着上面刚刚冒头的嫩绿色的黄花,我的心忍不住颤了一下——它们的使命还没有完成呢,怎么能让它们离去呢?哎呀,这可不能让姨妈知道,不然,姨妈会心疼死的。

附近的黄花地里也有人在采摘黄花,时不时就听到有人在说话,五叔,你家的黄花长得好呢。个大,肉厚,蒸出来喷香,晒出来成色好,能够卖个好价钱呢。另一个浑厚的男中音响起,哎呀,都差不多嘞!只不过,我这块地里的汉阳花,比其他的品种稍微好些。哎,你听说没,前天,王老哥采摘黄花的时候中暑了,现在人还在医院里。有时间,我们去看看他吧……

渐渐的,就只有细碎的声音在酷热的空气中飘荡了,那些音节像是在诅咒这无法抗拒的热天气,又像是在对生活进行无奈的控诉。可能是离得远了些,他们的说话声越来越小,已经被采摘黄花的脆脆的声音盖住了——也许,有没有可能,那些声音是被猛烈的太阳晒化了呢?

还是加紧采摘黄花吧,如果采摘晚了,黄花就要开花了——开花的黄花是没有经济价值的。眼下的这块地摘完,还有两块地需要采摘。再一看,我的花背篓里,黄花还仅仅只垫了个底,还能够看得到细小的竹篾。刚才还在枝头上竖立的、不可一世的黄花,此刻,软塌塌地挤在一起,像一坨庞大的红薯糖。难道离开母亲的怀抱，它们就失去了生命和欢乐吗？那为什么餐桌上的黄花菜，是那么的鲜活，是那么的让人垂涎欲滴呢？

终于采摘完毕，花背篓里，黄花装得满满的，堆起了小而尖的黄色山包。我每走一步，黄花就矮下去一点，像是怕我于无意中把它们抛弃在陌生的茅草路上。微风吹过，黄花的清香味直扑我的鼻孔，我不由得使劲地吸了几口气，以便让这种香味提前钻进我的嘴巴里。走到狭窄的岔路口时，见一个大伯用谷箩担着黄花正走着，那些黄花似乎热得受不了，都伸出尖尖的小脑袋喘气，冷不防被路边像土匪般的茅草捉去了几根。我赶紧低头捡起，正准备往那谷箩里放去时，大伯刚好拿肩上那已满是"蜂窝"的汗巾擦汗，见此情景，竟然大声呵斥道，你这个小妹子在做什么呢？听那口气，好像我在偷他的黄花。我小脸上顿时飞过一片红云。我说，大伯，你的黄花掉了，我帮你捡起来，准备放到你谷箩里去呢。大伯听罢，不好意思地笑笑说，哦，对不起，小妹子，大伯错怪你了。

大伯挑着担子，屁股一扭一扭地在我前面走着，好像驮着笨重物品的骡子。我能感觉到，他身上的汗臭味和黄花的清香味奇妙地搅在了一起。但我似乎只闻到一种香香的味道，难道汗臭味被黄花的清香味赶跑了？

细微的灰尘在阳光里舞蹈，仿佛在欢迎满载而归的人们。此时，阳光越来越斜，斜得山上的石头和路边的花草都变了颜色。

我帮姨妈摘了半个月黄花。回家的时候，姨妈偷偷地塞给我两块八毛钱。

那是我人生中的第一笔巨款。

清风在上

我喜欢清风，这就如天上下了雨会落到地上一样，是一件那么自然的事情。记得小时候，因顽皮弄伤了手指，当我一脸委屈，带着哭腔，走到父亲身旁，父亲便会抱起我，对着我的手指轻轻地吹几下，我的心情一下子便好了起来。

清风似乎有种魔力，一吹，草便青了，花就开了，水渐暖了，万事万物开始疯长。清风不但吹拂着动植物，也把我们这些细把戏幼小的心吹得蠢蠢欲动。

于是，田间的油菜花里，留下了我们嬉戏打闹的声音。金黄色的油菜花，不是掉落在泥土上，便是跑到我们的小脑壳上，一副可怜兮兮的模样，真是让人心疼。我们穿行在充满着泥土和油菜花清香的田垄间，把稚嫩的歌声留给蓝天白云，留给青山绿水，留给炊烟牛羊。我们只管歌唱，丝毫也不会在意是否走调。那时的我们是很勇敢的，因为快乐比什么都重要。

还有后面菜园边的竹林，也是我们常常光顾的地方。被清风吹拂的那片竹林，每天都要被我们翻上无数遍——我们把青色或麻色的小笋子挖出来，放进裤兜时，也把快乐和希望装了进去。因此，竹林中留下了我们许多杂乱无章的小脚印。有时，竹林会发出沙沙或者哗哗的响声，节奏时而舒缓，时而热烈，像有鼓手在专心致志地表演。

清风总是让人欢喜的。当我顶着烈日在黄花地摘黄花时，我就特别渴望能吹来阵阵清风，因为它让我在感到凉爽的同时，还能吹干我汗湿的衣服和头发。

回到家中，躺在凉床上休息时，因阳光厚爱而发红的小脸蛋，在清风的抚摸下，慢慢地恢复了粉嫩的原样——那种舒适的感觉，简直像吃了蜜糖一样。

夏夜，煤油灯在燥热的空气中也变得不安分起来，扭动着营养不良的身躯，在蚊虫的攻击下，无奈地履行着自己的职责。屋外，我们边说话，边拿着蒲扇，把辛苦了一整天的风再次赶来赶去。

去石山上放牛时，我们便把牛赶在青草丛里，自己则躺在石板上数着天上被风驱赶的云朵。清风不但驱赶云朵，还催眠躺在石板上的我们，企图把我们这些不称职的牛倌，带到某个遥远的地方去接受惩罚。

清风是让人兴奋的，尤其是在丰收季节，人们那张张充满幸福和喜悦的脸庞，散发着令人沉醉的光芒。可以说，清风是最有功劳的，在把果实的清香，稻香、玉米香、大豆香带给我们的同时，它还把欢乐带进了千家万户。我还记得，在茶园边，我家有块三角形大豆地——它像一幅画安静地镶嵌在那里。某天早晨，我收到父母的指令，必须要割完这块豆子苗才能回家吃饭。于是，年幼的我便不停地挥舞着镰刀，而豆子苗竟然像多米诺骨牌般一排排倒了下去，我的汗水也像熟透的大豆爆了出来。当我感到燥热不安时，清风则像个懂事的孩子，拂去我快要流进眼中的汗水。此时的我，特别想跟清风说声谢谢，但最终还是没有说出来。需要说明的是，并不是我不愿意说，而是满眼的豆子苗在提醒我赶紧干活。

清风是特别的，特别地令人难忘。它不但考验人们的意志，还能带给人们以希望。只有经过了寒风的煎熬，我们才能备感清风的凉爽。记得某天放学回家，寒风呼啸，我的小手冻得通红。奶奶见状，马上把我抱在怀里，让我在煤球的火光中，感受温暖，忘记寒冷。

有天清早，奶奶出门想称点肉给我堂弟打牙祭，不幸被旋风般的摩托车刮倒，头部受了重伤，在医院挨了几天后，化作一缕清风离开了我们。奶奶临死前，放心不下堂弟，嘴里始终喊着堂弟的名字，喊着喊着，她眼角便冒出了愧疚的泪水。她说自己没用，孙子半年没吃肉了，这么个小小愿望，自己都不能满足他。现在，孙子不但没吃到肉，连自己这把老骨头都不保了，只怕以后再也不能做饭给孙子吃了。说罢，她身体剧烈地抽动起来，眼睛满含泪水，死死地望着肉摊的方向，头一歪，走了。

  清风在上，我们在下。

  它能带给我们喜悦和惊喜，也能把痛苦和忧愁吹向我们。那些美好的事物，被清风一吹，便毫无了影踪。比如，我们的青春、我们快乐的童年。当然，还有那些我们爱的人和爱我们的人，被清风吹着吹着，也就不见了，就像经常站在桌子边为邻居写对联的我爷爷，还有我在被同伴欺负时双手叉腰讨伐别人的奶奶，以及即使劳作到双手皮肤开裂出血了，十分疲惫了，也要抱着我亲亲的父亲。岁月如一个高明的小偷，不知不觉中偷走了我们美好的时光。也许，终有一天，我们会在清风中相遇。

那抹绿

初春的田野泛着新绿,像灰头土脸的孩子扎上了红绸花,格外引人注目。阳光透过高高的电线杆,在我的窗前探头探脑,仿佛要向我透露什么秘密。不得不说,这对我来说,是极大的诱惑。刚好姑姑和婶婶都在我家,再加上一群"虾兵虾将",于是,我们便来了一场毫无规则的田野旅行。

我们一行沿着马路向东风桥那头出发,小朋友们像野牛一样,在马路上奋力奔跑,仿佛马路是辽阔的草原。此刻,姑姑和婶婶的呼喊声毫无威力,仅仅只在我耳边炸响。望着那些幼小的身影不时地和汽车擦肩而过,姑姑和婶婶也开始奔跑起来,顾不得脚上穿的是细长跟的高跟鞋了。

他们的身影渐渐模糊,就像我曾经的童年。当汽车呼啸着从我身边驶过时,我心里竟然有种莫名其妙的伤感。儿时的我,是多么渴望长大:首先是可以为父母分担家庭的重担;其次,我还有个小小的梦想,那就是有朝一日,能看到自己的书出现在书店里。

我家的水田紧挨着小河,因为村里修水泥路,水田被占用了大半。剩下的田,姆妈种上了油菜。我问姆妈,占用的水田有什么补助吗?她说,哪来的补助?连话都没得一句。到现在都过去两年了。我也不怪他们了,毕竟修路是件千百年的好事。

细看水泥路,宽敞而平整,一直通到石山那边。只是这水泥路的下面,埋藏着我太多的童年回忆。有时这些回忆在我脑海中就像放电影般回放。画面里,有背着背篓扯猪草的脸颊通红的小妹子,有受了委屈对着河水丢石头的小姑娘，还有跟小伙伴们嬉戏打闹的场景。这些场景，虽然被压在了水泥路下，却总会在某个深夜，像土匪般直闯进我的梦中。

　　油菜很整齐地排列在一起，强烈的阳光像温热的大手抚摸着绿叶，微风拂过，油菜点点头，似在欢迎我这个曾经的小主人回家。

　　那时，八九岁的我，被姆妈哄着来插田。水田里蚂蝗很多，而我最害怕的就是蚂蝗。记得那次还有几个姆妈的好姐妹来帮忙。我刚把秧分好，几条蚂蝗就向我游来，我惊叫几声，竟然飞跑着越过了几个田埂，最后滑倒在别人家的水田里。我狼狈的样子，惹得那几个婶娘一直大笑，其中有个刘三娘大声说，永宝，快上来，又有蚂蝗来咬大腿了。我一听，立时放声大哭，呆住不敢动弹了。姆妈赶紧过来，把我抱上来。待我平静下来时，姆妈说，蚂蝗又有什么可怕的呢？它们比你细小，难道还会吃了你么？你要是不发狠读书，就要经常下田做事，看你怎么办！我满眼泪水地望着姆妈，不知该说什么才好。

　　以前的田埂都被人们整理得溜溜滑滑、干干净净，清晰、分明。现在，田埂似乎跟田变成一家人了，它们紧密地连接在一起，已经分不清彼此了。我们便不再寻找田埂了，直接从田里走过。每走一步，我的心就颤动一下。我知道，像这样走在田间的机会，以后很少有了。这干涸的田地，将深深的疤痕，坦然地暴露在天地之间——多看一眼都会让人觉得心痛。干枯的禾蔸旁边长满了猪草——姑姑每每看到，右手便作出扯猪草的动作，并不无遗憾地说，这么多的猪草，真想扯点回去。那时候，我们想扯都没有的扯。枯黄的禾蔸被一片新绿所包围，我想，它应该是心甘情愿的吧。此时的禾蔸，就像筋疲力尽的老人，只要晚辈好好地陪伴在身边，所有的苦痛都会烟消云散。

　　我们几个大人还在慢悠悠地回味，小朋友们早已打着飞脚跑回家了。不过，令人开心的是，他们把欢笑声留在了田野的上空。不信你看，那漫天飞舞的小生灵，激情澎湃，多么活泼可爱，它们准是被笑声所感染了。

走得累了，我便席地而坐，要不是穿着雪白的外套，我还会躺在田间，就像小时候躺在苕子花中背书一样。姑姑见我又陷入沉思，赶紧拿出手机对我一阵狂拍，拍完后，说道，永宝以前是小妹子，现在是大妹子了。

还大妹子？我说完，捂着嘴巴笑了起来。

姑姑急忙又来一句，反正你不出老。

也许，在姑姑眼里，我是永远也长不大的小孩。

我们一起往回走。阳光洒满田野，田野像镀了一层金。远处是二爷家的菜地，白菜、香菜、蒜苗等蔬菜安安静静地守候在田中。嫩绿和墨绿的叶子，像是给田地铺满了绿色的锦缎；它们绿得不同，却让这锦缎具有了层次感和立体感。我望着望着，便想去亲近它们了。

此时，离家越来越近了，房屋高高低低地坐落在石板路两旁，不知名的树木也绽放出新绿，这种绿和田野中的绿是一样的。

那绿，既带给我惊喜，又让我遐想无限。

冬日里的读书声

每天清晨到了办公室，总是会听到从外面传来的琅琅读书声。后来我才发现，原来旁边有所小学。这声音是如此美好，它像一条阳光下的彩带，把我引回了童年。

还记得学校的桂花树下，有把石椅子，一年到头总是干干净净的，那是我的专座。我家离学校不远，十多分钟即可走到；所以，每天去学校的桂花树下晨读，便成了我最期待的事情。

我家住在码头上，说起码头就会让人想起水和船只，想起洗衣的妇人和嬉闹的细把戏。其实，我们这里没有大江大河，更没有渡船，池塘倒是有两口，它们紧紧相连，像情侣，像兄妹。据老辈人说，从前我们这里是驿站，来往的客商络绎不绝，好不热闹——这无疑是一个江湖码头。我想，估计码头这地名就是这样叫起来的吧！

石板街有好几里长，从码头到中街，再到鱼成湾。那些青色或麻色的石板大小不一，但都光滑细腻、厚重坚实，走在上面既有脚感，又让人感到踏实。至于这条石板街是什么时候有的，没有人能准确地说出来，我只知道它在我出生前就已经存在了。它经过岁月的洗礼，依然保持着青春的容颜，散发着勃勃生机。每天清晨，我把自己的小脚印在上面，天黑时再印一遍。

老实说，冬天在桂花树下晨读时，石椅子是不受我待见的，并不是其他什么原因，而是因为它的凉意让我小小的身体受不住。所以，通常我只是站在桂花树下，拿着书本，慢慢地来回走动。有时，阳光会在树叶上翻滚，一不小心就落在我的书本上，亮得像一根划着的火柴。当然，不止有阳光，还有冬日早晨的冷空气和鸟鸣，以及校外传来的叫卖声，它们像一群不速之客，闯进我小小的领地。尤其是白毛老的娘，总会拖着长音喊道，卖豆腐咯，嫩得发抖的豆腐，既好煎又好齁嘞。

晨读是让人愉快的，即使我的手和脸冻得通红，即使冷空气让我的双脚变得冰凉，我还是会坚持读下去；因为对我来说，做自己喜欢做的事最重要。我想，来这里晨读，不止是桂花树欢迎我，学校的操场和篮球架也是欢迎我的；因为它们总是在我晨读的时候，保持极度的安静，就算有袅袅炊烟和饭菜的香味飘来，也不会让它们有丝毫改变。

当然，偶尔也会有老师从我身边走过，我向他们问候时，他们会给我赞许的目光和温暖的笑容。不得不说，这极大地鼓舞了我。

目之所及，是若隐若现的山峰，像羞涩的少女戴着纱巾。山峰的下面是错落有致的民居，在红砖青砖土砖上面是一色的青灰色瓦片。当炊烟升起在冬日早晨的薄雾中时，远远看去，就像是一幅水墨画，展现出冬日早晨那不一样的美。这种美是静态的，美得让你不忍言说。

既然有欢迎我的，那么，必定也有不欢迎我的——它们就是附近的狗们猪们和鸡们。这些家伙总是在我读得入迷之时，突然大叫几声，好像在说，哪里来的坏家伙，竟然敢打扰我清晨的美梦。这些家伙，大叫几声还是好的，有时候它们似乎在向我挑战，我的声音高一点，它们就更大声一点，甚至一起大叫起来，似要跟我比赛。每当这时，我就会放下书本，静静地享受它们的"晨读"，毕竟那些声音是大自然的馈赠，不应被拒绝。

经过妥协和磨合，我和这些"晨读者"达成了一致：我们要么一起晨读，要么互相倾听，这样便没有了所谓的打扰，我们似乎成了好朋友。

从码头到桥头

从我记事起,爷爷就告诉我,别看我们住的码头离街上有点远,买东买西不是很方便;但是你要知道,从前我们这里最热闹了,我们屋前的这条石板路,是去往驿站的必经之路,每天来往的客商络绎不绝,你就是远远地望着,也能感受到那股火热的气息。

听说,从前有个叫谢三姑的大妹子,常常坐在路旁的冬枣树下,手摸着油光发亮的长辫子,痴痴的目光,投射到那些骑着白马而来的客商们身上,直到他们消失在树林的那一边。她具体在看什么,想什么,她不说,人们也不好意思问;但从她那深情的眼眸中,大家猜测她可能在盼望未婚夫早日回来,好早日娶她。谢三姑的未婚夫于几年前,骑着马从这里出去,投奔亲戚做生意,然后就没了消息。

既然这里名叫码头,就一定位于路的尽头。我站在这尽头向四处远望,首先映入眼帘的是起伏的群山,其次是一望无际的原野,再就是错落有致的村庄。屋后的山叫太公山,谢家的先人多半长眠于此。大山在岁月的洗礼下,似乎变得稳重了,信守沉默是金的箴言,从不乱说话,只有风吹过树林时,那不知名的鸟们,才大着胆子尖叫几声。当然,每到清明时节,我们这些后辈也会备上薄酒和三牲,前来祭拜先人。袅袅青烟中,只有大人的喃喃自语,以及细把戏调皮的欢笑声。也许,先人已经听明白了后辈的思念和愿望,因此,爆竹声响起时,坟墓周围的泥土,便会不自主地跳起舞来,或毫不客气地沾在后人身上。这跳起的泥土,仿佛就是先人的回应，即使你拍掉了它，却还有印记，它还会在某个不经意的时刻闪现出来。

　　我记得，每次祭拜完先人，爷爷总会摘一束映山红给我带回家。爷爷说，永宝，你最爱漂亮了，回家把映山红插在瓶子里养着，蛮好看的呢。不得不承认，我是个小吃货，映山红刚刚交到我手里，就变成了光杆司令，那鲜艳的花朵，瞬间就成了"进口货"。爷爷笑了起来，捏着我的小鼻子说道，我家永宝是个小馋猫！不过也好，你看你这白里透红的小脸蛋，俊俏得很，是不是这些花帮了大忙？我说，如果清明节吃点映山红就变得好看了，那这满山的映山红还有活路吗？早被别人吃完了！爷爷在我的小脸上轻轻掐一下，说，你在这里等我，我到树林中再去摘点映山红。怕我偷吃，爷爷便叮嘱道，可不能再吃了，吃多了会生虫的呢。再次接过映山红的我，做了个鬼脸，拉着爷爷的手，雀跃地向山下跑去。

　　老屋前的两口鱼塘，秋年四季保持着年轻的模样，那清澈的塘水、尽情游弋的鱼们、塘周围的茅草和刺蓬、塘边邻居们洗衣时的捶打声以及细把戏嬉戏打闹的声音，似构成一幅用现代科技手段演绎的传统水墨画，令人回味无穷。直到现在，我仿佛还能闻到青草的气息，听到塘水的呼吸声。

　　偶然的机会，我来到省城工作，住在离桥头不远的地方。这里照样有山有水，环境也非常不错，我却怎么也找不回当年的感觉了。宽阔整洁的马路，像一匹柔软的缎子，无限延伸在大地上。道路两旁的香樟树直入云霄，弯曲的枝干像舞者灵动的手臂，似要去触摸蓝天上的云朵。树上的鸟们总是会在我路过时，跟我打上几声招呼，好像我多年的老友。而就是这几声招呼，于不知不觉中把我拉回了童年。站在桥头，我总是想得很多，当年那个牵着我小手的爷爷虽说早已过世，可爷爷的身影还是经常在我脑壳中浮现。我还会想起爷爷那时对我说过的话，映山红吃多了会生虫呢……

我想告诉爷爷的是，现在的映山红有粉红的、紫的、黄的、蓝的等多种颜色。它们中的一些早已过上了大城市的生活，变得更加娇嫩了。但是，我却从不敢伸手摘一朵，更不用说偷着把它们变成"进口货"了。我曾经看到过爷爷对着映山红发呆的情形，或许，映山红承载着爷爷对先人的思念。

　　一辆又一辆的汽车从桥头快速驶过，带着喜悦或悲伤的鸣叫声，向着远方疾驰而去。它们一波又一波，消失又出现，出现又消失，就像那永不停息的海浪——也似这短暂的人生。终有一天，我们都将老去，消失在茫茫人海，以另一种方式注视这烟火人间。

味道

我家的新房子未建好之前,我们一直是住在舅舅家里的。

舅舅家位于县城边上,是一座六层高的新楼房。底层六间全是门面,其中五间被一个卖箱包皮料的老板租去,我妈妈用剩下的那间开了个小商店。因此我空闲时,总是会在商店帮老妈招呼,也会望着马路上的人流发呆。

马路两边的房子,多半被卖箱包皮料的老板租下;所以,这里成了名副其实的箱包皮料一条街。空气中弥漫着浓重的皮革气味,在南方阳光的加持下,那种气味便有了些许的嚣张,连马路边的那些树,甚至每片树叶上都有那种气味的魂在游荡。

我坐在屋檐下,便能听到老板们在打招呼。

比如,某某,今天生意好么?卖了好多筒皮子?是420的、190的,还是840的?这些皮料代码,对不懂的人而言好像密码。其实,我可以向你们透露一个秘密,这种数字越小,说明皮子的质量越好。

当然,现在的老板很精明了,每家店铺都会进几种别人没有的皮料,或者是厂家的处理品。货有了差异,价格便好定,而且跟同行的关系也不至于很紧张。同行多嫉妒。以前听说他们为了抢生意,你家卖一块钱,他家卖九毛,把价格卖得稀烂,既伤了和气,又赚不到钱。现在这样既形成了规模,货品又有差异,生意就好做多了。

所以,我坐在屋檐下,经常能够看到那些装皮料的大挂车,风尘仆仆地从远方开过来。每次,大挂车们一轰隆隆地出现,穿着早冰鞋东溜西溜的小家伙们，就会立即从马路上冲到坪里来，生怕大货车毫不留情地吞噬他们。这也难怪，听说早几年，就有个小家伙滑进车轮下，其惨状可想而知。

听说，这些大挂车大多是从浙江和广东开来的，因为这两个地方的皮料质量好，且品种齐全，颜色也多。

舅舅的家门前，有块很大的水泥坪。正因为如此，卖皮料的精明至极的周疤子才一口气租下那五个门面。他为的是这块水泥坪可以方便堆放皮料，堆放那些即将成为漂亮、精致箱包的皮料。货多的时候，周疤子便把皮料整整齐齐地码放在坪里，然后，从上到下，从左到右，用厚尼龙布严严实实地遮盖起来——被垒成高大碉堡的皮料，沉默地注视着这闹热的街景。周疤子当然不会是白费工夫，用厚尼龙布罩上去，一来可以避免日晒雨淋，保护皮料不受损；二来可以防止那些小吵宝爬到皮料上面撒尿，或者把皮料当成蹦床在上面肆意地弹跳。

下码头有个矮子男人，也是做皮料生意的，他跟周疤子开玩笑说，你盖什么卵尼龙布啰？你自己睡到上面就可以了嘛！你那白光光的身体像猪板油，躺在上面，水淋不进，太阳也晒不化。周疤子听罢，半天没有说话。我还以为他没有听到，或是因为尴尬而无言。没想到过一阵子，周疤子突然歪着脑袋，大声反击道，这个办法真的很好，不过，你喊你家里的胖婆娘来陪着我睡觉，岂不是更好吗？好让我也尝尝鲜嘛。说罢，大笑起来，笑得身上的肥肉一颤一颤的。那个矮子男人白了周疤子一眼，骂道，你这个死疤子，想得太美了吧？也不屙泡尿照照自己那个卵样子，你怕是吃麻秆吃多了，嘴里没有味道了吧？

周疤子长得高高大大，站在那里像扇大门板。叫他周疤子是有原因的。周疤子的脸庞不是很大的那种，皮肤也还算白，就是左脸上有条食指粗的蜈蚣疤，从耳朵处一直延伸到嘴巴边，猛地一看，就像一条快要爬进嘴的蜈蚣，让人不敢正视。

唉，菩萨保佑，我这篇文章千万不要让周疤子看到了，不然，非打我一餐饱不可。但其实，附近的小孩若不好好吃饭，大人们真的就会吓唬他说，快点把周老板的蜈蚣捉来。话音刚落，小孩子便乖乖地吃起饭来。有的小孩甚至还怕大人嫌慢，赶紧用上"五爪金龙"，搞得手上脸上都沾满了饭粒，惹得那些鸡婆围着小孩不停地转悠，试图寻找机会，啄下小脸蛋上的饭粒。更让人好笑的是，每当那些鸡婆围着小孩子的时候，小家伙就赶紧用手捂住下面的"小蚯蚓"，那意思好像在说，都给你饭吃了，我下面的这根"小肉丝"，你就不要来啄了哦。

每当这时，坪里就会响起阵阵爽朗的笑声。他娘便在小孩的屁股上亲了又亲，说道，我崽真的聪明，晓得下面那条肉丝，以后是用来讨老婆的。

说来也怪，这个周疤子高大威武，讨个婆娘长得却像根麻秆，皮肤黑还不算，脸上还坑坑洼洼的，手脚瘦得简直像鸡脚杆子，整个人看上去像只干青蛙。她姓李，大家干脆叫她李麻秆。平时，她也不怎么介意，任你叫，反正已经听习惯了；要是心情不好的时候，她就会白你一眼回击道，你才是麻秆，你家里人都是麻秆。或者说，麻秆怎么啦？吃你的穿你的啦？像连珠炮似的，炸得你没有回嘴的机会。那个样子，让人又好气又好笑。其实，可能连她自己都搞不清楚，自己吃的那么多饭都哪里去了呢？她每餐都是溜尖两碗饭菜，赶出碗沿的那部分像座小山，这边看不到那边。而她老公呢，每餐只吃一小碗饭，人却胖得像只坐栏猪。所以，每当有人骂周疤子胖时，他就摊开双手，一脸无辜的样子，无奈地说，我有什么办法呢？就是喝水也会胖啊。

总之，这对夫妻，一黑一白，一胖一瘦，走在路上很是滑稽，外形搭配得像相声演员。总有人爱围观他们，像看猴子把戏，次数多了，这对夫妻就有点不好意思了，不再出去排对子了，把排对子的机会拱手让出。曾经有人开玩笑说，周疤子，人家都说讨个胖婆娘舒服，像睡席梦思；你们倒好，居然换过来了。不过，你还要小心点，晚上莫把李麻秆压断了。

每当大挂车轰隆隆一到，喇叭便嘀嘀嘀响个不停，似乎要给这闹热的街上再添喧闹；也好像是什么高级人物来了，用别样的方式通知人们前来迎接。此时，李麻秆便忙碌起来，拿着手机赶紧打电话通知人来下货。她一边用嘶哑的声音扯着喉咙大喊，像是跟人在骂架，一边在坪里走来走去，好像坪里埋着什么宝贝似的。

十几分钟后，家住附近的"下货大军"便匆匆赶到了。这支队伍既有中年女人，也有壮年男人，甚至还有满头白发、含胸驼背的老倌子和老妇人。中年人下体力功夫，那不足为奇。这些老倌子和老妇人也来凑数，便让我觉得有点不可思议了。难道他们不怕摔倒吗？不怕像秤砣样的皮料砸伤自己吗？我觉得他们不应该工作在第一线。

趁着他们分工的间隙，我便跟他们攀谈起来。

其中的一个老妇人说，费点力出点汗，又算什么呢？这样对身体还好些。以前身上老是这里痛，那里不舒服，自从来这里下皮子，身上竟然不痛了，饭也吃得香了，觉也睡得好了。

另一个老倌子说，我的子女都在外地工作，过年过节也难得回来。要钱的话，他们就发个微信红包，或者转账；实在想他们了，他们就发个视频来。看得到却摸不到，像雾里看花，不太真实；又像是隔靴搔痒，很不过瘾。现在来下皮料，一来有人说话，不觉孤单，二来活动筋骨。别看我们年纪大，一般的年轻人还比不得我们呢。再者，虽说只是赚点豆腐钱，心里却很踏实。一举三得，何乐而不为？

听他们这么一说，我涌上嗓子的话，只得又咽回去。我能说什么呢？说了也等于白说。我只觉得心里有点酸楚，想了想，我笑着说，既然下皮料有这么多好处，那我也来加入你们的队伍吧，要得么？

老倌子笑了，仔细地打量我一番，像个安检人员，眼睛犀利而快速地在我身上搜索，好像我身上藏有危险物品；然后，缓缓说道，你这个样子，白白嫩嫩的，一脸福气相，这不是你做的事。

分工完毕，一些精壮的男人便爬到挂车上翻皮料，把底下的货物搞上来，把同样颜色和质量的放到一起。阳光下，逆着光的他们，身体上都有了一圈金色光边，唯有脸在阴影里，因而看不清五官。别看只是分拣皮料，其实这是很费力气的。有时，他们搞得烦了，便站在皮料上，双手叉腰，扯开嗓子喊道，下面的人动作快点啰，车上又闷又热，真他娘的不是人待的地方。上面的话音刚落，底下就立即有了回音。一个粗犷的声音响起，催催催，催什么卵啰？我们捐这些笨重的皮子，又不是背你家的老婆，哪有那么快呢？说罢，依然慢吞吞地向前走去。

当然，也有速度比较快的，别人才捐一筒皮料，他竟然捐了两三筒。因此，这类人是有点牢骚的。从他们的嘴巴里，老是飙出如下的话语：某某做事偷懒耍滑，分起钱来又要一样多，下次我是不得喊她来了。也不知某某是否听到了这些牢骚，反正我是没有听到有人予以反击。

阳光肆意地照射着大地，似乎有意要炙烤出皮料的味道，让那些刺鼻的味道弥漫开来；现在，就连水泥坪也被阳光烤出一片白来。

老实说，某某到底是偷懒，还是年纪大腿脚跟不上，这还真是说不清楚。不过，我看到每个人都汗水满面。

当然，说归说，干归干，皮料还得照样捐。那一捆捆圆形的皮料，像沉重的炮弹压在人们肩上，似乎在催促人们赶快将自己塞进

199

"炮膛"。有时候，两个人掮着皮料不小心撞到了，那就会擦出火花——本来心里就有脾气，这一撞，是否算是一种别样的抗议呢？

其实，掮皮子的人在平地上行走，还不算太困难；从跷板上传递皮料的两个人，还是需要有一定的定力和力气的。因为跷板是木头做的，且不宽，受力的时候还有点微微抖动。所以，跷板边的两个人，传递皮子时需要十分注意，脚板要牢牢地钉在跷板上；因为一不小心，人就会被笨重的皮料扫倒在地，那分明就很危险了。

下皮料也是有分工的。除了在挂车上翻皮料的、跷板上传递皮料的，以及掮皮料的外，还有在店铺里负责将皮料码堆的。码堆的一般是两个人，皮料一到，他们就像接炮弹一样，没有丝毫停留，马上接过来码好。别以为干这事轻松，码皮料是很有讲究的，稍不注意，皮料就会"哗哗哗"，一股脑儿滚得满地都是——只得重新来过。

此时，劳累了一天的挂车司机则悠闲地躺在躺椅上抽烟。烟雾中，那双像熊猫样的眼睛，不知在下货的人群中搜索着什么——既像是在监工，又像是在看女人们丰满的胸部和屁股。司机们似乎愿意用这种方式来安慰自己疲惫的身体。

李麻秆呢，这个女人则拿着计算器和货单在紧张地对数，眼睛时不时瞟向下货的人群，像是生怕别人把皮料背走了。当她看到挂车司机躺在门外抽烟时，便赶紧从店里拿出一把大风扇，插上电，风扇叶子便不要命似的呼呼转起来。这突如其来的大风，把香烟的味道吹得到处都是。马路上不断有汽车过来过去，卷起的灰尘并没有随着汽车而去，而是裹上汽油味后又留了下来。

阳光照在楼墙上，又折射出耀眼的光芒。墙根下，那些流着鼻涕的小吵宝，一边用舌头舔着冰棒纸，一边用黑魆魆的小手在墙上摸来摸去。商店里，时不时传出灿烂的笑声，那是几个外地妇人在说着男人们的那些事：有时，她们像吃了蜜糖一样，咂着嘴巴；有时，又像吃了臭柑子似的吐个不停。我很疑惑，难道这男人的味道是又酸又甜的吗？

虽然在车上翻皮料不是很危险，但也是要非常注意安全的。听说，有个男人眼晕，竟然从车上掉了下来，几筒皮料重重地砸在他脚上，脚都被砸断了，伤者的哎哟声喧天。

当然，捐皮料的人也并不轻松，他们把一件旧衣服搭在肩上，是害怕把自己的衣服搞脏吧，也有可能是出于保护肩背的意思吧。他们大都走得很稳当，双腿像壮实的牛腿，似乎要把地面踏出深深的脚印来。他们眼神坚定，望着地面或前方，像在完成一项重大而神圣的任务。我想，生活对于他们来说就是负重前行。不管你愿不愿意，轮到你捐皮料的时候，你就得默默地承受。因为分钱时，那种诱惑是抵挡不住的，而且，都是按份子分的。

皮料卸完，大挂车轰隆隆地走了后，就到了分钱的时候了。分钱的场面是比较激烈的，并没有想象中的和睦和谦让。人们甚至会为几毛钱争得面红耳赤，分毫不让。甚至还有脾气暴躁的男人，跳起双脚骂娘，你们这样争钱，是不是要拿去捡药吃啊？这个话是说得很重了。

骂过后，他们又派人拿着钱走到我这里来换零钱。一毛的、两毛的、五毛的，简直数得我脑壳发晕。但是，又有什么办法呢？这些人不是邻居，就是亲戚，若不给他们换，我心里还真是过意不去。总之，看着他们辛苦地下皮料，为几毛钱争来吵去的，只差没有动手打架了，我突然就有种感觉，他们就像是一群蚂蚁，围着一坨大蛋糕，努力地争抢着。但是，最终这坨蛋糕不属于他们。他们只能得到微薄的报酬，聊以抚慰那张张红里带黑、布满灰尘和汗水的脸。

依我看来，最可恼的还是李麻秆，她家里明明放着饮水机，居然不买一次性杯子，好像饮水机仅仅是个摆设。下货的人费力大，出汗多，自然要补充水分。别人如果问她，老板娘，拿个杯子给我啰。她一听，马上说道，真不好意思，忘记买杯子了，你到永华那边去喝水吧，我现在没有空啊。这话说得也挑不出什么毛病。所以，下完货后，那些人便涌到我这里来，像水牛一样，把我烧的开水喝得一滴不剩。

喝点水还没有什么，说起来这都是小事。

最麻烦的是有两个老妇人，每次来下货，都带着她们那调皮的孙子孙女。两个小孩大约只有三四岁，样子长得好，很逗爱；所以，我也很喜欢他们。只是他们喜欢拿我店里的食品吃，好像不要钱似的，甚至把食品随便摆到地上或凳子上。有时候还像比赛似的，把食品的包装袋子都撕开来，拿在手里打架，扔得店里到处都是。

我便觉得，这好像是满园的白菜被猪拱了，很是心疼。但是，想到老人家都这么大年纪了，还来做体力活，还要带孙子孙女，生活也真是不容易。所以，我便把那些扔在地上的食品捡起来。你想，老人家下一次皮料才几块钱，要是晓得孙辈们一次就消费了十几块钱，她们心里该是多么难过。因此，等到老妇人来跟我结账时，我就象征性地收五毛钱或一块钱。当然，这个是瞒着我老妈的。其实，老妈知道了也不会说什么，但我就是不想让她知道。

不一阵子，坪里便空荡荡的了，大挂车走了，卸货的人也走了，包括那两个小孩。阳光也变得空荡荡的了，似乎没有了照射的对象，有点无聊。只有皮料的味道还在，它们似乎不愿意离开，要在这里久久地逗留——似乎有点无赖的意思。

这时候，我就到隔壁的皮革店去坐坐。五颜六色的皮料，被整齐地码放在店子的后半部分，像经过园丁修剪的花圃。某一天，它们就会被主人用机器裁剪了，然后变成精致、小巧的书包或背包，游走在不同的城市或乡村。所以，这里只是它们短暂的栖息地。此时，我忽然有种感觉，觉得自己也跟这些皮料一样，也是暂时栖身在此，在经过生活的不断打磨和历练后，才能从容地在社会上行走。

坐得久了，便觉得皮料发出来的味道淡了许多。其实，这种味道是不太好闻的，甚至有点刺鼻子。

也许，这就是生活的味道吧！

飞翔

来这儿之前,我从来没有见到过真正的大海。

对于它,我只是从书本或者电视上知晓一二。它给我的印象,也是非常美好的——蓝得令人心醉的海水,海鸥在蓝天上自由飞翔。哦,对了,还有松软的沙滩,像一块偌大的纱巾,似乎要包裹起或坐或躺在沙滩上的人们。当然,还有可怕的海啸,但我选择性地遗忘了它。我曾无数次幻想过,披着一头瀑布似的长发,穿着白蓝相间的连衣裙,然后,一手提着一只凉鞋,在沙滩上悠闲地走着。最好还有徐徐的海风,它可以吹动我的长发和裙子。当然,最好还有一群海鸥围绕着我快乐地飞翔。

如果走累了,我可以舒适地躺在沙滩上,却要离海水远些,我是一个自我保护意识很强的人,也是一个缺乏安全感的人;但是,我又想离海水近些,这样就可以让身体零距离接触海水,我希望它的每一次进攻,都是对我意志的考验。所以,这让我很是矛盾,两种想法总是在我脑海里不停地打斗。最终我想,还是离得近些吧,它能够洗涤我的身体和灵魂,锻炼我的意志。唯有这样,在每个如墨般的夜晚,我才不会感到害怕。

记得那天,我和好友驱车前往海鸥岛看海,天空有点灰蒙蒙的。在车上,好友就提醒我,这就是大海的边缘;还告诉我,这只是一个港口而已。可能是因为天气的关系吧,我看到的海水并不是蓝色的,它居然有点淡淡的黑,和天空的颜色很接近。好友说,如果天空是蓝色的,那么海水也会是蓝色的。

没多久,我们终于来到了海鸥岛的中心。其实,我老早就闻到了大海的气息,这种味道居然很甜。

　　整洁而又宽阔的路面上,行人和车辆稀少,只有路旁不知名的花草开得特别热闹,它们把花苞或是花朵高高地举在头顶,似乎在和远道而来的客人打招呼。刚刚下车,天空就像憋了半天的孩子,终于哭了起来。我撑开雨伞看海,大海就那么坦荡地呈现在我眼前。它裸着庞大的身子,皮肤有点黑,那不断涌动的水纹,构成它苍老的年轮。我不知道大海经历过多少风吹雨打以及岁月变迁。滚滚红尘中的人们,来了又去了,去了又来了,而它依然在这里守望着,等候每一个和它有缘的人。

　　海边的石头,被海水冲刷得很干净,我选了一处稍高的石头坐下来。好友不顾雨水的干扰,为我拍了好些照片。脚下的细沙早已被海水浸湿,我抓起一把放在手心里揉搓,一边揉,一边让它们自然地从手中掉落。遗憾的是,这里虽说名叫海鸥岛,我却始终未曾见到海鸥飞翔。它们都躲到哪里去了呢?它们是不是不欢迎我呢?而我,是多么喜欢和羡慕它们呀!我羡慕它们能够在海天之间自由飞翔,我羡慕它们能勇敢地跟风雨搏击,我羡慕它们不论飞得多远总能找到自己的家。海鸥呀,你们不知道吧,你们经常在我的梦里出现;而且,在梦中,我也变成了一只结实的海鸥,跟随你们在海天之间高高飞翔,冲破重重迷雾,接受风雨的洗礼,洗净自己的灵魂。今天,当我来到海边时,我多么想看到你们,多么想听听你们纯净的声音,我还想问问你们,在这一望无垠的海面上飞翔,到底累不累?

　　海浪一波波地袭来,我闭上眼睛,它们竟然钻入我耳朵里嬉闹不已。我蹲下来静静聆听,此时,海浪又像是一个孩子,开始向我诉说着它的无助和脆弱。我不敢听得太久,它哭泣的声音让我感到害怕。它居然说它的朋友已经越来越少,它说它很孤独。当人类的渔船驶到海面时，它就会感到害怕，就会颤抖不已。它一声声地拍打着岸边，似乎是在呼喊，在求救。可怜的孩子！除了安慰和祈祷，我还能为你做些什么呢？因为拿我而言，总会有些人或事在不经意间深深地伤害了我。但除了忍受和等待，我也无路可逃。不过，我还是告诉你吧，不要害怕，你看，我这被雨水淋湿的衣服，不是被自身的温度烘干，便是被太阳晒干——难道不是吗？

　　终于，我们离开了海鸥岛。是的，我并没看到海鸥，可我又分明看到了海鸥，因为它们一直顽强地在我心里飞翔。

公交车上的玫瑰花

那天，十多年未见的同学从外地来长沙办事，她打电话给我，说约我晚上一聚。说实话，接到电话的那一刻，我心情很激动。多年来，因各自忙于生活，我跟同学的往来不多，有同学想着我，怎能不令人高兴呢？

离约定的时间还早，我却想快点见到老同学，于是，提前两个小时便出发了。这时，站台边已站满等车的人，有的人焦急地向来车的方向眺望，像是在盼望久未见面的爱人；有的人则低着头淡定地玩着手机，仿佛这喧嚣的人世和他没有半毛钱关系。只有路旁卖小菜和水果的商贩们在努力地吆喝着，以期卖出更多的小菜和水果。我发现，他们黑瘦的脸上写满了岁月的沧桑，那流在皱纹里的汗水，已汇成一条永不枯竭的小河，流向灵魂深处。

大约半个小时后，车来了。车门打开的那一刻，我发现下车的人很少，整个车厢里都站满了人，但我还是挤了上去。老实说，要不是人太多，我真的愿意坐公交车。你看啊，车厢里干干净净，没有果皮纸屑，温度适宜的空调、司机善意的笑容，都令人感到无比舒适。

这时，一抹红吸引了我的眼球。仔细一看，那是几朵火红的玫瑰花，在素净的背景中格外显眼。玫瑰花上还有水珠，看起来娇艳欲滴。玫瑰花的主人是一个头发很短的女孩，她被一个帅气的小伙子抱着坐在靠窗的位子上。女孩苍白的脸和火红的玫瑰花形成了鲜明的对比。这一定是恋爱中的情侣吧？我想。曾经我是多么希望收到娇艳的玫瑰花啊！哪怕只是一朵也好。但是，直到现在，我还未曾实现这个愿望，真是让人遗憾。想到这里，我不由得羡慕起这个女孩来。车上的乘客上上下下，我都没太注意，也不需要太注意。你说不是吗？每个人要去的地方都不一样，我们都是这滚滚红尘中的匆匆过客。

　　这时，只听到车门一响，一个七八十岁的老者上了车。他满头银发，提着一袋东西，颤颤悠悠地站在我旁边，扶着扶杆的手极干瘦，像较大的鸡脚杆子，暴露的青筋像蚯蚓在爬动，我甚至感觉他的手在微微发抖。我想，如果我有座位就好了，就可以让给他坐。

　　突然，一个温柔的女声响起，爷爷，来，坐我这个位置吧。话音刚落，那手捧玫瑰的女孩便要起身，但是，她两次都没能成功地站起来。

　　这是为什么呢？

　　原来是小伙子的手紧紧地抱着她的腰，就像蛇紧紧地缠住猎物一样。此时，小伙子的脸上露出不悦的神色。难道他不想女孩给老者让座吗？顿时，乘客们都投来不解或鄙夷的目光。甚至有人还说，现在的年轻人，不懂得尊老爱幼——现在你给别人让座，等你老了别人也会给你让座的。还有人竟然直率地说，妹子，这个小伙子的人品不太好，快跟他分手；否则，你会吃亏的呢。听到这样的话，小伙子的脸上一阵红一阵白，而女孩的脸呢，就更白了。

　　几分钟后，大家对于让座的事已不太关注了。突然，那个小伙子站起来对老人说，爷爷，你请坐吧。大家的目光又像火一样亮了起来。

　　此刻，女孩的眼里闪着泪花，哽咽着说，都是我不好呢，是我连累了你！你明明知道我的病治不好了，还是义无反顾地跟我结婚。今天，是我们的结婚纪念日，你送我玫瑰花，我真的好高兴。但我想到你为了筹钱给我治病，打三份工，每天只吃两餐，我的心就好疼。今天，你连续工作了二十个小时，又没有吃午餐，就是为了省钱给我买花。我不要，你说，这是我第一次给你送花，也可能是最后一次给你送花了。我知道医生对我宣判了死刑，说我的生命只有三个月了，也就是说，只有短短的九十天了。女孩越说越激动，苍白的小脸有了一丝血色，呼吸却有点困难了。她接着说，本来，我不应该在这样的场合说这些话的，但是，我不知道我能不能熬过九十天了，因为我感觉自己随时都有可能消失。我很害怕，所以，今天说了出来，我也就安心了。女孩说罢，和小伙子相拥而泣。

这时，坐在座位上的男女老少纷纷站起，争着要把位子让给他们。

我快到站时，这对年轻夫妻也下车了。我目送良久，那火红的玫瑰花在人流中是那么的耀眼，像一颗跳动的心脏，在向世人诉说他们的爱恋。

火车轨道旁的租房

小时候,我最喜欢去外婆家了。因为,外婆家离火车轨道不远。看着像长虫一样的火车徐徐远去,我的小脑袋里,就会冒出各种问题。火车上都坐些什么人?他们要到哪里去?车上有像我一样的小妹子吗?如果有,那她就太幸福了。每次,我总是等到火车不见了,还在呆呆地望着远方。小时候的我,竟是如此迷恋火车。也许,它带给我的是一种未知的神秘感吧。

而现在,我租住在火车轨道旁,日夜都能看到火车,我的心情却很难高兴起来。因为火车总是轰隆而过,它会令我在深夜惊醒,也会令我无法静下来看书、写作。有那么一段时间,我的情绪极度低落,甚至想着要换租房。

直到有一天,妹妹带着十岁的小外甥来我家,刚走到门口,恰好有一列火车经过,小外甥立即欢呼起来,妈妈,快看,姨妈这里还有火车,我也要坐火车,我长大了还要开火车。看着小外甥那副兴奋的样子,我仿佛看到了当年的自己。那晚上,小外甥一直站在窗前,看着一列列火车呼啸而过。我不知道他在看什么,也不知道他看到了什么。但是,他的情绪一直很高,不断地说,火车跑得好快呢,车厢里坐满了人,还有黄黄的灯光。

从那以后,我竟然学着小外甥的样子,仔细地去观看火车。不过,我不是站在窗前看,我躺在床上便能清晰地看到火车轰隆而过。当然,此时我看火车的心情,跟小时候是大不相同的。确切地说,我并不是真正在看它,更多的是在沉思。有时候看书累了,我就闭上眼睛,聆听火车离去的声音。我在想,火车每次开动,都意味着开始和离别,这不像是我们的人生吗?——每天都在经历着新的开始,以及不得已的离别。

听久了火车轰隆的声音,我从内心里慢慢地接受了它。有时,它就像闹钟,提醒我该做什么;有时,它还是我的"稳心宝",在那些孤独的夜里,有了它,就仿佛有很多人与我同处,我就不再感到孤单和害怕了。

租房的旁边,种有茶树、樟树、月季花以及竹子,因而这里成了鸟类和小猫小狗的天堂。那些不知名的鸟,总是在每个清晨欢快地叫着,一点也不害怕火车驶过的隆隆声。或许,在鸟的世界中,这也是一种美好的声音吧。有时候,鸟们双双站在树枝上,互相梳理着羽毛,不时地鸣叫几声,把心中的喜悦喊出来,它们不需要人类懂得——这个世界不只是属于人类。那些慵懒的小猫呢,不仅在我的租房前大摇大摆地走过,还在树林里以及火车轨道边慢慢转悠,像农人在查看自家的麦田。让我害怕的是那条大黑狗,它背上的一撮毛发不知怎么被烧了,露出红白相间的皮肉来,让人不敢细看。它大概把受到伤害后的愤怒,都集聚在凄冷而阴郁的眼睛里,所以每当我路过它时,它就会把令人恐怖的眼神投向我,并对着我大叫,似乎我就是那个伤害过它的人。

租住这里没多久,新鲜感就让位于各种压力了。表面上坚强的我,会在某个夜深人静的时候哭泣。为了不影响邻居,我会蒙头大哭,但还是会有声音;于是,我便选择在火车驶过的时候放出哭声来。因为火车可以把我的哭声掩盖,也可以把我的忧伤毫不犹豫地带向远处,抛弃在某个不知名的地方。

我的楼下,住着一对老夫妇。他们在楼梯转角处摆着个小摊子,卖些饮料、面包以及麻辣串什么的。男的大约七十几岁,满头白发,一口外地腔。我去买东西,总是要说好几次,他才听得懂。

如果正巧火车经过，轰隆隆的声音便会打断我们的话。女的呢，比他小一两岁吧，每天拿着尼龙袋子，捡矿泉水瓶子和废纸壳。有时候，我看到她的眼睛红红的，似乎受了委屈；有时候，她那布满皱纹的脸上又堆满了笑容。出于好奇，某天我看到她从门前路过，便跟她闲聊起来，这才得知她家的一些事情。

原来，他们唯一的儿子是个消防战士。在一次火灾中，为了救一名孕妇，牺牲了自己宝贵而年轻的生命。他们老来得子，儿子牺牲时才二十三岁，而且也谈了女朋友，女朋友的肚里还怀着她儿子的骨血。说完这些，她泪如雨下，佝偻的身子微微颤抖。

看到此景，我埋怨自己的冒失，不停地说，对不起，惹您伤心难过了。

她揩了揩泪水，小声地说，没关系，我儿子虽然走了，但是，他是为了救别人而死的，所以他永远活在我这个母亲的心中。

听罢，我的泪水也禁不住流了下来。

这时，火车轰隆隆地开过来了，那声音中似乎也含着敬佩和悲伤之情。

闹市中的睡莲

在湖中或河里见到睡莲,那是最正常不过的事了。

可是,在那个秋阳高照的早上,我却在闹市中的大缸里见到了睡莲。

看到这口大缸时,我极其惊讶,它似乎有点像司马光砸的那口缸。而且,我看到它纯属偶然。你说,我为何大清早跑到闹市去看一口缸呢?我是没事做了吗?其实,我的事情多着呢。譬如晨读,譬如做美梦。

原本,我是要去买鞋子的。

街道两旁的服装店还没有开门,我却一眼就看到了心仪的服装。透明的玻璃门,暂时把多彩的服装和人间烟火隔开。我在门外停留了几秒钟,是那商标上的价格促使我快速离开的。其实,我当时有种想法:即使我买不起,试试也好;最起码,自己又会多一个奋斗目标。但是,就是这样一个简单的想法,在那个早晨,我也未曾去实践它。

我走到一个平缓的坡处,映入眼帘的是一口大缸,它在晨光里格外显眼。大缸那黄黑的表层上,有一条很大的裂痕。裂痕处,粘有一些白色的东西——或许是修补用的黏合剂吧。那些细小的裂痕,在白色黏合剂的加持下,居然像极了一朵朵冰花,散发出晶莹的光芒。如果站得稍微远些,它们又像是高原上的雪莲花,悄悄地盛开在这喧嚣的闹市中。这些"冰花、雪莲花",瞬间又把我带回了曾经生活过的高原。我久久地站在缸边,沉思起来,忽然,又笑起来。如果路人看到我这些莫名其妙的举动，是否会把我看成神经病呢？

我围着缸子转了几个圈，眼睛被缸里的几株睡莲吸引住了。那几株睡莲仰着大脸庞盈盈笑着，翠绿的叶片生机勃勃。没有风，睡莲就这样静静地在水里浮着，犹如熟睡的婴儿。靠近大缸的裂缝处，一朵粉中带白的莲花探出头来，好像在欢迎我这个贸然而至的客人。望着这娇艳的花朵，我不由得生出丝丝的怜惜来。让我佩服的是，在无数的灰尘和尾气中，在各种嘈杂的声音中，它们竟能保持这种安静的状态，没有丝毫的浮躁和不安。同时，我又感到不可思议，来来往往这许多人，为何人们独独就忘了这美丽的花朵呢？

我很好奇，在这样的闹市中，是谁把睡莲养在大缸里的呢？是店铺为了招徕生意吗？或者说，这些睡莲关乎他（她）的一段刻骨铭心而又凄美的爱情故事？我明白，正确的答案我是无从获知的。当然，我也没有必要晓得它的来龙去脉。世上的某些物事，还是让它保持一点神秘感为好。看着看着，我竟又生出一种奇怪的想法来，要是我也能变成一朵睡莲那该有多好！安静、沉稳，默默地打量这个世界，也用自己的姿色给生活添彩。或许，每个人的心中都有一朵睡莲花，唯在某个特定的环境下，它才能散发出醉人的清香。

闹市中的睡莲，又像是一尊菩萨，在时刻提醒着人们，即使生活再忙再累，也要活出自己真实的色彩来。

一杯咖啡

头一回,独自去咖啡店喝咖啡。

夕阳正好,跟随着我一同进了咖啡馆的大门。这让在异乡的我,突然有了一种温暖的感觉。

刚一落座,老板娘便满面春风地问我需要什么。我点了一杯现磨原味咖啡。对于我来说,一杯原味的咖啡即可,永远都是最真的样子——你爱或不爱,我就在这里,寂静欢喜,默默等待。升腾的热气时而在杯中徘徊,时而如烟雾般飞向天花板。任凭小匙如何搅动,那烟雾始终不温不火、不离不弃,一切是那么的自然,那么的默契。我只加了少量的白糖,因为酸甜苦辣是人生的原味,只有一一尝过,才是丰富多彩的人生。

和老板娘聊天,我得知了她的一些故事。在说到她老公的时候,她眼里有泪花在打转。她可能察觉到我的目光了,低下头,悠悠地说了起来。

几年前的冬天,她老公下班回家,为救一个十多岁的小女孩,永远地失去了双腿。肇事司机逃逸,至今没有破案。获救小女孩的家庭极度贫困,拿不出医药费,捉来一只下蛋的母鸡之后,就再也没有见到人了。在巨大的经济压力下,她只得把刚买不久的新房廉价卖掉。仅仅几个月的时间,她仿佛过了几年,人也像老了好几岁。父母见她这样心疼得不得了,劝她离婚。她不为所动,说只要老公还有一口气,她就永远不会放弃他。两个嗷嗷待哺的孩子,一个躺在医院失去双腿的老公,她的天空阴云密布,生活苦闷得犹如一杯最浓的黑咖啡。

  后来，在娘家的资助下，她开了这家咖啡店，取名叫"在路上"。也许，一个人在异乡打拼，带着思念和牵挂，只有"在路上"才有希望和未来。其实，人生何尝不是这样？！只有不畏艰险，勇于挑战自己，才能在路上遇到精彩的自己。我想这也是她内心深处的声音吧！

  这时，门被轻轻地推开了，进来一男一女，穿着情侣装，灿烂的笑容，充满爱意的眼神。老板娘的脸上，瞬间显露出一丝笑意，与刚才的神情有着很大的差别。我不知道，她是被热恋的气息感染，还是因为来了生意。她的笑容荡漾着，如同咖啡里加了一点糖，有了丝丝缕缕的甜意。

  一首老歌《美酒加咖啡》响了起来："美酒加咖啡，我只要喝一杯，想起了过去，又喝了第二杯……一杯再一杯……"我希望老板娘的生活里，不仅仅只有咖啡，还能快点品尝到美酒的滋味。

  一杯咖啡，驱走了我的孤独，同时也带给了我些许的感悟。每一个看似光亮的人生，苦与甜都相伴相生。离开咖啡店时，外面已是华灯初上，望着闪烁的霓虹灯，我情不自禁地张开双臂，想要拥抱这五颜六色的小星星；却不知自己，早已被夜色拥抱着。"在路上"那块招牌，不断地变幻着颜色，好像在说，你永远不知道生活中下一秒会发生什么。

  转身的时候，我竟然闻到空气中弥漫着淡淡的清香。

书香

我一直觉得书中有香气。或许，我是喜欢那种油墨的味道吧！

每每有了新书，我会立即把手清洗干净，以免手上的汗水和脏东西把书本弄脏，然后再轻轻地打开书本，低下头，闭上眼睛，细细去闻那淡淡的书香味。那种感觉实在太美妙了，就像久居地下室的人，突然得遇阳光，整个人都变得格外精神了，充满活力了。

记得读小学时，我省吃俭用买了一本《小溪流》，偷偷地把它藏在衣柜里，等父母出去劳作时，我再悄悄地拿出来看。一次，看得入神，竟然忘记了最重要的任务——带弟弟。两岁多的弟弟不知何时跑了出去。等到天黑时，父母才在猪栏边找到脏兮兮的弟弟，那天我吃了平生难得一吃的"笋子炒肉"。不过，这顿打我自己也觉得一点不委屈。弟弟白嫩的小脸上，被蚊子咬满了"红包"，让人看着就心疼。那天，弟弟脸疼，我的屁股疼。不过，最让我难过的是，父亲在盛怒之下，撕碎了我心爱的书。"笋子炒肉"那么"难吃"，我都没吭一声；看着心爱的书变成碎片在空中像蝴蝶一样飞舞，我哇的放声大哭起来，晶莹的泪珠滚落，打湿了地上的那些碎片。此时，我多么希望泪水变成胶水，把碎片粘起来。我甚至还想，要是我有魔法就好了，在父亲伸手要撕碎它们的时候，立马让它们隐身，或者变出很多很多的《小溪流》来。那个晚上，我的双眼因为哭泣肿得像桃子一样，泪水还打湿了我藏在枕套里的两毛钱。我的屁股火烧火燎的，整个晚上只能趴着睡。父亲还罚我不准吃晚饭，可怜我的肚子空空如也，饿得咕咕直叫。那种又饿又痛的煎熬，算是给了我儿时最深刻的一个教训。

此后的岁月里，不管我身在何处，书香一直伴随着我。

记得那年，我决定去书店上班。其实，书店的工资并不高，我之所以去那里上班，只是为了看书，我想利用空闲时间去看各种书。

书店的规模在我们那个县城算比较大的了。但我去填表时才被告知，文具用品区的老大姐回家张罗喜事去了，辞了工作，要我先临时顶上这个缺。我进退两难。最后，看着那一排排书架上摆满的各种书籍，我心一横，在合同上签了名。不知什么鬼，文具用品区的生意那些天出奇的好，每天补货、整理、搞卫生什么的，九个小时的工作时间都不够用，我根本就没有机会去书架前拿书看。

有一天，趁着还没有顾客来，我像小老鼠一样，一下子钻到图书区，匆匆忙忙地拿起本书来就看。不知过了好久，我那个区域围满了顾客，好像还有人在问笔记本的价格。我便一边答应着，一边拿着书跑向柜台，心想，看完后再偷偷地送回原处。我却不知道，精明的经理在这个角落里也装了监控，我的一举一动，都记录在监控里了。那天下班后，我被经理叫去训了一顿，说员工不准看书啦，怕把书弄脏了啦，书页翻卷了会影响销售啦。又说，要把所有的书，都用透明纸包装起来。总之，她说了一大堆，有很多话我都记不得了，也不想去记。此时，我心里想的是，以后要怎样才能看到书，而又不被经理知道。

一个星期后，机会终于来了。

那天，来了很多新书，由于货架有限，一部分书要放到我所在的文具区。我暗暗高兴，好像是捡到宝一样，竟然还跑去帮他们抬书。别看那些书四四方方一小捆，却重得像铁秤砣一样，我的手都被勒出一条条深深的印子，但我却一点也不觉得疼。

从那之后，我时不时提个大篮子去仓库里补货。其实，我是在那里偷偷看书。仓库很矮,是个阁楼,拿货时要低着头,不然,撞上横梁脑壳就遭殃了;所以,看书也只能坐在楼板上看。还好,那些刚来的新书,有很多还没有包上透明纸,这样我就可以随便看了。看完后,再按原样放回。然后,再随便装点墨水啊本子啊,拿去摆到柜台上。我的计谋不错,无人发现,平安无事,我不由得暗暗庆幸。

有一天,分店的同事过来调货,找了半天,也没有找到他所需要的货物,便扯起嗓子喊我,小谢,小谢。我因为正看得入神,一时没有反应过来,等她快走到仓库时,我才反应过来。慌乱中,我的脑壳撞到了横梁,一阵剧痛,然后冒出了一个大包。我顾不得揉搓,径直走了出去,等把分店的同事打发走了,我才长长地舒了口气。不过,整个下午我的脑壳都是蒙蒙的。我想,不会撞成脑震荡吧?我悄悄地跑到厕所里,拨开头发一看,好大的一个包,上面还有红红的血印子,就像"猪血李"。我对着镜子照了又照,小心地把头发盖在"猪血李"上面。

书香弥漫在整个书店,我从书里看到的故事也在我心里生根发芽,我期待它开花结果的那一天,期待果实丰收的那一天。

你说,离收获的季节还有多久?

一尾自由自在的鱼

刚开始看到这个标题时,我就觉得很特别——《着魔的流浪人》,这激起了我的好奇心,我迫不及待地阅读起来。我想知道,究竟是什么原因使一个人疯狂地流浪。

小说成功地塑造了流浪人伊万这个人物形象。他的人生道路虽然坎坷,但他却没有屈服于生活的磨难,相反,每一次危机,都给他带来了新的精神动力。他从一个心地仁慈的普通农奴,最后变成能够自觉为他人利益献身的民间壮士。

看罢这部小说,我感觉自己像一尾鱼,自由自在地在大海里游弋。其实,小说自始至终都是主人公一个人在叙述。那种感觉,就像邻家大哥在给小妹妹讲述故事一样。他抛下的每一个故事,都像我们在空气清新的大山里捡到的菌子,每走一步,你都能遇到惊喜,因而心存期待。

印象最深的是,当格鲁莎痛苦地对伊万说,你杀了我吧,我的亲人。伯爵老爷竟然抛下我和腹中的孩子,去和别的女人结婚。他不知道,我才是最爱他的人。在这个世界上,再也不会有谁会像我一样那么爱他。我想在他们的婚礼上杀掉他们,但是,我的良心并不允许我这么做。所以,我很痛苦,我只有结束自己的生命。

毋庸置疑,能够说这样话的格鲁莎是善良的,伊万同样也是善良的。他喜欢格鲁莎,又怎么舍得亲手结束她的生命呢?何况,格鲁莎的腹中还有伯爵老爷的孩子。伊万陷入深深的痛苦之中,可面对格鲁莎的苦苦哀求,最终,他抓住她,把她从陡峭的岸边,轻轻地推入河中。

　　看到这里，我的心灵受到巨大的震撼。这种纯真而执着的爱情，既让人潸然泪下，又发人深思。美好的爱情固然让人留恋，可为了一个无情无义的负心汉而舍弃宝贵的生命，未免太过于悲壮了。这让我想起网络上一位美丽的女大学生，因为所托非人，而选择服药自杀，把无尽的伤痛留给了疼爱她的家人们。爱情，美好的时候可以治愈一切；可怕起来，亦可毁灭所有。有人说，没有经历过刻骨铭心的痛，就不算真正谈过恋爱。我想，要使爱情长久，双方都要有爱与被爱的能力。

　　主人公伊万做过很多事，吃过不少苦。他会赶车、看马，甚至还帮别人看过孩子，等等。就拿看孩子这件事来说吧。他的男雇主要他帮忙照顾一个小女孩，开始他并不愿意，说这是女人做的事。由于雇主身份特殊，伊万最后还是屈服了。雇主妻子另有所爱，却又舍不得小孩；于是，试图带上小孩和情人远走高飞。善良的伊万背叛了雇主，跟着雇主妻子等人再一次踏上了毫无目的旅途。伊万的选择是对的，但是，他同时也选择了再一次漂泊无依的生活。我不知道，现实生活中是否有类似伊万这样的人物存在；但我却非常明白，做伊万这样的人是需要极大勇气的。

　　那么，由此可以想到，当一种稳定而舒适的生活摆在你眼前时，你就像那掉进糖水中的小虫，想要挣扎出来是很难的。我甚至有理由相信，包括我自己在内的许多人，很难做到放弃眼下的生活，去走那茫然的未知的道路。

　　伊万的每一个故事，都充满着血泪。如果将之画成一幅画，那将是一幅惊世之作。伊万走在苍茫无边的黄沙中，偶尔会看到救命之泉，也会遇到生之亮光，它们诱人却遥远。而可怜的伊万，为了自己能够活下去，也为了他人的利益，唯有努力地向前。

　　伊万的故事漫长而痛苦，我既想在这故事中找寻生存的勇气和智慧，又想这个故事快点结束——因为伊万的遭遇已让我感同身受。所以，我希望自己像一尾鱼，能够快乐地游走在浩瀚无边的大海里。

电梯里的味道

在我看来,电梯也是个充满烟火味的地方。

它像一个小小的世界,将生活的气息短暂地保留在里面。所以,我常常从电梯里闻到各种各样的味道,像香烟味、食物味,以及动物身上的异味。当然,还有香水味和脂粉味等等。

生活在高层建筑里的人们,电梯成了必需品,不但是因为它快捷、省力,还因为它带给人安全感。在这里,人们在盯着楼层数字的同时,还能和邻居打声招呼,或者说上几句话。这有限的空间,既让人努力保持着距离,又使人不得不有所接触。

随着电梯的运行,走出电梯的人们会把各自的味道留给仍身处其间的其他人。不管这种味道让人有何感受,它都努力地存在着,像个赖皮客。电梯坐久了,味道闻得多了,在交谈中得到的信息就更多了,楼上楼下的邻居自然就熟悉起来了。

淡淡的药香味,是五楼的李嗲嗲身上散发出来的。李嗲嗲今年七十岁了,满头白发,远远看去,像头上顶了一坨巨大的棉花糖。他老伴早几年去世了,唯一的儿子又远在美国,而他的身体,不是这里出毛病,就是那里出问题,搞得他经常唉声叹气。他说自己得的是"孤单寂寞病",要是老伴还在,儿子能够陪在身边,他或许就不会生病了。而现在呢,常年陪伴他的就是那个插电的药罐子,以及让人烦躁的药味。你说可不可怜?有时候,看着电梯里有说有笑的父子,他就羡慕得要死,浑浊的眼睛死死地盯着人家,像蜜蜂看到花朵,恨不得电梯永远不要停下来。

如果实在憋烦了，不管什么时候，他就打电话给远在美国的儿子。儿子工作很忙，话说不了几句，就要挂电话。他急得要死，可是也毫无办法，只好在挂断电话的时候发几句牢骚而已。但这又能怪得了谁呢？儿子多次要他去美国养老，他却说人生地不熟，语言又不通，不习惯。儿子又给他找了个保姆，他却又嫌家里住着陌生人不习惯，找个借口把保姆打发走了。

有时候，李嗲嗲也跟小区里的老友聊聊天，以打发这漫长的时光。但常常是老友已经回家了，他还坐在石凳上，像个流浪的拾荒汉，用一双带血丝的眼睛，茫然地盯着身旁的花草。白天还好打发，一到晚上，李嗲嗲就辗转难眠，忧郁的眼睛望着窗外，连夜空中皎洁的月亮和闪烁的星星都让他烦躁和讨厌。他甚至还把电梯当成他的私人工具，上去下来，下来上去。其实呢，他屁事没有，只是为了排遣寂寞——希望能碰到人，能说上几句话。

大家都知道李嗲嗲的情况，只要他在电梯里，总要主动地和他聊几句。因此，电梯里常常能看到李嗲嗲的身影。也正因为如此，电梯里经常飘着淡淡的药香味。其实，大家既期待能在电梯里碰到李嗲嗲，安慰他几句，又希望他能找个老伴，愉快地度过余生。

印象最深的是，有天天气很冷，我赶着去上班。刚洗过头发，还没完全吹干，我就急匆匆地走进电梯。电梯中竟有股浓浓的香烟味——尽管明文规定电梯里不能抽烟。我旁边站着一个奶奶，抱着她三四岁的孙女。挨着她们站着的，是个二十多岁化着浓妆的妹子。她身上散发出强烈的香水味和脂粉味。此时的我，好像置身于某个香水店，或生产化妆品的车间。突然，小女孩对我说了句，阿姨，你的头发好香啊！我忙笑着回答，谢谢小妹妹，你好可爱呢！小女孩的奶奶见状，对孙女说，快叫阿姨好。小女孩顺从地喊了我，又朝那个妹子喊了几声。不知道怎么回事，那个妹子始终板着脸，没有丝毫反应。小女孩的奶奶顿时觉得特别尴尬，抱着孙女亲了又亲。后来有几次,我又碰到那个妹子,她一律是面无表情,冷得像雪山上的积雪。我不知道她经历过什么,但我希望某天能够看到她的笑容。

那天,电梯门刚打开,一条穿着花衣服的宠物狗,响着铃铛走了进来。也不知道是怎么回事,它不对我吼叫,而是紧挨着我的脚站定,把毛茸茸胖嘟嘟的身体朝我身上蹭。明明知道它没有恶意,我还是朝里面挪了挪脚。几年前,我被狗咬伤过,伤疤现在还隐约可见。也是从那时起,我对狗有了恐惧心理。狗主人是八楼的玲兰,扎着麻花辫。辫子往上翘着,每隔一厘米便系一组五颜六色的花皮筋,像条可爱的小花蛇。电梯门一开,狗马上夺门而出,玲兰快步跟上,留下了几根脱落的狗毛,还有淡淡的异味在电梯里飘浮着。

电梯里,当然还有外卖小哥带来的饭菜香味。每次,看到他们焦急而疲惫的面容,我心里就生出深深的同情。电梯即将开启或者关闭时,我总是礼让他们。他们穿行在城市中,顶着风雨,尝尽世间滋味,却把最温暖的笑容留给了他们的顾客。

电梯像个魔法师,他总是让自己不停地变化着味道,而这些味道,总是能给人带来希望和温暖。

夜色如水

没有星星的夜晚,我就会把高楼里的灯光当成星星。看着五颜六色的灯光,我的思绪便会满世界飞舞。

有时,我觉得那闪亮的灯光,像刚出生的婴儿,它们是那样柔和而明亮,用纯洁的双眼打量着这美好而丰富的人间。

而此刻,一场没有排练过的大戏正在悄悄上演。一架飞机正在轰隆隆地划过天际,把模糊的剪影抛弃在夜空中,像艺术家创作时遗弃的手稿。

小区的亭子里,坐着几个大爷和大妈,他们唱歌的唱歌,拉琴的拉琴,各司其职,把人生中的风雨,变成琴声和歌声。这歌声和琴声,时而高亢悠远,时而低沉婉转,以至于小区里的花草和树木都被感动了,在微风中纷纷抖动着身子,它们在用这种特殊的方式表示赞许。

亭子的对面,是个小卖铺。小卖铺的主人是对年轻的夫妻,他们来自邵阳。他们都不到三十岁,男的高大帅气,女的温柔贤惠。由于他们的态度很好,生意便比一般的店铺要好。

他们在店前放了几张椅子和桌子,桌子上还放着免费的茶水和餐纸。即使你不买东西,也可以去坐坐,喝口茶,聊聊天,他们两口子也会用笑脸欢迎你。于是,他们的店前经常座无虚席。有老头老太太散步累了来此歇脚的,有忘拿钥匙来此等人的,还有感觉孤单来此凑热闹的;甚至还有几个兴致很好的棋友,借着昏暗的灯光在那里专心厮杀——那个架势,像是不分出个你死我活来绝不罢休。

一对老头、老太太依偎着,布满青筋和皱纹的手,自然地相握着,像他们谈恋爱时一样。老头微胖,脸上长满了老年斑,而那双充满爱意的眼睛,却依然明亮——此刻,正满脸微笑地望着身旁的老太太。老太太呢,清瘦,满头的银丝,远远看去,像个巨大的蚕茧。

靠近树木阴影的地方,坐着一个年轻的小伙子,满眼忧郁,望着树叶一动不动,好像生了根一样。也许,他很孤单吧,只是来这里感受短暂的温暖;又或许,他工作上遇到了难题,正在想办法解决;再就是,他在等他心中的那个人,等着她快点回到他身边。不得不说,这种等待是幸福的,至少,他心中还有希望;当然,也可能是痛苦的,等待中的每分每秒,都像有虫子在啃食他的心脏——血流出的时候就像有映山红在盛开——而他却毫无办法去阻止。

小卖铺旁边的坪里,有几个少年在玩滑板车,他们时不时发出的惊叫或者欢笑声,在小区的上空久久回响。他们年少的身体像一枚陀螺,在小区的各个角落里不停地旋转——不知会在哪一秒停留,就像这无法预知的人生。

三楼的窗帘,被两双手拉来拉去,拉得不严时便会露出两张愤怒的脸。很显然,这对夫妻正在吵架。他们的尊严,不允许他们高声大叫;因此,争吵声明显带有压抑的味道。

但即使他们压抑着声音,人们还是能听见几句。

男生说,我每天累死累活,还不是为了你和孩子?

女生颤抖着回道,整天看不到你的人,我像结了个假婚,要钱又有什么用?

男生答,不赚钱,你喝西北风去?

女生不语,抽泣声越来越大了。片刻后,只听到嘭嘭的响声……

熄灭的灯就像老去的人——时间到了,没有光了。

说到底，我们都是滚滚红尘中的过客而已，只是我们的情感太过丰富，想得太多，所以我们痛苦。我们来时没有带来过什么，走的时候也带不走什么，唯有这一生的酸甜苦辣是属于我们的。

　　此刻，一切都静下来了，人们也开始酣睡了。只是有些人会醒来，而有些人则会一直沉睡下去。

隔壁的声音

凌晨一点多，隔壁时常会传来青年男女的说话声。这对于某些人来说，应该是一种骚扰；但对于我来说，却是一种享受。因为我总是睡不着，听听他们讲话，就像是在听故事，听着听着我就会慢慢地进入梦乡。

某天晚上，我正躺在床上欣赏难得的月色，隔壁又传来说话声，虽然声音不是很大，但有点磁性，令人忍不住想细听。

女生：我回娘家几个星期了，也没见你打电话来，我打视频你也不接，你是不是有别的女人了？

男生：这段时间公司的事情太多，忙得脚不沾地，哪有时间给你打电话？再说了，我们都同居两三年了，和老夫老妻没有什么区别了，你还这么胡思乱想，有意思吗？

女生：哼，鬼才相信你！现在是手机不离手的年代，打个电话有这么困难吗？你冷落我，难道不是为了要去焐热别的女人吗？以前你再怎么忙碌，每天都有几个电话的，那时你也在做一样的工作啊！

女生话音刚落，男生突然音量放大：你这个女人真是无理取闹！要是觉得我不好，你随时可以走。

短暂的沉默后，一阵压抑的哭声响起。紧接着，是碗盆打碎的声音，砰砰的，简直像是在放鞭炮。在听到反复的关门声后，一切又都恢复了平静，好像什么都没有发生过。原以为隔壁的战争就此结束了，哪想还没有几分钟，那边又传来巨大的吼声，把我吓了一大跳。我还没回过神来,墙壁上便咚咚直响,整面墙壁似乎都震动了起来,我感觉墙就快要塌了。

  我不知道墙壁到底经历了什么,我只知道男生在有气无力地说,你就不能像我兄弟的女朋友那样吗?平常各忙各的,有时间就聚在一起,开开心心的;没在一起就经营好自己,从不猜疑,过好自己的生活。我每月给你两万块的零花钱,你想怎么花就怎么花,打打小麻将,或去购物,或去美容都可以的。难道我对你还不够好吗?

  好?是好,很好。女生咬牙切齿地回道,我是活生生的人,不是冰冷的机器,不是你养的小猫小狗。你去打听打听吧,别人养的猫狗还偶尔搂在怀里睡觉呢。你呢,下班回来,我好菜好饭地端到你面前,服侍你比服侍爷娘还要好,你不是嫌这就是嫌那,摆着一张臭脸。这还算了,晚上睡觉我还没挨到你,你马上就说累死了,话还没说完,就用屁股对着我。一天两天,甚至一个月,我都能理解,可这都半年了,你天天这样,叫我怎么想呢?你天天说累死了,都说了这么久了,怎么还活得好好的呢?我看你就是有别人了。我就是再蠢,也不会蠢到连这个都想不到吧?

  随便你怎么想吧,反正我没有乱来。我要是喜欢上了别人,还会每个月给你两万块的零花钱吗?你也不动动你的猪脑壳想想。男生吼道。

  可能是吵累了吧,也可能是意识到影响邻居休息了,十几分钟后,隔壁终于安静了下来。

  自从吵完这架以后,隔壁就毫无声响了,这让我很不习惯。为此,我让自己像只壁虎般紧贴墙壁去仔细聆听,想捕捉些蛛丝马迹。我郑重申明,我只是听听而已,完全没有恶意。我只是想知道隔壁为什么安静下来了。他们都没有回家吗?他们为什么没有回来?是因为工作,还是因为其他什么原因?还是分手了呢?得不到答案，我感到很沮丧。虽然于我而言，他们只是陌生人，但我希望他们不要吵闹，晚上回家后一起温柔地说说话，或发出开心的笑声，然后一起进入梦乡。

每当夜深人静，只要那些熟悉而又陌生的声音响起——不是吵闹之声——我就会感到丝丝温暖，像寒冷的冬夜围着炉灶喝着热茶。也许我在无意之中，把陌生人当成了家人，只是我自己不愿意承认罢了。又或许是这些熟悉而温柔的声音会化成天使，吞噬我的悲伤和恐惧，让我孤独的灵魂得到温暖和安宁。

古灵精怪的小蜜蜂

初秋的某个上午,我推开办公室的门,赫然看到自己的办公桌前,坐着一个小女孩,六七岁的样子。她脸庞清瘦,皮肤黝黑,单眼皮,一双清澈而又明亮的小眼睛,给人一种古灵精怪的感觉。让人印象深刻的是,她剪着盖盖头,柔软的发丝上,闪耀着一圈圈似水波的光芒,令人忍不住想要去抚摸。

同事小涛说,这是我好友菠萝家的大妹子,今年刚吃六岁的饭。菠萝这两天去外地出差了,小妹子放在老师那里带,全托管;这个大的没地方去,要我帮忙照看两天。我也没有办法,只好叫她陪着我上班。

小涛笑着对小女孩说,风风,这是谢阿姨。小女孩望了我一眼,说,叫阿姨吗?我看叫姐姐还差不多,她看起来比我妈妈小多了。你们不知道,我妈妈皮肤乌黑的,她每天在脸上搽很多的化妆品,才变得白嫩起来了。

这个小家伙还蛮有味道,说话箭直。我要她到旁边的桌子上去写作业,说我要工作了。她调皮地说,我也是来工作的,主要是来监督你们,看你们有没有偷懒。

小涛说,我们的工作不要你管,你只管写好作业就可以了。她这才慢吞吞地从书包里拿出纸笔,装模做样地写起作业来。还没有写几分钟,她就自言自语起来,说着我们听不懂的话,手提着鞋子,在办公室里跑来跑去,简直像个小精灵。时而唱起抖音上的热播歌曲,如"夜夜夜漫长,没有你在身旁,我好惆怅";时而打开智能手表,和小安对话,喂,小安,我好孤独,能和我说说话吗?

我说,风风,你就像只小蜜蜂,老是嗡嗡地叫个不停。

小涛说,她的小名就叫小蜜蜂。

来来来,小蜜蜂,我问你,你唱的都是大人的歌曲,能不能唱一首儿童歌曲?唱完就休息,我们要安静地做事呢。

小蜜蜂一下子跑到我身边,用干瘦得像柴棍子般的手,扯着我的袖口说,儿歌一点也不好听,除了那首"小白兔白又白,爱吃萝卜和青菜"。

还真是怪了,怎么小朋友们都不喜欢儿歌呢?

她唱了几句小白兔,又开始和智能小安讨论起游戏来,嘴巴一刻也不停歇。

小涛实在忍不住了,对着她大声喊,你不要再念了,在家里我那个婆婆天天碎碎念,差点把我念成了神经病;你再这样碎碎念,我就要打电话给你妈妈了。

小蜜蜂嘟着厚厚的嘴唇,不紧不慢地说,我就是要碎碎念,你奈得我何?打电话给我妈——我信你个鬼。说罢,翻着白眼,双腿又开坐在凳子上。

唉,现在的小孩真是不同了。我们小时候看见陌生人连话都不敢说,更别说回嘴了。小涛摇了摇脑壳,叹道。

这时,小蜜蜂又说起大公鸡背小鸭子过河的故事来,说了一遍又一遍,说得小涛向她求饶,你不要再说了,好吗?我等下带你去买冰淇淋吃。我的爷唉,我的命怎么这么苦哦?刚逃离大婆婆的紧箍咒,又来个小婆碎碎念。这日子真是没法过了。看她那个痛苦的样子,就知道她家婆的紧箍咒念得好。

刚消停了一下,小蜜蜂又跑到我们的电脑面前指点起来,仿佛自己是个老理手,什么都在行。一说要她做作业,她就像是聋哑人,不理我们。她一下又跑到小涛那边,把打印机的盖子弄得哗哗响,一下又把凳子当板车拖,地板也发出了痛苦的呻吟。她这样吵闹,就算我们不说她,楼下的人也会来找我们麻烦的。

我说,小涛,你不是要打印资料吗?你现在打印,要她拿出来整理好交给你。她要是不做事,我们两个休想做事了。小涛一听,觉得有道理,便开始打印起来。小涛对小蜜蜂说,你把这些资料叠整齐,叠完了我带你去吃冰淇淋。果然,小蜜蜂不吵了,像模像样地整理起资料来。当然,我们得时不时地给她灌米汤水,表扬她几句。

我说,小蜜蜂原来这么能干,我们都不知道,真是罪过。

小涛说,她经常帮她妈妈做家务呢,真是个好孩子。

事实证明,我们的话起了效果,小蜜蜂很认真地整理着资料,不吵也不闹。

小涛说,菠萝是单亲妈妈,她老公是家里的独苗,却不幸遇车祸身亡。家婆抑郁成疾,不久也去世了。那她公公呢?我问。小涛赶紧接话,公公早就没了,在她老公读初中的时候就因病去世了。她自己的父母年纪大了,身体又不好,老两口天天要药养着。你说,他们自己都想要人照顾,哪里还带得了小朋友?

唉,菠萝的命真是太苦了,如果有大人帮衬就好了。我刚说完,小涛接着说,要是有人帮着她带,我也不会接下这个辛苦活了。老实说,上班带着小朋友来,的确不太合适;但是,看到菠萝那憔悴不堪的样子和那渴望的眼神,我的心又软了。

再看那边,小蜜蜂可能是累了吧,脑壳栽在资料上,似乎睡着了。

晚风吹拂

那晚在单位加班，回家时，小雨落个不停。我看了看手机，快十点钟了。公交车一般开到九点半，看来今晚想花一块四毛钱到家是不可能的了。本来乘公交车是两块钱，用公交卡只需要一块四。我摸了摸口袋里的公交卡，这张卡是我刚来长沙时办的，它已陪伴我好几年了。它就像我的贴身秘书，不管我是坐公交车还是地铁，都能为我保驾护航。

但今晚只得委屈它了。远处，缓缓驶来一辆闪着绿灯的出租车，我招了招手，出租车优雅地停在我身边。上车后，熟悉的乡音飘了过来，妹子，你要到哪里？我仔细一看，司机是个五十岁左右的男人，胖胖的脸上戴着蓝色口罩。可能是因为肉多，此时的口罩就像一床小被子铺在大床上，并不能很好地遮住一切。我快速地报出了地址，司机便打开手机，开启导航。

窗外的雨丝细密，车窗玻璃变得模糊起来。通过后视镜，我看到司机额头上长的一粒花生米大的黑色肉痣，随着车子的颠簸而抖动着——像是要挣脱束缚逃向远方。司机两眼有神，虽不能看到整张脸，但我感觉他是个憨厚的人。

也许是乡音拉近了我们的距离吧，等红灯时，司机和我有一搭没一搭地聊了起来。哪承想，不聊不知道，一聊还真是出乎意料。司机说他姓谢，家住大中。我说我们是家门，并且我们家相距不远，我家是建中的。他听后显得有点惊喜，说没想到在长沙还能碰到这么近的家门。我们又各自报出班辈，我竟然要喊他老爷爷。

他憨厚地笑着说，在外面就不要论这么多了——不论班辈，只讲年龄——如若不嫌弃，你叫我大哥即可。

谢大哥说，他来长沙近二十年了。刚来时，由于收入不高，租住在太平老街的木房子里，虽然不是很方便，好歹也在城里有了落脚之地。他和老婆的文化水平不高，找工作很难，于是便贷款买了辆车，跑起出租车来，一个跑白班，一个接晚班，轮流来。日子虽然过得清贫，倒也充实快乐。他说有天半夜接了个孕妇去医院生产，半路上羊水破了，把他的车后座都弄脏了。孕妇家人见状，硬要塞给他洗车钱，他生死不要。到了医院时，他又帮着人家把孕妇搀进去，看见孕妇痛苦的神情，他心里也莫名地紧张和担忧起来。孕妇家人由于忙碌，忘记付车费了，他便默默地开车走了。他说，我本来也没想要收他们的车费。

我说，你真是个好人。

他回道，车费是小事，孕妇的安全才是大事，换成别人也会那样做的。老话说，变狗都要变成城里的狗，骨头都多吃几个。在城里跑车总比在家里种田种地好，一年到头累死累活，还只是勉强糊口。

我说，生意应该蛮好吧？

他说，还可以，只是人累点，吃饭没有定准。哪个上白班，就在家里做好早餐，早餐通常会多做些，拿个盒子装些放到车上当中饭。有时生意好，竟然忘记吃了，又带了回去。

我说，饭菜不会冷了吗？

他说，夏天吃冷的没有关系，冬天开了暖气，饭菜只要不冰嘴巴就可以了。外面买的吃着没味道。

我知道，那不仅仅是味道的问题，省钱也许才是最重要的。

这时雨停了，外面的灯光瞬间变得明亮了许多。

他拉了拉口罩，又开始说起来。他说，刚来长沙时，地铁线还没有开通，交通没有现在这么便利。马厂那里也是荒凉一片，只见山和茅草，哪像现在这么繁华。小区的房价直线上升，由以前的三四千块涨到现在的一两万了。你别看现在马路这么宽阔整洁，以前两辆车想错车都很困难。

我说，你在长沙买房子了吧?

嗯，买了两套，一套我们老两口住，另一套小孩他们住。

那不错啊，房子都买了两套。我话还没说完，他就抢着说，我在长沙打拼这么多年了呢。不管遇到什么困难，我们两口子都没想过要离开长沙。在这里这么多年了，我们对这座城市有了很深的感情。当时，我们两口子穷得叮当响，跑到长沙来谋生，它接纳了我们。现在，我们在这里生根发芽、开花结果，也算是一种别样的回报吧。

也许是碰到老乡的原因，他的心情变得好了起来，竟然不要我发问，便滔滔不绝地说起来。他说，现在我跑车没有以前那么累了，因为解决了房子的大问题，以及小孩的终身大事，肩上的压力小了很多。现在我一个人跑车，老婆在家照看孙子，我每个月有几千块钱的收入，吃穿不愁。说罢，他用手指着湘江边的一幢高楼说，我的房子就买在那里，把你送回家，我就下班了。

我说，那里的房价有点高呢。

他笑了笑，回道，虽然房价不便宜，但是那里环境好，没事的时候，我就和老婆在湘江边散散步，看看两岸的高楼大厦，望着清幽幽的江水流淌，欣赏江边五彩斑斓的夜色，回味着自己打拼的点点滴滴，也是一种享受。

我下车时，一阵夜风穿过树林，灯光在湿漉漉的树叶上摇曳，发出令人喜悦的光芒。

大山深处

暮春的细雨随着微风飘进车窗,把春季最后的凉意洒向人间。车上的五个朋友你一言我一语,语调随着山路的崎岖程度而不断地发生变化,像美声歌唱家在吊嗓子。

黑色的车子穿行在弯曲的山路中,像暮色中归家的老牛,动作缓慢而迟钝;偶尔遇到平直处,车子便像箭一般,嗖嗖地往前冲。两旁的树木和杂草,齐齐地涌向我们,然后,又像潮水般快速地消退。抬头望高山,是无边无际的绿。它们绿得可爱,绿得纯粹,让人不忍挪开眼睛。那白腾腾的雾气,包裹着树木和花草,不断地变幻着姿态。有时,它们像一张网,把整座高山牢牢地控制起来;有时呢,它们又像调皮的仙女,在跟树木以及林中的小动物捉迷藏。

我不知不觉地闭上眼睛开始遐想,仿佛自己置身于某个仙境之中,整个人立时变得轻飘起来,似乎只要伸开双臂,便能够翱翔在云端。

毛哥开玩笑说,木匠,你那个木瓜村也可以搞个故居,门上挂着"木瓜木匠木屋"的牌子,一定会有很多人去看你老人家的。

老房子都没有了,只有一块杂草丛生的空地了。木匠老实地回答。

我说,木匠住在木瓜的木房子里吃着木瓜,这种感觉想想都觉得很有味道。

木匠一听,脸上顿时涌上了糖色,说,怎么感觉像绕口令啰?

几个朋友都抿嘴笑了起来。

快要到达目的地时,木匠神秘地对我说,到了那里,保证你的灵感马上就会涌出来，马上就能够写出好东西。

到底是什么好地方呢？我在心里暗暗地描绘它的样子。

没过多久，我们便来到了位于长塘乡的萧家大院。

木屋、灰色的瓦片，以及石板上的青苔，瞬间把我拉回了童年时代，一种久违的亲切感萦绕在心头。由于脚伤尚未恢复，我走得很小心，生怕再有钻心的疼痛袭来。也许，这是我有生以来走得最扎实的步子了。细雨飘落，落在青苔上面，青苔显得更水灵了。石板呢，则好像打了一层蜡，变得更加光滑起来。于是，每走一步，我都如履薄冰，不由得在心里暗暗祈祷，千万不能摔倒了。

我像一个蹒跚学步的孩童，摇摇晃晃地跟在他们身后。此时的他们，看到美景便忘记了我的存在，个个高谈阔论，在院子里穿来穿去，丝毫也不在意我这个伤员是否能够赶上进度。

萧家大院第七代主人萧七说，这个院子建于乾隆年间，距今已有二百多年的历史了。这里的主人虽然几经更迭，但院子却完好无缺地保存到现在，真是很不容易。想想那时的场面吧，听说老爷出门坐的是四人轿，很有仪式感。

毛哥插话说，的确，那时的大户人家，老爷出门都是坐轿子的。

萧七解释说，我们祖辈都是心善之人，只是出门时需要轿夫抬一下，路途中没有人时，他就不坐轿了；快要进城时，才又坐轿子。装装样子而已。祖辈们还说，人都是平等的，何必不可一世呢！

毛哥吸了口烟，又轻轻地吐出烟子，似乎若有所思。

女主人很瘦，瘦得像瓦片，我估计风大一点她就会被吹走；头发又很凌乱，像刚从刺蓬里钻出来。此时的她，正在厨房忙碌，老式大铁锅里煮着的土鸡散发出诱人的香味。木板墙被熏成了黑色，像涂了一层黑漆。灶台上，吊着几十块黑黄色腊肉，它们黑得和木板墙一样，在昏黄的灯光下，很是和谐。

虽然已是暮春，但山上的温度较低，再加上下雨，气温比城里要低几度，我感觉有点凉意。于是，我自告奋勇地对女主人说，我来帮你烧火吧！女主人痛快地答应道，好啊。

坐在木条凳上，我尽量不让自己的背靠到乌黑的木板墙上。其实，我也很想靠着木板墙，因为，我也想体会一下那种温暖而舒适的感觉。我往灶膛里加了几根木柴，火力变得大了起来。温暖的火光映照在我脸上，我想我的脸肯定变得红润起来了，像搽了胭脂。我躬身加柴，不时地用铁钳扒扒火屎，红亮的火屎像一道光，直直地照进我心里，一股从未有过的踏实感油然而生。

我想起小时候烧火做饭的情景，那年，我还只有七岁。

我正在出神，毛哥的喊声直撞进来，你快来听萧七讲故事，等下好写东西。要你做的事不做，不要你做的事你又做得尽味。

来了呢！我应声而出，手上沾满了黑色柴灰。其实，萧七有很多话我都没有听懂，又不便打断人家，因此，我只得将目光转向坪里的水龙头。

水龙头哗哗地流着水，白色的水桶里浸泡着鸭脚板（一种野菜），女主人挽着袖子，正在仔细地清洗着。

我抬头仰望四周，雕花的木房子映入眼帘，我仿佛看到从前的萧家老爷坐在八仙桌旁，吧吧地抽着水烟壶，烟子像水袖般灵动，在院子里飘来飘去，直到消失在某个角落。小姐坐在闺房里学习琴棋书画，时有暗香和悦耳的琴声袭来。少爷们正和家丁玩打水仗，嬉笑声响彻了整个院落。

细密的雨丝像针一样，无声地投进女主人的头发里。院墙外，几棵竹子高昂起脑壳，似在窥探院子里的秘密，又好像在守护着什么。

院子右边的石磨，静静地躺在那里，上面落满了灰尘。看来，它早已失去了主人的宠爱，只得无言地诉说岁月的沧桑。

离开时，我再次回望这个院子，它真的像一颗明珠，牢牢地镶嵌在深山之中。

密印寺的足迹

虽然我不是佛教信徒，但是对佛门我始终怀有虔诚之心。不论在哪里，只要看到寺庙，我总要进去拜拜的。

宁乡的密印寺我是第一次来。虽已是初夏，但由于下雨，再加上本来山上的气温就低，我们不免都感到阵阵凉意。随行的朋友穿得少，老是往我身上靠，想以此阻止热量散逸。古朴、凹凸不平的石板在雨水的滋润中焕发出生机。我想，它们应该是欣喜的，是欢迎我们的。因为，我们小时候就曾和它们的同类亲密接触过，甚至还产生了浓厚的感情——那时，我家的大门下就安有这样的条石门槛，它有时是凳子，有时是临时床铺，上面印满了我小小的足迹。它不但承载过我幼小的身体，还包容了我的任性和野蛮。做错事挨父母责骂时，我用尖利的石头在它上面刻画，用粉笔在它上面胡乱涂抹，光滑的条石被我弄得斑痕累累，却从不曾有半句怨言。

当我走在石板上面，我就想，我走过的石板究竟有多少人走过，他们走时是否也有和我一样的感受和心情。这些我不得而知。但是，我知道密印寺创建一千多年来，历经朝代更迭，屡遭兵火，多次重建。让我更为震撼的是，万佛殿中那一万二千九百八十八尊贴金佛像，整齐地排在墙上，那样神圣和庄严。我想，这些佛像应该知道很多人的秘密，也能感知凡人的痛苦和烦恼。

有个叫能远的小和尚，山东人，来这里几年了，穿着布衣，拿着黑色的大伞，很热情地为我们解惑答疑。他说，他们每天要上早课，要念经吃斋。他们一共有十几人，在寺里各司其职。另一个小和尚站在功德箱旁边,把点燃的线香依次递给我们。外面依然雨声不断,不时飘进阵阵冷风,但我们的心里却感到丝丝温暖。线香的清香味在大殿上空弥漫,给庄严肃穆的佛像增添了些许神秘感。

从大殿后门出来,沿阶而上,就能看到金色的高达九十九点一九米的千手观音,雄伟壮观;站在下面看,只见观音如踏莲驾云而来。只可惜当天雨势太大,刚登上几十级台阶,我的裤脚就像染了色,湿透了。拍了几张照片后,看着层层的台阶,我决定等以后天气好的时候,再爬上去近距离感受千手观音的雄伟和庄严。

能远小和尚热情地引导我们往前走,路过油盐石时,我不禁多看了几眼。石头上面有很多小孔,也有一些细小的青苔。能远小和尚说,修建庙宇时,唐朝名相裴休的夫人陈夫人担心人多,油盐供给不足,众人营养不良、精神疲倦,会拖延建庙时日。一老尼引陈夫人来到院内一大磐石旁,老尼爬上磐石,画上两个碗大的圆圈,口中念念有词,瞬间,"轰隆"一声巨响,只见磐石上有两柱碎石片如喷泉般喷向天空,磐石上留下了两个大小一般的石孔,油盐从中溢将上来。老尼对陈夫人说:"此油盐取之不尽,用之不竭,可供寺庙永久享用。"我们沉浸在这个有趣的故事里,不断地向能远小和尚提问,而他总是微笑着解答。

再往前,有个小池,里面是被放生的锦鲤,它们排成一线,在水里欢快地游着,似乎在列队欢迎远道而来的客人。雨越下越大,能远小和尚说,住持准备了热茶请我们小坐。走进客堂,只见里面整齐摆放着几十张雕花的木凳,精致的玻璃杯里装着散发着热气的茶水。对了,小方桌上还摆放着几包豆类小吃。住持微笑着和我们打招呼——这让我有一种似曾相识的感觉。客堂正中间挂着一幅画,画中之人神态自若,慈眉善目中透出几分庄严。我问住持,我可以拜拜么?住持微笑着说,大殿里的佛像拜过即可。这里可拜可不拜,因为这是客堂。出于虔诚和礼貌,离开的时候,我还是拗不过自己的内心,真诚地拜了几拜。

有人说,大拇指上有佛眼的人,跟佛有缘。我两个大拇指上都有佛眼,我大抵就是有缘人吧——看见佛像就想拜拜,想把心中秘密之事毫无保留地告诉佛祖。红尘纷纷扰扰,众生皆苦,如果不想给亲朋好友增添麻烦,向佛祖说说也未尝不可。

离开的时候,雨还在下,天空依然没有放晴,但我心中却充满了阳光,似有一颗沉睡千年的种子,正在破土而出,悄然绽放。

瑞来长沙

和瑞几年没见了，平时偶尔微信联系，也是纯打字的那种。他总是给人一种神秘感，问到关键时就顾左右而言他，敷衍了事。瑞还不喜欢拍照，一看到自己要被拍，就像甲鱼感到危险般快速地将头缩进厚厚的壳里，任凭你怎样威逼利诱就是不出来。这次，他却主动打电话说来长沙工作，让我感到很是意外。

这天下午，瑞打来电话，说在五一广场地铁口见面。我早早地等在那里，一直不停地朝地铁口张望，企图从人群中一眼把高高瘦瘦、戴着眼镜、斯斯文文的瑞搜索出来。十几分钟后，一个帅气的身影闯进眼帘，经过三秒钟确认，就是瑞无疑。他穿着黑色风衣，白皙的脸上有几粒斑点，但这丝毫不影响他的帅气，初一看，还真有电影里韩国明星的味道。

他冲我挥了挥手，边微笑边向我快步走来。

我们沿着街边走，他说了这几年在外面打拼的风风雨雨。他说他在浙江的一个饰品工厂做管理，工资虽然很高，但是工作也很累人。厂里工人来自五湖四海，爱好、脾性各不相同，管理起来非常有难度。再加上是加工饰品，要用到香蕉水等化学物品，有点气味，有些人不适应，上班总戴着口罩、皱着眉头，偶尔有不戴口罩的，那脸却像一张皱纹纸，让人看了感觉很不舒服。幸好老板对他很是器重和信任，才让他有了留下来的想法。

他兢兢业业管理着工厂，希望和工人建立良好的人际关系。有一天，某个工人说家中发生急事，想要预支工资，他二话没说，立马就把这事给办好了。临走时,那个工人说钱不够,问他借两万块钱,保证回来上班时就还给他。哪想到他借钱之后,那个工人就把他的联系方式拉黑了。

你可真是心好。我说,两万块钱打了水漂,有没有一点后悔?他说当时没想那么多,只想着帮人。他说罢,微微一笑,脑壳转向高楼上的广告灯牌。

我们被拥挤的人流挤得忘了时间,拿出手机一看,快到六点钟了。我问他想吃什么,他说想吃火锅。我们来到一个叫蘑菇兄弟的海鲜自助餐厅,他很开心地拿了一些食物,在火锅里慢慢地涮起来。餐厅很大,人也非常多,多半都是年轻人和带小孩的年轻夫妇。火锅散发出的香味,加上食物自身的鲜味,令人食欲大增。餐厅里的人们不是在选食物,就是在涮食物,脸上都洋溢着喜悦的笑容。小朋友是餐厅里的活跃分子,兴奋地跑来跑去。也许是美食让瑞放松了警惕,我趁机给他拍了几张照片,他也没说什么,依然开心地吃着火锅。我们都吃得很饱,临走的时候,瑞递给我一片西瓜,他的笑容像西瓜般甜蜜。

下得楼来,我们路过一家宠物店,那些可爱的小精灵,在玻璃柜里优哉游哉,丝毫不在意我们的围观。瑞在旁边看了很久。我说,你要不要带只小兔子回去养?他考虑几秒,说,我现在只想把自己养好,努力工作。其实,瑞有贫血的症状好几年了,他老是说头晕,但一直没有查出原因。

时间还早,瑞提议去太平老街看看。老实说,来长沙这么多年,因为忙于工作和写作,太平老街我还是第一次来。老街古朴的味道,让人很有亲切感,只一眼,我就喜欢上它了;且仿佛只在一瞬间,我就被它带回到童年,又变成那个活泼可爱的小妹子了。街道两旁的门面灯火辉煌,吃的、用的,应有尽有。瑞喝了柠檬茶,又要吃糖油粑粑,还买了一盒臭豆腐和两盒酥糖,他的嘴巴一直没有停过,那个样子,像永远吃不饱似的。我严重怀疑他是隐藏的大胃王,只是以前由于我的疏忽,不曾发现他这个秘密罢了。路过海鲜店的时候,他又望着大虾出神。看了许久,他指着一大堆海鲜说,等我改天再来收拾你们。

太平老街的人非常多,一不小心就会和别人亲密接触。还有好多外地的游客,手里举着小旗子,穿着统一服装,边拍照边开心地聊天。我把手机放到包里,免得碰到别人。

路过手机贴膜店,几个帅哥正在里面忙碌。我的手机膜正好要换,谈好价钱,其中一个帅哥帮我贴好膜后,又仔细帮我擦拭了手机,服务周到而热情,我忍不住又买了手机套和耳机。

时间静静流逝,这和热闹的太平老街形成鲜明的对比。瑞直到回去时,还精神饱满。我想,也许是跟他看了美景,吃了众多美食有关吧。他送我上车的时候,开心地说,等过段时间,没那么忙了,我要把长沙的美食都尝一遍。我说,你来长沙,就是为了美食而来的吧。他笑了笑,调皮地说,那我不告诉你,让你着急着急。车子缓缓启动,五彩斑斓的灯光中,传来瑞的声音,下次,我请客。

"悦书坊"书目

潘年英《青山谣》
谢永华《清风在上》

// 集木工作室

投稿邮箱：jimugongzuoshi@163.com
微信公众号：集木做书